우리 시대의 판소리문화

우리 시대의 판소리문화

김 대 행

역락

판소리에 처음 관심을 가지게 된 것은 정직하게 말하건대 학문적 동기에서가 아니었다. 다만 판소리의 농담이 재미가 있어서 깔깔거리는 재미가 쏠쏠했던 것이다. 이 세상에 참 재미 있는 이야기도 다 있구나, 혹은 나도 이런 우스개소리며 웃어 넘기는 말솜씨가 좀 있었으면……. 이래서 소리보다는 글로 적힌 사설을 먼저 집어들고 읽었고, 재미가 점점 더하다보니 자연스럽게 소리도 듣게 되었다.

그렇다고 소리를 처음 대했을 때부터 친숙했던 것도 아니다. 본디 지독한 음치인데다가 친근하게 들어 볼 기회도 갖지 못한 나의 귀에 판소리는 매우 낯선 것이었다. 소리의 높낮이며 속도는 변화를 하는데 무슨 말을 하는지, 글로 된 사설을 알고 있는 대목조차도 그 말을 알아들을 길이 없었다. 허나 이런 사람이 어찌 나뿐이랴, 대부분이 그러할 것이다.

그러나 기이한 일이 벌어졌다. 듣고 또 듣고 하다 보니 그 말이 무슨 말인지 대강은 알아들을 정도로 귀가 트이는 것이 아닌가. 이건 꼭 외국어를 배울 때 듣고 또 듣다 보면 귀가 트이는 것과도 흡사했고, 사람도 자주 만나서 사귀다 보면 정이 드는 것과 마찬가지였다. 그렇다. 모든 것이 그러하듯이 무엇이든 친숙해지면 자기 것이 되는 법이다.

이런 과정은 어찌 보면 문학을 공부하는 사람으로서 당연한 것으로 보일 수도 있겠다. 그러나 판소리를 바라보는 나의 주된 관심은 그것이 문학적으로 어떠한가라든가 문학을 설명하는 어떤 이론으로 그것을 풀

어낼 수 있는가가 아니었다. 판소리가 왜 저처럼 재미가 있을까에 생각이 집중되었다.

그러니까 내 머리 속의 판소리는 예술이기보다 문화였다고 하는 것이 옳을 것이다.

지금도 나는 판소리를 두고 엄숙 일변도의 문학론을 전개하는 광경을 보면 마음 속으로 회의가 인다. 문학이론의 힘을 빌어 판소리를 설명하는 것을 그른 일이라고까지는 하기 어렵지만 판소리는 그런 고답적인 이론의 공격에 견딜 목적으로 창조된 고급한 문학은 아니었다. 그보다는 우선 즐겁고 보자는 놀이였다. 예술품을 창조하는 숭고한 목적보다는 술을 따루어 마실 양으로 만든 도자기가 예술적으로도 걸작일 수 있는 것과 하등 다를 바가 없다. 그러나 그것은 결과일 따름. 애초의 뜻은 그렇게 엄숙하지 않았다.

더구나 판소리는 소리하는 사람이나 북을 치는 사람이나 그것을 들으며 추임새를 하는 사람이나 웃고 떠들고 뒤얼크러져서 즐겁자는 것이었지 외로운 방안에서 인물의 성격을 생각하고 표현 하나를 지우고 고치고 해 가며 등잔불의 심지를 돋우면서 창작된 작품은 아니었다. 말하자면 놀다 보니 멋도 있게 되었고, 떠들다 보니 할 말도 다 하게 된 셈이다. 그것이 내가 생각하는 판소리의 본질이다. 그러니까 예술 이전에 삶의 방식이요 놀이라는 생각이다.

전승되는 판소리 작품들이 걸작임은 누구도 부인하지 못하겠지만 그것이 지니고 있는 놀이로서의 특성과 삶의 방식이라는 본질을 외면한 채로 예술로서의 구조적 견고성만을 추구한다거나 박제된 동물을 다루듯이 그것 자체만을 헤집어 보는 것은 문제가 아닐 수 없다. 그래서 나는 판소리를 예술론으로보다는 문화론으로 접근하기를 강력히 우기고 싶다.

판소리의 본질이 이러하다는 나의 생각은 오늘과 내일의 판소리에 대해서도 같은 견해를 갖게 한다. 과거의 전승에만 파묻혀서 판소리를 생각하는 것은 시대착오적이다. 물론 그런 일이 갖는 의의가 전혀 없을 수는 없다. 그러나 지난날 우리의 선인들이 끼쳐 준 것을 붙들고 씨름하는 그 자체에만 골몰하고 있는 동안 판소리는 이미 우리의 것이 아니라 옛사람들의 것이라는 인식이 굳어지는 것을 어찌하랴.

그래서 나는 감히 주장한다. 판소리는 오늘의 이야기를 담고 오늘날의 삶을 표상하면서 미래에 눈을 두어야 한다고. 그러자면 이 시대의 판소리를 만들어 내는 데까지 나아가야 한다고. 그렇게 해야 「춘향가」를 만들어 내서 찬란하게 살을 붙이고 「흥부가」를 지어 내서 더 재미있게 변화시킨 문화민족의 후예로서 부끄러움을 면할 수 있다고 생각한다.

이런 생각의 바탕에는 오늘의 우리가 판소리에 관한 한 별스럽게 해 놓은 일이 없다는 반성이 깔려 있다. 나중에 올 사람들에게 더 부끄럽지 않기 위해서는 판소리를 위해서 우리도 무언가를 해야 한다는 생각이다. 그러기 위해서는 판소리를 놀이로 보고 살아가는 방식으로 보는 시각의 전환이 필요하다는 것이다.

문학을 공부하는 것으로 업을 삼아 온 사람이 이 책에 굳이 '우리 시대의 판소리문화'라는 표제를 붙이는 유난을 떠는 까닭이 이러하다.

2001년 6월에
김 대 행

• 책 머리에

Ⅰ부 판소리문화에 다가서기

Ⅱ부 판소리문화의 속살

Ⅲ부 신재효 사설의 문화론적 음미

Ⅳ부 창극의 문화적 자리매김

V부 21세기의 판소리문화를 위하여

I

판소리문화에 다가서기

- 판소리의 문화적 얼개
  - 판소리의 겉모습과 역사
- 예술문화로 보는 판소리
  - 판소리의 종합예술적 구조
- 생활문화로 보는 판소리
  - 판소리와 우리 삶의 방식

판소리의 문화적 얼개
–판소리의 겉모습과 역사

1. 판을 벌여 즐기는 문화

판소리라는 이름

판소리를 가리키는 데 쓰인 말은 매우 많아서, 소리, 광대소리, 타령, 잡가, 창, 창악, 극가, 창곡조 등 다양한 이름으로 불리어 오다가 근래에 판소리라는 용어로 정착되었다.

'판소리'는 '판'과 '소리'가 결합된 말로 짐작된다. '소리'를 국어사전은 '판소리, 잡가 등을 이르는 말'로 풀이하는데, "자네 소리 하게. 내 북을 잡지. – 김영랑"라는 시구에서 보듯이 '소리'라는 말이 판소리의 성악만을 뜻하기도 한다. 그러나 '소리'는 우리 민속악의 '성악'을 가리키는 말로 두루 쓰였고, 여기에 '판'이라는 말이 덧붙어 '이야기를 노래로 하는 특유의 공연 양식'을 가리키게 되었다.

'판'이라는 말은 '굿판', '씨름판', '노름판'에서 보듯이 '일이 일어난 자리'라는 뜻이 있고, "판이 깨지다."나 "한 판 벌이다."에서처럼 여러 사람이 참여하여 이루어지는 행위라는 뜻도 담겨 있다. 그러나 아무 일에나 다 '판'이라는 말을 쓰지는 않고, 놀이판, 화투판, 춤판, 잔치판 등의 용례에서 볼 수 있는 것처럼 ㉠ 다수의 행위자가 ㉡ 동일한 목적을 위하여 ㉢ 필요한 과정을 수행하여 ㉣ 어우러지는 자리 또는 행위를 뜻하는 데 쓴다. '난장판', '정치판' 등이나 "판을 새로 짠다."는 표현 등이 모두 이런 예에 속한다고 할 수 있다.

판소리라는 이름이 보여주듯 판소리는 판과 노래를 필수 조건으로 하여 여러 사람이 한데 어우러져 즐기는 놀이이자 예술이다. 그러기에 판소리를 제대로 알고 즐겨서 제것으로 하자면 판소리라는 이름이 가리키는 대로 놀이와 예술이라는 두 측면을 아울러 바라보는 시각이 필수적이다.

판소리의 소리판을 구성하는 '다수의 행위자'는 창자(唱者), 반주자(伴奏者), 청자(聽者)의 셋이다. 창자는 노래로 하는 '창'과 말로 하는 '아니리'를 번갈아 가며 '소리'를 한다. 여기에 고수(鼓手)는 북으로 장단을 맞추면서 '추임새'를 넣는다. 청자 또한 그저 듣고만 있는 구경꾼이거나 단순한 비평자를 넘어선다. 청자 또한 적극적으로 추임새를 넣음으로써 제 몫을 하면서 공감하고 격려하며 함께 즐긴다.

반주자 없이 창자 홀로 소리를 할 수도 있으나 이는 예외적인 경우다. 또한 듣는 사람이 없더라도 창자와 반주자 둘이서만 판소리를 할 수는 있지만, 이것도 연습 상황이거나 텔레비전 녹화와 같은 예외적인 상황이며, 그런 상황에서조차도 청자가 있음을 전제로 한다. 이처럼 판소리는 여럿이 모여 판소리 특유의 노래를 축으로 삼아 한데 어우러짐으로써 판이 이루어진다.

함께 어우러지는 종합 문화

이런 점에서 보면 판소리는 노래하는 사람, 반주하는 사람, 듣는 사람이 함께 어우러져 이루어내는 동참(同參)의 문화며, 모두에게 공유(共有)됨으로써 판이 판다워지는 총화(總和)의 문화다. 또 청자조차 단순한 구경꾼에 머물지 않고 적극적으로 판의 형성에 기여한다는 점에서 공동(共同)의 문화다. 그러기에 판소리문화를 어느 한 측면에서만 바라보는 것은 제한적일 수밖에 없어서 판소리의 본질에 부합하는 시각이 못된다.

판소리에서 창자와 고수의 음악적 역량과 연기 능력은 매우 중요한 요소다. 창자의 역량에 따라 판이 고조되기도 하고 시들기도 한다. 그러나 소리판은 창자와 고수의 역량만을 엄숙하게 감상하는 자리가 아니다. 청자의 참여가 어느 정도인가에 따라 판의 성패가 갈린다.

이 점에서 소리판은 오늘날 젊은이들의 공연 무대와 매우 닮아 있다. 광란에 가까운 팬들의 함성과 몸부림이 공연장을 공연장답게 하는 요소가 되는 것을 보면 청중은 그저 바라만보는 국외자가 아니라 그 공연의 중요한 구성 요소가 된다. 판소리의 소리판도 그러하다. 고수가 북을 치는 데 따라 창자의 능력이 십이분 발휘되기도 하고 그 반대도 되듯이 청중의 반응이 어떠한가에 따라 창자와 고수가 영향을 받기도 한다.

이 점에서 소리판은 바라보고 음미하며 분별하는 엄숙하고 고귀한 예술의 장이라기보다 한데 어우러져 모두의 흥이 고조되는 한 판의 놀이라고 보는 것이 정확하다. 회갑 잔치나 과거 급제 등 축제적 성격이 강한 자리에서 판소리가 널리 공연되었던 것도 이런 놀이로서의 성격을 말해 준다.

판소리의 이러한 여러 측면을 아우를 때 여기서 판소리문화를 이해

할 수 있는 단서가 드러난다. 판소리는 노래로 향유되므로 '음악문화'
며, 창자-고수-청자 모두의 일체감을 통해 구체화되므로 '공연문화'
고, 그 내용이 이야기이므로 '언어문화'다. 또 다수가 함께 어우러져 만
들고 발전시켜 온 것이기에 우리 민족의 독창성과 공감성을 담고 있다
는 점에서 '민족문화'고, 흥겹게 어우러지는 놀이의 즐거움을 추구하는
가운데 세계와 우리 그리고 삶에 대한 인식과 적응의 태도를 담고 있
기에 '생활문화'다.

이처럼 판소리는 종합적이다. 그것이 종합예술이어서만 그런 것이
아니라 생활과 민족의 요소가 이만큼 깊숙이 관여하고 있다는 점에서
종합적이다. 그리고 이처럼 종합적이라는 데 판소리의 판소리다움이
있다. 판소리의 진정한 이해는 이처럼 종합적인 여러 측면과 요소를 한
데 아우를 때 비로소 가능해진다.

2. 판소리가 걸어 온 길

판소리의 시작과 융성

판소리는 언제 어떻게 시작되었을까? 이에 대한 대답을 줄 수 있는 뚜
렷한 근거 자료는 없다. 있는 것은 판소리가 생겨난 뒤 상당한 수준에 이
르렀을 때에 관계되는 것이 대부분이다. 그래서 판소리의 발생에 대한
추정은 판소리의 자질과 관계되는 것들을 통해서 이루어지게 된다.

판소리가 생겨날 수 있었던 모태를 호남지방의 서사무가에서 찾는
것이 발생론으로서는 대표적인 것이다(서대석, 판소리의 전승론적 연구, 『현
상과 인식』 3권3호, 한국인문사회과학원, 1979). 무가가 이야기를 노래로 하는
것이라는 점과 판소리의 음악이 호남지방의 음악과 일맥 상통한다는

점이 그 근거로 제시된다.

그런가 하면 판소리가 여러 종류의 노래로 엮어진 점과 재담(才談)을 섞는 사설이 이어지는 점을 단서로 하여 판소리의 성립을 광대소학지희(廣大笑謔之戱)에서 찾기도 하고(김동욱, 판소리발생고, 『한국가요의 연구』, 을유문화사, 1961), 판소리의 연행(演行)에서 볼 수 있는 특징인 부채의 사용이나 악공(樂工)과의 대화 또는 재담(才談) 등이 창우(倡優) 집단의 광대소리 연행과 흡사하다는 점을 들어 창우집단 광대소리로 기원을 삼기도 한다(이보형, 창우집단의 광대소리연구, 한명희 외, 『한국전통음악논구』, 고대민족문화연구소, 1990).

판소리에 관련된 최초의 기록은 만화(晩華) 유진한(柳振漢)이라는 사람이 1753~1754년에 호남지방에서 판소리 「춘향가」를 즐기고는 그 내용을 200 구의 한시로 옮겨 놓은 것인데 이를 흔히 「만화본 춘향가」(晩華本春香歌)라고 한다. 그 이후 1810년 송만재(宋晩載)가 쓴 「관우희」(觀優戱)라는 글에 권삼득(權三得), 모흥갑(车興甲) 등의 명창 이야기가 나오고 1824년의 것으로 추정되는 판소리에 관련된 공문서 「갑신완문」(甲申完文)이라는 글에 초기 명창 몇 사람의 이름이 나오는 정도가 판소리 초기에 관련된 기록이다.

歌詞
春香歌二百句 押二支韻句
廣寒樓前烏鵲橋 吾是牽牛織女兩人代 爭縛衣郎月老佳緣紅
粉妓龍城客舍東 大廳是日重違無限喜 南原冊房李都令初見春
香絕代美三郎愛物比君誰 二八瑤池淑香是吾年 二八甫三五桃
李芳心媚春春晴莎南陌 欲抽綠牧丹東籬方綻 紫繁華物色帶方
國是時尋春遊上已紅羅繡裳草 邊白紵輕衫除披清溪夕陽
蹴波驚碧桃陰中香步蛙姑山處子 慈香澤玉京仙娥鳴佩珂蘭膏
粉汗洗浴態萬北寺前春水溮玻璨 小渚顔影笑雪膚貌清而頰
懇懃腰下怕人見水面嬌態蓮花似 香風一陣綠楊花貌上鞦韆復
妙技青鸞飛動紫羅繡百尺長繩紅繼繼江妃踏波一身輕月娥束
雲雙足跜尖尖寶襪似苽子衝落枝邊高處藥桃花園月掩羅裙萬

晚華集 卷之二
十四

▶『만화집』권 2에 실린 유진한의 「만화본 춘향가」 첫머리. 비록 한문으로 된 것이지만 「춘향가」의 내용을 전부 보여주는 것으로는 효시라는 가치가 있다.

이런 자료들을 통해 판소리가 적어도 17세기말 이전에 형성이 되었을 것이며, 초기에는 매우 단순한 형태이었을 것으로 추정한다. 그러다 18세기에 이르러 활발하게 창자(唱者)가 길러지고 이야기가 풍성해졌을 것으로 짐작하는데, 그럴 수 있었던 배경으로는 상업의 발달로 전개된 이 시기 도시문화의 소비적 성향을 꼽는다.

19세기 전기에는 전기(前期) 8명창이라고 하는 권삼득(權三得), 송흥록(宋興祿), 염계달(廉季達), 모흥갑(牟興甲) 등 우수한 창자들이 활동하였고, 19세기 후기에는 후기 8명창이라고 하는 박유전(朴裕全), 김세종(金世宗), 이날치(李捺致) 등의 활동으로 활성화했으며, 19세기말에서 20세기 초에 이르는 시기에 송만갑(宋萬甲), 이동백(李東伯), 유성준(劉性俊), 정정렬(鄭貞烈) 등의 5명창 시대가 도래하여 19세기에 이미 판소리는 지금과 같은 전승 다섯 노래로 정돈이 되었을 것으로 본다.

한편 19세기 들어 판소리는 필사 또는 판각되어 독서물로 배포됨으로써 '판소리계 소설'로서 유통이 된다. 경판(京板), 안성판(安城板), 완판(完板) 등의 판각본으로 그 유통의 범위를 점차 넓힌 것은 독자의 확대를 말해 주는데, 이를 통해 판소리계 소설이 매우 광범위한 전파를 이루었음을 짐작하게 된다.

20세기의 판소리

또한 20세기 들어 신파극의 도래에 영향을 받아 창극(唱劇)이라는 것이 생겨났는데, 1903년에 분창(分唱) 형태의 창극이 원각사(圓覺社)에서 공연되어 이 방면의 효시가 된다. 창극이 본격적으로 공연되고 활성화한 것은 1930년대에 정정렬(鄭貞烈)의 「춘향전」이 비로소 연극다운 구조를 갖추면서 시작된 것으로 알려져 있다. 그 후 1961년에 국립창극단이 생긴 이래 지금까지 매년 1~2회 공연을 하고 있는데, 주로 전승 판소

▶ 1990년대 국립창극단의 창극 「흥부가」 공연 장면. (국립극장 사진)

리를 중심으로 공연하며, 이따금 소설을 판소리로 번안하거나 새로이
창작한 창극을 공연하고 있다.

1920년대에는 유성기(留聲機)의 등장으로 판소리의 보급이 활발하였
고, 전국적인 순회 공연을 통해 향유의 폭을 넓힐 수 있었으나 8·15 해
방과 6·25 동란 등으로 판소리는 침체되었다. 오늘날 전파 매체가 판소
리에 관련된 프로그램을 방송하기도 하지만 대중의 관심이 적어 그 반
향도 미미한 편이다. 이런 가운데서도 개인 차원의 판소리 공연과 완창
발표회가 수시로 이루어지고 있으며, 유파 발표회라는 것도 더러 시도
된다. 또 열정을 가진 사람들에 의해 새로운 창작 판소리가 시도되는
등 모색은 계속되고 있다.

이처럼 활동은 여러 갈래로 이루어지고 있지만 판소리가 예전처럼
활발한 전개를 보인다고 하기는 어렵다. 그 까닭은 무엇보다도 서양 음
악 위주의 음악 교육에서 찾아야 할 것이다. 민속악(民俗樂)으로서의 판

소리를 향유하기 위해서는 그것을 들을 수 있는 귀를 먼저 갖추어야 하는데, 이에 익숙지 않을 수밖에 없는 음악교육은 그 향유자의 폭을 제한할 수밖에 없게 만들었다.

또한 대중성의 확보를 위한 노력의 부족도 들 수 있다. 과거의 판소리는 우수한 사설과 창곡이 광대들에 의해서 새롭게 개발되고 혁신되면서 오늘에 이른 것이다. 그러나 오늘날은 전승 판소리의 보존 자체만도 힘에 겨울 정도이며, 새로운 판소리의 창작은 거의 이루어지지 않고 있다. 「열사가」, 「예수전」 등 더러 창작이 이루어지고는 있으나 그러한 시도가 대중적인 호응을 얻었다고 하기는 어렵다.

그 까닭은 여러 가지가 있겠지만, 무엇보다도 근본적인 이유는 판소리 역량의 부족이라 할 수 있다. 한 마디로 말해서 판소리답고 훌륭한 이야기를 만들어 낼 능력이 없다는 뜻이다. 그러기에 판소리의 본질과는 거리가 멀면서 비슷하게만 꾸민 사설을 다만 전통적인 판소리 음악의 기법으로만 노래함으로써 판소리다움을 구현하지 못한 점을 가장 큰 요인으로 꼽을 수 있다.

이렇게 된 요인은 판소리를 오로지 예술 일변도로만 몰아온 인식에 있음을 반성할 필요가 있다. 어떤 종류의 예술도 그러하지만, 예술의 발생과 어느 수준의 향유까지는 차별이 없었다. 그러다가 예술의 전문성을 강조하게 되면 예술 그 자체는 고귀하고 신비해지지만 반대로 대중적 친근과는 거리를 갖게 된다. 그러기에 판소리를 문화로 보자는 것이다.

3. 예술로 보기와 문화로 보기

예술론과 문화론의 거리

판소리를 문화로 보자는 것은 예술로 한정하여 바라보는 시각이 낳은 병폐를 털어내자는 뜻이다. 다시 말하면 예술론의 시각이 지닌 엄숙주의가 판소리의 본질을 지나치게 왜소하게 만들기도 하고 때로는 그 실상과 본질을 제대로 알아차리기 어렵게 하기 때문에 판소리의 본질에 합당하게 시각을 넓히자는 것이다. 또 예술론적 시각은 판소리를 만인의 것이 되게 하는 대신에 제한되고 선택된 몇몇 사람의 것으로 격리시키는 결과를 낳기도 하기 때문이다.

예를 들어, 문학 연구자들은 판소리 사설에다가 온갖 고급스런 이론의 자[尺]를 무차별하게 갖다 댄다. 그 광경은 마치 구들장 밑에서 고치고 바꿔 쓴 파지(破紙)가 한 삼태기나 나왔다는 소식(蘇軾)의 「적벽부(赤壁賦)」를 두고 문학론을 펴는 것과 다를 바가 없다. 판소리를 두고 전개되는 연구의 모습이 이러함은 음악이나 공연의 측면에서도 마찬가지다.

그런 일이 불필요하다고 할 수는 없겠지만 판소리를 바라보는 시각이 오직 그 한 길로 치닫게 되면 정작 핵심이어야 할 판소리의 본질을 놓치고 말게 된다. 판소리는 본디부터 고독하고 번뇌하는 예술가의 고심참담한 창작품이 아니었다. 예술의 담당자가 되기 위한 노력은 고뇌에 찬 것이었다고 하더라도 일단 판이 벌어지면 함께 웃고 울고 떠들던 일종의 놀이였지 엄숙하게 옷깃을 여미고 앉아 이성적 판단의 칼날만을 곤두세워 이른바 비평적 안목으로 바라보던 그런 예술은 아니었다.

그러므로 판소리를 예술로 보기 이전에 문화로 볼 필요가 있다. 예술도 또한 문화임에 틀림이 없다는 점에서 본다면 이 말이 동어반복으로 들릴 수도 있다. 그러나 예술로 본다는 것은 이른바 메슈 아놀드 (Matthew Arnold)적인 지적 세련(intellectual seriousness)으로 한정한다는 뜻이 된다. 이를 가리켜 고급문화라고도 하지만, 고급문화 또한 문화라는 점에서 본다면 예술도 문화임은 분명하다. 그러나 고급문화라는 용어가 이미 내보이고 있듯이 예술로 바라보는 시각에는 진작에 비민주적이라고도 할 수 있는 특수성이 들어앉아 자리를 잡고 있다.

문화론적 시각의 의의

판소리를 문화로 보자는 말은 결국 '지적(知的)'이니 '세련(洗練)'이니 하는 전제를 벗어 던지고 그 자체를 '삶의 방식'으로 보자는 뜻이다. 빼어난 것, 훌륭한 것, 감히 아무나 할 수 없는 것, 특수한 사람들의 것…… 등, 이런 생각들을 떨치고 판소리가 누구나의 것이고 우리 모두의 것이라는 생각을 앞세워 바라보는 것이다. 판소리가 과거에 전개되어 온 역사적 실상이 그러하며 본질이 그러하다.

오늘날까지 전승되는 판소리 다섯 작품 가운데 작자가 누구인지 알려진 것은 하나도 없다. 그 까닭은 판소리가 예술적 고귀성을 추구하기보다는 놀이적 동참성을 중요하게 여겼기 때문이다. 그러기에 작자가 누구인가는 중요한 관심사가 될 수 없었다. 그저 즐겁기만 하면 그것으로 충분하였던 것이다.

닭이 먼저인지 달걀이 먼저인지는 알 수 없지만 세상에는 닭과 달걀이 함께 있다. 그리고 그것을 모른 채로도 닭과 달걀은 우리에게 소중하고 이롭다. 판소리도 맨처음 음악이 먼저인지 사설이 먼저인지 알 수 없는 상태로 생겨났을 것만은 짐작이 간다. 이렇듯 판소리 어떤 것이 생겨난 일을 두고 '창작'이라고 할 것인가 아니면 '형성'이라고 할 것인가는 매우 중요한 시각의 차이를 불러오게 된다.

신이 세상을 '창조'했다고 믿게 되면 신의 권능에 마음을 쓰게 되듯이, 판소리가 창작되었다고 보게 되면 그런 일을 한 사람의 특별한 힘에 마음을 쓰게 된다. 이와는 달리, 세상이 '형성'되었다고 믿는 이에게는 세상을 변화시키는 사람들의 삶이 중요하게 마련이다. 마찬가지로 판소리에 '창작'이라는 용어를 사용하려는 사람은 그 일을 한 사람의 특별한 능력에 주목하게 되고, '형성'이라는 용어를 사용하려는 사람은 그 일이 그리 된 내력을 생각하는 데 초점을 맞추게 된다.

판소리가 여럿이 어우러져서 이루어 낸 문화라는 점에서 본다면 판소리에서 특별한 사람들의 빼어난 능력에만 주목하는 관점은 적절하지가 않다. 그렇게 하면 특별한 몇 사람의 능력만을 자꾸 생각하게 된다. 이렇게 하면 어우러짐의 문화라는 판소리의 본질에서 자꾸만 멀어지게 된다.

예술의 고귀함만을 강조하는 것을 일종의 귀족주의라고까지 할 수 있다는 점에서도 판소리를 예술로 한정하여 보는 것은 적절하지 않다. 문학만을 가지고 생각해 본다 해도 문학사의 첫 단계는 구비문학이었고 그 때에는 누구나 '작자'로서의 자격을 갖추고 있었다는 것이 인류 보편의 현상이었다. 그러다가 문자가 생겨나면서 문자로 된 것만을 문학이라고 한정하는 특수성의 세계로 들어서게 되었던 것이다. 모든 예술이 다 이러한 특화(特化)의 과정을 그 안에 담는 쪽으로 역사가 전개되어 온 것을 가리켜 '예술의 비민주화'라고까지도 말한다.

판소리를 예술로만 한정하게 되면 그 빼어남에 대한 찬탄은 불러일으킬 수 있을는지 몰라도 그것이 우리 모두의 것이고 친근한 것임을 느낄 수 없게 된다. 판소리를 연구해 온 그 동안의 연구사 또한 이 점을 잘 말해 준다. 특화된 문학을 설명하는 고급스러운 이론에 판소리를 맡겨 놓았을 때 판소리는 일관성이 결여된 것, 그래서 유기성이 한참 떨어지는 것으로 보일 수밖에 없었다. 그것은 일관성이라는 용어에 사로잡힌 일종의 편견일 따름인데도 불구하고 판소리는 그래서 우수하지 못한 것이라는 열등감까지 불러일으키는 결과를 낳았다.

판소리를 이렇게 보아 그것을 평가하는 것은 판소리의 실상에 어긋난다. 그러니까 지적 세련의 성취물로 보는 관점보다는 우리 삶의 표상화 또는 삶의 방식을 형상화한 것으로 이해하는 것―다시 말하면 판소리를 문화로 바라보는 시각은 매우 중요해진다. 또 그래야만 판소리를 우리 곁에 있게 할 수 있고, 판소리의 판소리다운 미래를 기약할 수 있게 된다.

21세기는 문화의 시대라고도 한다. 이 말에는 부가가치에 대한 관심이 두드러지게 함축되어 있음이 사실이다. 그러나 문화에서 부가가치의 전망이 가능한 근거도 새 시대에 전개될 삶의 질이 산업화시대의 그것과는 다르리라는 데 있다. 따라서 새로운 시대의 사회 변화에 대응하기 위한 판소리의 창조적 변형을 생각하는 방향도 이러한 판소리의 문화적 본질에 근거해야 할 것임은 물론이다.

이러한 시각의 확보를 강조하는 일은 판소리에서 예술성의 논의를 그만두자는 것과는 다르다. 또 판소리에서 예술적 자질이 중요하지 않다는 뜻도 아니다. 다만 지금까지 주목하지 않았던 측면에 새로운 조명을 가함으로써 판소리의 실상이 제대로 보이게 된다는 뜻이다. 지금까지 거듭 확인했던 바와 같이 판소리의 본질이 그러하다는 점을 근거로 문화적 시각을 강조할 수 있다.

판소리의 그러한 본질은 판소리의 역사 속에서 형성된 것이며 그 본질에 기댈 때 판소리다운 판소리의 미래를 기대하고 설계할 수가 있게 된다. 여기서 과거의 결과로서 현재가 있으며 현재는 미래의 원인이 된다는 점을 재삼 확인하고자 한다.

결국 판소리의 미래를 위해서 중요한 것은, 오늘 판소리를 신비화하거나 차별화하지 말고 그것을 생활 속으로 가져오는 일이다. 부가가치가 높아야만 실용이라는 천박한 생각도 위험하다. 중요한 것은 판소리와 함께 생활하는 일이 판소리를 다시 살아나고 빛나게 하는 일이라는 사실이다.

예술문화로 보는 판소리
─판소리의 종합예술적 구조

1. 언어문화인 판소리

노래로 하는 이야기

창자가 노래하는 판소리의 내용은 '춘향' 또는 '흥부' 등 널리 알려져 전승되어 온 이야기가 대부분이다. 안중근(安重根), 이순신(李舜臣), 예수 등 특별한 사람이나 특별한 일에 관한 이야기를 하는 창작 판소리도 더러 있기는 하지만 판소리라면 주로 「춘향가」, 「심청가」, 「흥부가」, 「수궁가」, 「적벽가」 등 예로부터 전승되어 온 5가(五歌)를 중심으로 향유된다.

이들은 모두 어떤 인물의 삶을 시작에서 끝에 이르는 과정으로 들려주는 이야기(narrative)로 되어 있다. 판소리의 음악적 폭이 매우 넓고 그 변화가 다채로운 것은 사실이되, 이야기가 없다면 그 다채로운 성악조차 불가능 또는 무의미하다고까지 할 수 있다.

또한 판소리는 구전심수(口傳心授)되므로 얼마든지 변하고 달라질 수 있다. 그런데도 전승 5가의 큰 줄거리는 거의 변화하지 않은 채로 전해온다.

이 점은 언어문화로서의 판소리가 함축하고 있는 의미를 생각하게 한다. 판소리는 무엇에 대하여 이야기했는가, 어떻게 이야기했는가, 왜 그랬는가 등의 질문을 앞세워 보면 그러한 언어문화의 의미가 드러날 수 있다.

먼저 판소리가 무엇을 이야기했는가를 중심으로 생각해 본다. 「춘향가」는 정절을 지켜 가며 한 남자를 사랑한 열(烈)로 뭉쳐진 행위의 이야기이다.

「심청가」는 효(孝), 「수궁가」는 충(忠), 「적벽가」는 의(義) 또는 권(權)에 관한 이야기이다. 이 이야기들은 인간의 정신적 지표가 되어야 할 가치에 관계된다. 인간이 금수(禽獸)와 달리 인간다울 수 있는 까닭은 이러한 덕목을 귀하게 알기 때문이라는 생각이 이야기로 형상화된 것이다. 그것을 많은 사람들이 널리 즐겼다는 사실은 우리 민족의 심성이 그러한 가치를 중히 여겼음을 보여준다.

애당초 판소리는 열두 작품이 있었던 것으로 알려져 왔다. 그 중 다섯은 오늘에도 살아 있지만, 「변강쇠가」는 사설만 있으며, 그 밖에 옹고집, 배비장, 강릉매화, 장끼, 무숙이, 가짜신선 등의 이야기는 일부 소설로 남기도 했지만 모두 언젠가부터 판소리이기를 멈추었다.

이 열두 이야기는 왜 판소리가 될 수 있었으며, 그 중 일곱은 왜 중도에 탈락했을까? 그 단서를 이야기의 대상에서 찾아본다. 변강쇠 이야기는 지나치게 야하고, 장끼이야기는 너무 뒤틀려 있으며, 옹고집이나 배비장이야기는 돌출적이다. 김종철(『판소리의 정서와 미학』, 역사비평사, 1996, pp.282~283)은 「변강쇠가」를 기괴미(奇怪美)로, 「장끼전」을 뒤틀림의 미로 규정하고, 창을 잃은 판소리 주인공들은 모두 부정적 인물이고, 그래서 풍자가 주조를 이룬 것으로 진단한 바 있다.

　이런 이야기가 이야기로서의 흥미는 줄 수 있을지 몰라도 인간다움의 추구라는 공감을 얻지 못한 데에서 그 전승이 중도에 그친 이유를 찾아볼 수도 있을 것이다. 이러한 추정은 판소리가 그저 어우러져 즐기는 한 판의 놀이거나 구경거리를 넘어서서 인간다움이란 무엇인가에 우리 나름의 답을 제시한 문화적 양식임을 알게 해 준다.

　판소리는 이야기이므로 산문적일 수 있는가 하면, 노래이므로 율문적일 수도 있다. 실제로 판소리는 이 양면을 다 갖추고 있는 것이 특징이다. 판소리에서 노래로 하는 창 부분의 가사와 말로 하는 아니리 부분의 말을 두루 가리켜 '사설'이라 하는데, 꼭 그렇기만 한 것은 아니지만 창(唱)의 사설은 주로 율문 표현이, 아니리는 산문적 표현이 대종을 이룬다.

　박일용(『조선시대의 애정소설』, 집문당, 1933, pp.219~279)은 창과 아니리의 사설 형태를 몇 유형으로 분류하고, 여기서 나아가 그 구성적 연관까지를 살피고 있다. 예컨대 "비극미를 연출하는 데 주로 이용되는 심리고백적 대화 형태의 창과 골계미를 연출하는 데 주로 이용되는 장면제시적 대화 형태의 아니리는 서로 상반되는 것으로서, 내용 또는 등장인물에 따라 반비례적으로 나타난다. 또한 사건진행 서술형 창의 형식이 많으면 많을수록 장면제시적 대화형 창이나 아니리는 적게 나타난다(p.246)."는 분석이 그것이다. 그의 이러한 이야기방식 분석은 사설의 말하기 방식이 서사 세계의 질적 차이와 관계가 깊다는 데까지 나아가고 있다.

　이처럼 판소리의 말하기 방식이 다양하므로 판소리에서 우리말의 율문 작시법과 산문 표현법의 전형을 다양하게 볼 수 있다. 「흥부가」의 놀부 심술타령이나 「적벽가」의 적벽대전 또는 군사점고 대목에서는 비숫한 사항들을 줄줄이 늘어 놓는 병렬(並列)이 사설의 장형화에 중요한 방식임을 확인할 수 있으며, 호남 방언이 주류를 이루고 있는 욕설이나 재담을 통하여 구어(口語)의 생동성을 확인할 수도 있고, 한문으로 된 시구(詩句), 문장(文章) 등의 광범위한 사용을 통하여 과거의 언어생활이 어느 정도로 그 쪽에 기울었던가도 짐작할 수 있다.

그런가 하면, 사건 전개의 합리성보다는 이야기의 박진감 조성에 과감한 생략과 비약이 얼마나 효과적인가도 잘 보여 준다. 전반적으로 문어(文語) 일변도로 변해 가고 있는 오늘날에 구어(口語) 중심의 이야기 어법을 보여주는 중요한 자료가 된다는 점에서도 판소리의 이야기 방식은 중요한 의의를 지닌다. 요컨대 판소리 사설은 우리말의 말하기 방식이라는 문화적 모습을 집약적으로 그리고 효과적으로 보여주는 전형이다.

인간의 이중적 형상에 관한 이야기

판소리의 이야기 방식에서 또 주목할 만한 현상은 표출(表出, presentation)과 표상(表象, representation)이 뒤섞여 있다는 이중성이다.

㉠ [아니리] "게 뉘냐?" 이러고 나오다 방자와 마주쳤겠다. "쉬!" "쉬라니, 뉘냐?" "방자요!" "방자, 너 이놈, 아닌 밤중에 내 집에 웬일이냐?" "도련님 모시고 나왔나이다." "아니, 도련님이 오시다니. 귀중하신 도련님이 누지에 오시기는 천만 의외 올시다. 어서 올라가옵시다." 방으로 들어가 좌를 주어 앉은 후에 도련님이 잠깐 방안을 살펴보는듸, 별로 사치는 없을 망정 뜻있는 주렴만 걸려 있지.

㉡ [세마치] 동벽을 바라보니 주나라 강태공이 문왕을 만나랴고 위수변 낚시질허는 거동 두렷이 그려 있고, 서벽을 살펴보니 상산사호네 노인이 바둑판을 앞에 놓고 어떤 노인은 흑기를 들고 또 어떤 노인은 백기를 들고 대마상 패수를 볼양허고 요만허고 앉어 있고, 어떤 노인은 청려장 짚고 백운선 손에 들고 요만허고 굽어보며 훈

수허다가 책망 듣고 무안색으로 서있는 거동 뚜렷이 그려 있고…….

조상현 창

「춘향가」 가운데 연이어 나오는 위의 두 사설은 이야기 방식이 사뭇 다르다. ㉠은 장면 설명이나 해설의 과감한 생략과 더불어 대화의 극적 제시에 치중함으로써 대화 상대자가 바뀌는 것조차 설명 없이 압축적 문체로 급박하게 진전시키고 있다. 이에 반해 ㉡은 아무의 집에라도 있을 수 있는 그림이자 누구나 아는 그림이어서 굳이 설명하지 않아도 될 것을 상세하게 설명하면서 확장적 문체의 극치를 보여주고 있다는 점에 차이가 있다.

전자는 사실성을 중시하는 제시, 즉 구체화라고 한다면 후자는 보편성을 강조하는 표상, 즉 추상화라 할 수 있다. 전자가 의도하는 바는 사실에 가까운 핍진(逼眞)이며, 후자가 노리는 것은 두루 통용되는 전형의 공유(共有)다. 전자의 이야기 방식이 드러내고자 하는 것은 그것만의 독특성에 의한 정보(情報)임에 반해, 후자는 유행하는 의상을 착용하듯 누구에게나 공감되는 일반성에 의한 합의(合意)라 할 수 있다.

따라서 전자가 사실 자체의 특징을 겨냥하여 압축적으로 이야기하는데 반해 후자는 개개의 특징보다는 '그런 일은 대개 그러하다'는 공통분모에 관심을 기울임으로써 확장적으로 이야기한다. 그러기에 후자는 사실보다 그런 상황이면 그러하리라는 전형성을 더 중요시한 나머지 비현실성(非現實性)이나 비논리성(非論理性)을 초래하기도 한다. 그것이 도가 지나쳐서 정원을 묘사할 때 사철 꽃을 다 등장시킨다든지, 잘 차린 음식을 열거할 때 한 상에 도저히 다 올릴 수 없는 종류를 나열하는 등 사실에 부합하지 않는 서술을 하는 데까지 이른다. 판소리의 이야기방식은 이처럼 상반된 경향이 뒤섞여 있다.

한 이야기 안에서 이처럼 상반된 방식으로 말을 하는 것은 일견 모순되어 보이기도 하고, 혹은 이야기 솜씨가 서투르기 때문인 것으로 보이기도 한다. 특히 일관성을 강조하는 관점에서 보면 판소리의 약점처럼 보이기도 한다. 그러나 그렇지 않다. 사람의 관심은 특수와 보편에 두루 주어지는 법이다. 남에게서 나와의 차이를 발견함으로써 자신의 정체성(正體性)을 확인할 수도 있고, 그와는 반대로 남과 나의 유사성을 통해 자신의 정체성이 강화되기도 한다.

그러한 본질에 근거하여 궁극적으로는 자신의 정체성을 찾고자 하는 것이므로 차이가 강조되는 부분은 판소리에서 표출의 방식으로 표현되고, 반대로 유사성이 강조되는 부분은 대체로 표상의 방식으로 표현된다. 전자는 구체성을 강조함으로써 특이성을 확인케 하고, 반면에 후자는 공통분모적 성격을 강화함으로써 동질성을 확인하게 한다. 이중적 이야기 방식의 절묘한 조화가 아닐 수 없다.

또 춘향이나 흥부의 이야기를 남의 이야기로 생각한다면 그 이야기 자체의 전개에만 관심을 가질 수도 있다. 그러나 춘향이나 흥부 혹은 심청이 남이 아니라 우리 민족이 생각해 온 인간다움의 표상이고 보면 시각을 달리할 필요가 생긴다. 춘향이나 흥부 혹은 심청은 그 사건들을 겪는 주인공이므로 남이다. 그러므로 그들에게 벌어진 사건의 정보가 필요하다. 그래서 긴박하고 압축적이다. 그러나 동시에 그들은 우리 중의 한 사람이며 우리 삶의 일부이기도 하다. 그러기에 그 유사성이 공감되고 확인되어야 한다. 그래서 반복적이고 확장적이다.

이렇게 본다면 판소리 이야기 방식의 이중성이 결국 이야기적 공감을 위한 절묘한 결합임을 확인하게 된다. 이야기 방식의 이중성은 청자로 하여금 저도 모르는 사이에 이야기 속의 저와 다른 모든 것을 알게 하고, 저와 같은 모든 것에 동참하여 일체감을 느낌으로써 공감에 이르게 한다.

2. 음악문화인 판소리

판소리 음악의 폭과 깊이

판소리를 직업으로 하는 창자를 예전에는 광대(廣大)라고 불렀다. 그러나 정작 판소리를 전문적으로 노래하는 창자들은 이 명칭에 얕보는 뜻이 들어 있다 하여 기피하는 경향이 있다. 혹 창우(倡優)라고도 하지만 널리 사용되지는 않고 있으며, 요즘은 보통 추켜 주는 뜻으로 명창(名唱)이라고 불러 주기도 한다.

판소리 음악의 예술적 수준이 높은 것은 그 음악적 변이의 폭이 넓고 다양한 데서 확인된다. 판소리는 그 구성음과 선율의 형태 및 분위기(mood)에 따라 평조(平調), 우조(羽調), 계면조(界面調) 등 조(調)를 가르고, 이것을 다시 진우조(眞羽調), 가곡성(歌曲聲), 평우조(平羽調), 평조, 평계면(平界面), 단계면(短界面), 진계면(眞界面) 등 다채롭게 세분하기도 한다. 또 경기 민요의 선율에서 온 경드름, 말을 모는 권마성(勸馬聲)을 모태로 했다는 설렁제 등 다양한 창법(唱法)이 있다.

여기서 음악이론의 용어는 학자에 따라 많이 다르다는 점을 참고로 밝혀 둔다. 정병욱(『한국의 판소리』, 집문당, 1981, pp.51~64)은 이를 '창법'이라 하고, 최동현(『판소리란 무엇인가』, 에디터, 1991, pp.88~89)은 이를 '조(길)'라는 항목에서 다루고 있으며, 백대웅(『다시 보는 판소리』, 어울림, 1996, pp.15~16)은 분류 기준 자체를 달리하여 '조'와는 다른 개념인 '길'이라는 용어를 쓰는 등 매우 다양하게 용어와 개념이 제시되어 있다. 보다 체계적이고 심도 있는 연구가 필요한 부분이다.

창자의 목소리도 그 높이에 따라 최상성(最上聲), 중상성(中上聲), 평성(平聲), 하성(下聲), 중하성(中下聲), 최하성(最下聲) 등으로 구분하며, 음의 질에 따라 통성(通聲), 철성(鐵聲), 수리성, 세성(細聲), 천구성, 귀곡성(鬼哭聲), 떡목, 노랑목, 마른목 등으로 나누는 등 매우 세밀한 분류와 구분이 있다.

또 판소리는 그 창법에 따라 동편제(東便制)와 서편제(西便制) 그리고 중고제(中古制)로 나누는데, 동·서의 구분은 섬진강(蟾津江)의 동쪽과 서쪽이라는 뜻도 있으나 그보다는 19세기 초반에 활동했던 명창들의 창법에서 비롯된 것으로 추정한다. 송흥록(宋興錄) 명창에서 비롯한 씩씩한 우조(羽調)의 창법을 동편제라 하고, 박유전(朴裕全)에서 비롯한 애절한 느낌의 계면(界面) 창법을 서편제라 한다. 경기·충청 지방에서 유통되었다는 중고제는 염계달(廉季達) 명창류의 창법이라지만 오늘날에는 이 소리를 전하는 이가 별로 없다.

「춘향가」나 「수궁가」와 같이 한 편의 판소리는 이른바 유형(type)에 해당하므로 그 음악의 대체적 흐름은 거의 비슷하다. 그러나 재능 있고 개성적인 창자에 의해 새로운 음악이 생겨나기도 하고, 또 색다른 사설로 변모하기도 한다. 이처럼 판소리는 고정 불변이 아니라 지속과 변모를 꾸준히 계속하는 살아 생동하는 음악문화이기도 하다.

누군가에 의해 이루어진 특징적인 음악적 변화 또는 특정인의 장기에 해당하는 소리를 가리켜 '더늠'이라고 한다. 또 '바디'라 하여 더늠과 함께 특징적인 음악의 전승 계보를 나타내기도 한다. "박녹주의 제비 노정기는 김정문 바디다."고 하면 박녹주의 '제비 노정기'가 김정문에 의해 창작되었다는 뜻, 그리고 박녹주가 그것을 계승했다는 뜻을 동시에 나타냄으로써 판소리 음악의 지속과 변화의 생동성을 반영한다.

창조를 거듭하는 음악

반주자인 고수(鼓手)는 창자가 소리를 할 때 북으로 장단을 맞추어 준다. 북은 둥그런 통 양쪽에 소가죽을 대어 만드는데 지름이 40㎝, 폭이 25㎝ 안팎이다. 고수는 왼쪽 손바닥으로 궁편을 치고, 바른손에는 20㎝

정도 길이의 북채를 쥐고 채편
과 북통을 두들겨 (왼손잡이는
반대로) 장단을 맞춘다.

▶ 북과 북채

판소리에서 사용되는 장단은
대략 일곱 가지로 나뉜다. 가장
느린 진양조는 24박(拍)이고, 그
다음 중모리는 12박, 보다 빠른
중중모리가 12박, 좀더 빠른 자
진모리는 4박, 그리고 가장 빠른 휘모리는 4박으로 되어 있다. 여기에
변형 장단인 엇모리 5박 또는 10박, 엇중모리 6박 등이 있다.

장단을 가리키는 용어도 통일이 되지 못한 채로다. '모리'는 '머리',
'몰이' 등으로 사람에 따라 달리 표기되기도 하고, 동일인이 중모리와
중중모리에는 '머리'로, 자진모리와 휘모리에는 '몰이'로 달리 구별하
여 쓰기도 한다. 이는 판소리가 구전심수(口傳心授)로 전승되는 과정에서
빚어진 혼란이다.

그런데 진양조가 24박이라 해서 스물네 번 북을 꼭 두들기는 것은
아니며, 그 치는 강도(强度)도 매번 일정한 것이 아니다. 박의 수는 개념
적으로 존재하는 것이고 같은 장단이라도 노래의 의미와 분위기에 따
라 북을 세게 혹은 약하게 치는가 하면 같은 박이라도 북을 치지 않고
그냥 넘어가기도 하고 어떤 때는 잔가락이라는 것을 더 넣어서 치는
회수를 늘이는 등 북치는 강도와 회수 등이 매번 달라진다.

〈진양조〉

박	1	2	3	4	5	6	7	8	9	10	11	12
구 음	합	궁	궁	궁	탁	탁	궁	궁	궁	궁	딱따르락	뚝 딱
박	13	14	15	16	17	18	19	20	21	22	23	24
구 음	궁	궁	궁	궁	탁	궁	궁	궁	궁	궁	구궁	구웅

〈중모리〉

박	1	2	3	4	5	6	7	8	9	10	11	12
구 음	합	궁	딱	궁	딱	딱	궁	궁	딱	궁	궁	궁

〈자진모리〉

박	1			2			3			4		
	1	2	3	4	5	6	7	8	9	10	11	12
	합			궁			궁		딱	궁		

〈휘모리〉

박	1	2	3	4
구 음	합	궁	궁딱	궁

또 이런 변화에 정해진 규칙이 있는 것이 아니므로 고수의 고법(鼓法)은 완전히 개성적인 것이며, 고법의 성패(成敗)는 창자의 창법과 소리의 의미에 잘 조화하면서 흥을 이끌어 내는 정도에 달리게 된다. 이처럼 북장단은 같은 곡이라도 북을 치는 법이 같을 수가 없으므로 똑같은 고법은 있을 수 없고, 장단이 그 때마다 새로이 창조된다는 특징이 있다.

따라서 고수는 창자의 소리 장단과 내용은 물론 음질이며 순간적 변화까지를 잘 알아야 한다. 여기서 더 나아가 엇부침이니, 밀부침, 당겨부침, 잉애걸이, 완자걸이, 괴대죽 등 정규 장단보다 일부러 먼저 치기도 하고 나중 치기도 하는가 하면 엇걸려 나가게도 하는 다양한 변주를 구사할 수 있어야 한다.

그뿐만이 아니다. 고수의 또다른 역할로서 중요한 것은 창자와의 교감이다. 몹쓸 짓을 하는 이야기가 나오면 "저런 죽일 놈이 있나!"와 같이 창자의 말에 맞장구를 치는가 하면, 이야기의 진행과는 무관한 간단한 대사를 창자와 주고받기도 하고, 창자를 격려하고 고무하기 위해 '얼씨구', '으이', '그렇지' 등 간단한 말로 추임새를 넣기도 하고, 창자를 이끌어 가는 지휘자도 되어야 한다는 점이다. 그런가 하면 "물이나 한 모금 마시고 허지!" 등 창자의 변화나 상황에 대응하여 즉흥적인 말로 분위기를 유도하기도 한다.

판소리는 이처럼 고수와 창자가 일체가 되어 판을 이룬다. 따라서 판소리의 고수는 매번 반주 때마다 한 편의 새로운 판소리 고법을 창작한다고 할 수 있다. 판소리계에서 흔히 '일고수 이명창(一鼓手二名唱)'이라는 말을 하는데, 이는 고수의 역할에 이만한 창의성과 수련이 중요하고, 그만큼 고수가 판의 형성에 중요함을 강조한 말로 이해할 수 있다.

▶ 판소리 창자와 고수. 창자는 주로 서서 소리를 하지만 이처럼 앉기도 한다. (창자 : 오정숙, 고수 : 김동준)

3. 공연문화인 판소리

흥행성이 기반인 판소리 공연

창자는 판소리를 할 때 부채를 손에 든다. 이 부채는 창자의 소도구이자 조흥(助興)의 도구라 할 수 있는데, 이도령이 변사또 생일 잔치에서 시(詩)를 짓는 대목에서는 글씨를 쓰는 시늉을 하는 붓이 되고, 심봉사가 황성을 갈 때는 지팡이가 되며, 부채를 두 손에 펴 들면 방자가 가지고 가던 편지가 되는가 하면, 흥부가 박을 탈 때는 톱이 되고, 흥이 날 때 부채를 '좌악!' 소리가 나게 펴면 분위기 고조를 위한 상징적 소도구가 되기도 한다.

　창자는 주로 서서 노래하지만 때로는 앉거나 엎드려 노래하기도 하고, 적절한 몸짓이나 가벼운 춤사위를 연기하기도 하는데, 이를 '발림'이라고 한다. 고수는 북을 앞에 놓고 책상다리를 하고 앉아 장단을 맞추면서 추임새를 넣는다. 청자는 앉아서 듣지만 그저 손님만은 아니다. '그렇지', '아면(아무렴)', '잘한다' 등 고수 못지 않게 추임새를 넣으면서 흥을 돋구고 감동을 공유하면서 창자 및 고수와 함께 일체가 되어 판을 구성한다. 이처럼 청자가 판에 동참하여 판의 일체감을 형성하려면 판소리를 듣고 흥에 어우러질 수 있는 소양이 갖추어져야 한다. 그런 소양과 능력이 빼어난 사람을 '귀 명창'이라고도 한다.

　이렇게 보면 판소리 연행(演行)은 그 때마다 새로이 창조된다고 할 수 있으며 동일한 판은 두 번 다시 없다고도 할 수 있다. 이런 점에서 판소리는 일회적(一回的)이며 현장적(現場的)이다. 따라서 판소리는 그 때 그 때의 공연 현장에서 새롭게 태어난다.

　「춘향가」 한 편을 다 부르는 데는 대체로 3~5시간이 걸린다. 그러기에 예전에 광대가 마을을 찾아돌며 소리를 할 때에도 한꺼번에 소리를 다하지는 못하고 "어제 '오리정 이별'까지 했으니 오늘은 그 다음을 이어서 하겠다."는 식으로 이어 가고, 그렇게 하면서 몇 날 며칠을 묵어 가며 계속했다고 한다. 그러기에 시간의 제약을 받는 공연에서는 「심청가」 중 '인당수 대목', 「적벽가」 중 '군사 설움 대목'식으로 한 부분만 소리를 하게 된다. 이렇듯이 부분만을 떼서서 하는 것을 '도막소리'라 한다.

또한 판소리를 할 때 창자는 먼저 '허두가(虛頭歌)' 또는 '단가(短歌)' 혹은 '목 푸는 소리'라고 부르는 짤막한 소리를 먼저 한다. 대부분 중모리 장단으로 되어 있는 단가는 '진국명산', '이 산 저 산', '만고강산' 등 그 노래말 첫머리로 제목을 삼는데, 서사적인 이야기가 아니라 대체로 관념적이고 환상적인 내용이나 인생 무상을 노래한 서정성이 주조를 이룬다. 이들 단가는 그 자체의 독자성을 지니고 있어서 도막소리처럼 독립적으로 불리기도 한다.

영화 「서편제」에 삽입됨으로써 일약 유명해진 「이 산 저 산」의 사설은 다음과 같다.

이 산 저 산 꽃이 피니 분명코 봄이로구나. 봄은 찾아 왔건만은 세상사 쓸쓸하더라. 나도 어제 청춘일러니 오날 백발 한심하구나. 내 청춘도 날 버리고 속절없이 가버렸으니 왔다 갈 줄 아는 봄을 반겨 한들 쓸 데 있나. (…하략…)

창을 하기 전에 단가를 부르는 것은 악기 연주 때 음을 고르는 것과 마찬가지로 창자의 목을 풀어 줌과 동시에 성대와 음정을 미리 조절하고, 소리판의 분위기를 정돈하는 효과가 있다. 듣는 사람에게도 단가는 마치 극장의 공연 시작을 알리는 징소리처럼 판이 벌어지는 상황에 동참하기 위한 준비를 하게 해 준다.

최초의 판소리가 어떤 형태로 공연되었는지는 자세히 알기 어렵다. 다만 장소나 청자의 다소에 관계없이 요구에 따라 공연되었음이 확실시된다. 대동강 능라도에서 사람들을 앞에 놓고 소리를 하는 모홍갑(牟興甲)의 모습을 그린 '평양감사부임도' 중 일부나, 민화 '철산읍(鐵山邑)

지도' 중 일부는 판소리가 야외에서 공연된 것을 보여 준다. 그런가 하면 기산(箕山) 김준근(金俊根)의 '풍속도'는 판소리가 실내에서 연행된 것을 보여준다. 이처럼 때나 장소에 관계없이 판소리는 청자의 요구가 있는 곳이면 어디서든 연행되었던 것이다.

▶ 열 폭 짜리 병풍 「평양감사부임도」 중 둘째 폭. 명창 모흥갑이 대동강 능라도에서 소리하는 부분. 고수 앞에 서서 손에 부채를 든 모습. 옆에 이름이 적혀 있다. (서울대학교 박물관 소장)

판소리 광대는 그것이 직업이므로 그에 응당한 대가(代價)가 필요했다. 그것을 '놀이채'라고도 하였는데, 광대는 그런 대가가 후한 곳을 찾아서 농촌이나 어촌 등으로 철따라 이동도 하였고, 판소리에 이해가 깊거나 호의를 가진 부호나 양반들의 사랑을 찾기도 하였다. 이처럼 판소리 광대를 불러 소리를 들어준 사람들이 판소리의 저층(底層)을 이루었다.

보다 크고 융성한 소리판은 과거 급제 축하연이나 회갑연 또는 관가(官家)의 연회(宴會) 등이었다. 앞에 말한 철산읍 지도에 그려진 그림은 철산읍을 찾은 관찰사를 환대하기 위하여 소리판을 벌인 광경을 그린 것으로 추정되는데, 이로 보아 모든 예술이 그러했듯이 판소리도 돈과 결부되어 있었다.

▶ 여덟 폭 짜리 민화 병풍 「철산읍지도」 중 일곱째 폭의 판소리 연행 부분. (호암 미술관 소장)

이처럼 대가를 추구하는 흥행적 성격은 판소리가 생산자와 소비자 사이에 수요와 공급이라는 경제적 구조를 기반으로 발전해 온 것을 말해 준다. 판소리라고 해서 예술적 탐구성과 진지성에 무심했던 것은 아니지만 판소리를 활성화한 힘은 대가를 지불하는 대중이었음이 분명하다.

결국 광대는 청자가 원하는 것을 확대하고 강조해서 재생산해 나가는, 즉 생산자와 수용자가 함께 만들어 가는 일종의 대중문화였던 셈이다.

살아 숨쉬는 인간의 표상

판소리 사설에는 진지한 한문투나 명문(名文) 명시(名詩)의 구절과 같은 상층문화적 표현이 다수 있는가 하면, 욕설이나 비어(卑語), 속어(俗語) 등 하층문화적 요소도 많다. 지금까지는 이를 흥행적(興行的) 이중성(二重性) 때문에 그리 된 것으로 해석해 왔다. 계층별로 다른 기호에 영합해야 하는 흥행적 필요 때문에 이런 상반성이 혼재하게 되었다는 것이다.

판소리가 주로 도막소리로 공연되는 점에 비추어 보면 일견 그런 해석에 수긍이 가기도 한다. 그러나 이런 의문점이 있다. 아무리 도막소리로 향유된다 하더라도 판소리 전편의 유기성에 전혀 무심한 채로 오직 청자만을 고려하여 계층에 따라 달리 사설을 짜는 일이 실제로 가능할까 하는 점이다. 또 그토록 청자의 계층적 기호를 고려했다면 동일한 대목에 상층 청자용과 하층 청자용의 이형태(異形態)가 따로 있었다는 흔적이 더러 발견되어야 마땅할 터인데 그런 자취는 찾을 수 없다.

따라서 이 상반성을 계층적 분점(分占)의 결과로 보는 것은 적절하지 않다. 그보다는 인간 심리의 이중적 속성에서 그 동인을 찾는 것이 옳을 것이다. 대부분의 개인이 그러하지만, 언어생활에서도 사람들은 사회적 가면(假面)과 본능적 진면(眞面)의 두 영역을 넘나들며 살아간다. 이로 미루어 볼 때, 한문 문장이나 시구 등 아어형(雅語形) 사설은 사회적 가면에, 그와는 상반되는 욕설이나 음담패설 등 속어형(俗語形) 사설은 본능적 욕구에 각기 영합하는 표현 방식이라 할 수 있다.

실제로 판소리는 상반된 이중성으로 점철되어 있다. 정절(貞節)의 표상인 춘향이 외설스럽기 그지없는 초야(初夜)를 치르는 것, 비장ㆍ경건

했던 심봉사가 경망 외설스러운 방아타령을 벌이는 것, 생계 차원의 고난을 겪으며 소심하기 짝이 없다가 나중에는 이와 판이하게 호언과 경망을 겸하는 것 등이 모두 인간의 삶이 지닌 양면성의 형상화라고 할 수 있다.

더구나 그 상반성의 추구가 지나치게 철저한 나머지 다른 부분과는 동떨어질 정도의 독립성을 지니는 '부분의 독자성'(조동일, 판소리의 전반적 성격, 조동일·김흥규 편, 『판소리의 이해』, 창작과비평사, 1978)을 보이는가 하면, 상황의 일관성이나 지속성과는 무관하게 주어진 상황의 전형적 특성만을 과장적으로 제시하는 '장면극대화'(김대행, 『한국시가구조연구』, 삼영사, 1976)로 나아가기도 하였다.

또한 상층 언어와 하층 언어가 본래의 계층성을 상당 부분 상실하고 상대에게 의지하여 존립하고 나아가 서로를 끌어당기는 인력까지 작용하게 되는 '담화 접변'(김현주, 『판소리 담화 분석』, 좋은 날, 1998) 현상을 보이기도 한다.

따라서 이러한 양면성은 단순히 기교의 문제가 아니라 본질적인 인식의 반영으로 보아야 옳다. 그러한 인식의 면모를 인간 개개인이 지닌 본연적 이중성 또는 모순성에서 유추할 있다.

판소리 속의 이야기는 경직된 영웅이나 일방적 바보가 아닌 우리 자신의 본질에 관한 것이며, 우리 주변에서 보는 모든 인간의 실상을 있는 그대로 형상화한 것이 판소리이기에 그 표현조차도 양면성을 지니게 된 것이다. 그래서 우리는 판소리에서 햄릿(Hamlet)이나 동키호테(Don Quixote)처럼 한 측면만으로 행동하는 박제(剝製)된 인간 대신에 그 둘을 아울러 지니고 살아 숨쉬는 실재의 이웃과 같은 인물을 만나게 되는 것이다.

판소리는 양면성(兩面性)이 강한 문화 양식이다. 전문가와 구경꾼이

한데 어우러져 형성되는 판 자체가 그러하고, 상층적인 것과 하층적인 것이 뒤섞인 문체가 그러하며, 근엄하면서 또한 방정맞은 인물의 행위가 모두 양면적이다. 그러기에 기생이면서 기생 아닌 춘향이 이중적이고, 양반이면서 양반 아닌 흥부가 양면성을 지니고 있다. 또 어떤 부분에서는 지극히 사실적이다가 그 즉시 고도의 관념으로 달려가는 표현도 양면적 뒤섞임이라 할 수 있고, 눈물과 웃음의 혼재가 또한 이중적이다.

이러한 양면성 또는 이중성은 일관성(一貫性)이라는 잣대를 대고 보면 예술 작품으로서의 완성도를 떨어뜨리는 요소로까지 보일 수 있다. 그러나 그 일관성으로 응축된 인물의 형상은 주제를 향해 긴밀할 따름이지 살아 있는 인간 같지가 않다. 그들은 생활하는 사람이라기보다 표본실에 전시된 인간이다.

용맹한 영웅도 연약한 정감(情感)에 젖을 때가 있으며, 하찮은 인물도 의미 있는 통찰력을 발휘할 경우가 있고, 단장(斷腸)의 슬픔 속에서도 웃음을 지을 수 있는 것이 인간이다. 그러고 보면 판소리의 여러 요소가 지닌 양면성은 인간이 지닌 이중성을 반영한 것이라 할 수 있다. 그러기에 그 인간들은 살아 숨쉬며 우리에게 가까이 다가온다. 판소리가 우리에게 주는 친밀감의 비밀이 바로 여기에 있다 하겠다.

생활문화로 보는 판소리
-판소리와 우리 삶의 방식

1. '삶의 방식'인 판소리

삶에 대한 판소리의 인식

판소리를 지적 세련의 결과 또는 그 성취물인 예술로 보기를 잠시 미뤄 두고 문화로 보자는 것이 여기서 강조하려는 일관된 관점이다. 또 문화를 이데올로기나 헤게모니의 역학으로 보는 의미 작용의 관점을 잠깐 덮어 두고 '삶의 방식'(way of life)으로 보자는 것이다. 관점을 이렇게 정하고 보면 판소리가 우리 민족의 삶에 근거하여 이루어진 문화로서의 특성을 내장하고 있음이 드러난다.

판소리에는 악인(惡人)이 없다는 것이 특이하다. '변사또'도 '춘향'을 고난에 빠뜨리는 악인이라기보다는 이미 운명적으로 예정된 이별 상황에 고난을 가중시키는 부가적 장치에 지나지 않는 조역이므로 본질적 반동 인물이 못 된다. '놀부'에게조차도 악인형이라는 명명은 적절해 보이지 않으며 '토끼'나 '조조' 또한 그러하다. 악인이 부재하는 가장 확실한 「심청가」가 비극의 최고봉에 있음을 보면 이 점이 더욱 두드러진다.

판소리에 악인이 등장하지 않는 특성은 고전소설 일반에까지 확대 적용할 수 있을 정도로 우리 이야기 문화의 한 보편적인 현상이라고 할 수 있는데, 이는 삶에 대해 우리 문화가 지녔던 관점의 특이성을 반영한다고 할 수 있다. 그래서 서양의 서사 이론과 맞아떨어지지 않는다는 고민을 빚어냈던 적도 있었다. 그렇지만 이러한 특성은 삶이며 세계를 이항대립적(二項對立的)인 구조로 보기보다는 상호 연관되고 동화되어야 할 범주로 보는 관점의 소산으로 이해해서 별 무리가 없을 듯하다.

판소리의 이러한 특성은 '인지(認知) 체계로서의 문화'라는 명제를 떠올리게 한다. 세계를 인식하고 그것을 약호화(約號化)하는 방식으로 전개된 판소리의 지향을 확인할 수 있기 때문이다. 이것이 서양의 그것과는 다르다는 점 때문에 그들이 말하는 동양 특유의 '비극적인 안정감 운운' 하는 평가에 해당한다고 보기도 하지만, 그보다는 판소리가 지닌 인간관과 자연관의 표상화로 보고자 한다.

이런 관점에서 볼 때 판소리의 또다른 특징인 '장면극대화' 또한 인지 체계로서의 문화임을 알 수 있게 된다. 동일한 토끼가 자라의 꼬임에 빠질 때는 지극히 우둔하다가 용왕을 속일 때는 계교가 출중해지는 것은 일관성의 결여가 아니라 인간의 행위에 대한 인식의 틀을 보여주는 것이라 할 수 있다.

인간의 행위를 일관된 가치의 발현으로만 이해하는 것은 우리의 경험에 비추어 보더라도 적절하지 않음을 알 수 있다. 또한 공자(孔子)나 예수와 같은 성인(聖人)들의 삶에서조차도 가치의 흔들림과 일관성의 결여를 발견함으로써 인간은 결국 그러하다는 것을 우리는 확인할 수 있

다. 이런 점에서 장면극대화는 그러한 인간 실상(實相)의 표상화라 할
수 있다.

적응 · 상징 · 구조 체계적 성격

판소리가 비애(悲哀)를 웃음으로 극복하는 특성을 지닌 점은 '적응(適
應) 체계로서의 문화'라는 명제를 떠올리게 한다. 자연 환경에 못지 않
게 삶의 모든 것이 환경으로 작용한다는 점을 받아들이고 보면, 비애의
극복이 눈물보다는 웃음으로 가능하다는 삶의 태도가 얼마나 효율적이
며 적절한지를 생각하게 된다.

판소리의 도막소리에서도 비애의 상황을 웃음으로 마무리하는 일이
흔하다든지, 도막소리를 공연하는 창자조차도 웃음 대목을 섞어서 판
을 짜는 현상은 이러한 적응 체계가 거의 공식화의 수준에 이른 것임
을 확인해 준다. 그것은 삶의 비애에 대한 해결의 방식이며 이러한 문
화가 떠들썩한 치상(治喪)의 풍속 등 민속의 여러 분야에서 널리 보편화
한 것이기도 하다.

적응 체계로서의 판소리가 지닌 이중적 구조라는 특성은 정보 지향
과 오락 지향의 이중성을 보이는 '판짜기의 이원성'으로도 발전하고,
'아정(雅正)과 비속(卑俗)의 교차'라는 문체적 특성으로 확장되기도 하며,
'터무니 없음'을 동력으로 하는 해학 추구로도 나아간 것으로 이해된
다. 이 모두는 삶의 애환에 대한 적응 방식으로 이해해서 큰 무리가 없
을 것이다.

「춘향가」의 주제가 열(烈)이고 「심청가」의 주제가 효(孝)이며 「수궁가」
가 충(忠), 「흥부가」가 우애(友愛)를 주제로 하는 것으로 이해됨은 '상징
(象徵) 체계로서의 문화'라는 면모를 보여 준다. 다중(多衆)의 참여를 통
해 그리고 시대를 이어 오며 이루어진 이 주제들은 집단 표상으로 이

해될 수 있고, 판소리는 이러한 표상을 통하여 공동의 가치를 추구한 증거가 된다.

판소리를 '구조(構造) 체계로서의 문화'라는 관점에서 접근할 수도 있을 듯하다. 신재효의 「남창 춘향가」 사설 중에 "한 귀로 몽그리되 안짝은 제 글자요 밧짝은 육담이라."는 표현이 나오는데, 여기서 보듯이 안짝과 밧짝은 둘이 한데 어울려 하나의 말을 만들게 된다.

이렇듯이 안짝과 밧짝의 결합으로 말을 이루어내는 방식은 인간 심성의 구조에 대한 이해를 반영한다고 볼 수 있다. "삼강이 중하기로 삼가히 본받았소."에서 보듯이 여기서 안짝 밧짝은 이항대립적 요소가 아니라 서로 연합하여 생각이 전개되는 별개의 요소이다. 생각은 단서를 근거로 하여 전개되며, 그 단서와 전개된 생각 사이에는 유기적 관계가 성립하는 구조를 보여준다.

구조 체계로서의 문화라는 명제는 본디 하나의 문화보다는 문화 일반을 통틀어 꿰뚫고자 수립된 관점이다. 그러나 판소리만이 아니라 우리 사유 일반이 자연친화(自然親和)적인 발상을 견지한다든가 삶의 이치를 간직한 전범(典範)으로 자연을 생각하는 인지적 보편성의 체계를 구체화하고 있는 점과 관련지어 보더라도 이러한 구조적 성향이 확인된다.

여기서 생각해 본 인지, 적응, 상징, 구조의 네 관점은 문화에 접근하는 학문적 시각에 따라 명명된 것이므로 서로 배타적인 분류가 아니라 상관적이고 상보적인 네 성향으로 보는 것이 옳다. 그러나 판소리를 예술로만 보는 관점이 시야를 제한하는 점을 고려한다면 판소리를 다양한 각도에서 문화로 보는 일이 필요해진다. 또 판소리가 부등켜안고 있는 문화적 정체성을 명료화하기 위한 근거로 때로는 범주가 뒤섞이고 넘나들더라도 다양한 측면에서 판소리를 바라볼 필요가 있다.

2. 꿈을 표상하는 판소리문화

만인이 하나 됨을 추구하는 문화

판소리는 전문적인 창자라야 노래할 수 있는 고도로 세련된 예술이지만, 그렇더라도 고수와 청자의 동참을 통한 혼연일체가 이루어지지 않으면 판이 어우러지지를 않는다. 이런 점에서 판소리는 그 판의 모두가 동참하는 문화이다.

이 점이 무대 중심인 서양의 공연문화와 크게 다른 특질이라 할 수 있다. 서양의 음악이나 연극은 전문가가 하는 일을 조용히 보고 있으면 된다. 말하자면 그들만의 진지함과 몰두를 엿보기만 하면 되는 것이다. 아니 기침 소리 하나라도 그 전문성을 방해해서는 안 되며 다만 그것이 끝난 뒤에 박수를 치거나 환호하고 열광하는 것이 관객의 소임이다. 이처럼 하는 사람과 보는 사람이 철저히 분리되어 있다.

그러나 판소리만이 아니라 우리의 문화일반은 그와 달라서 모두의 동참으로 판이 어우러진다. 탈춤만 해도 탈을 쓴 연희자는 악공(樂工)과 대화를 나누기도 하고 관중의 추임새가 있을 때 더 신명이 난다. 농악이나 농사일을 하면서 부르는 소리들도 모두가 동참하는 구조를 지니고 있다. 심지어는 사람이 아프거나 죽은 넋을 달래는 굿을 할 때에도 구경꾼이 동참하는 장이 있어 한데 어우러진다.

우리 전통 문화 전반에 이런 동참의 구조는 보편적이다. 이러한 일체성(一體性)의 지향과 심성이 아직도 남아 있는 흔적을 우리는 영화가 상영되는 신식 극장에서 종종 확인하게 된다. 위기에 처한 인물을 구하기 위해 달려가는 말발굽 소리에, 혹은 자동차의 속도에 안타까워하면서 스크린 속의 인물에게 속도를 재촉하는 박수 소리가 바로 동참의 문화를 재확인하게 해 준다.

이런 점으로 미루어 본다면 판소리는 우리 문화의 중요한 특징이라 할 수 있는 일체성의 모습을 강하게 드러내 준다 하겠다. 그러기에 판소리를 전문가만이 할 수 있는 '쎅소리'이므로 인민성의 원칙에 어긋난다고 추방해버린 북한의 문화 정책은 우리 문화의 참된 뜻을 다 헤아리지 못한 성급한 결정이라고 말할 수 있다.

이런 말을 할 수 있는 근거는 판소리가 누구누구만의 것이 아니라 만인의 것이었다는 사실에서 찾을 수 있다. 앞에서 살펴본 바 있듯이 판소리는 모두가 하나됨을 지향하는 본질을 바탕으로 형성되고 발전해 왔다. 그러한 일체성에 기반을 두었으므로 개인적 삶이라는 관점에서 본다면 판소리 판에서는 누구나 다 같이 평등하고 사회적 삶이라는 측면에서 본다면 모두가 협동적 활동을 한다. 이를 달리 말하면 평등과 박애를 구현하는 장이 소리판이므로 판소리는 가장 민주적인 문화였다.

물론 소리를 하는 사람과 북을 치는 사람이 따로 있고 그것을 듣는 사람이 따로 있었다는 것은 판소리가 일종의 분업(分業)적 모습으로 이루어졌음을 말해 준다. 그렇게 할 수 있는 사람과 할 수 없는 사람의 구별이 있음도 사실이다. 그러나 그 일을 나눠 맡았던 까닭은 선민(選民)을 강조하기 위해서가 아니라 하나됨의 효율성을 위해서였다고 봄이 옳다. 노래방에서 합창을 하듯 일체성을 추구하기 위한 장치가 판소리적 분업이라고 보아야 한다.

그렇다면 이러한 일체성을 지향하는 판소리의 본질이 생겨난 근원에 대하여 생각할 필요를 느낀다. 그리고 그 답을 공동체적 결속의 지향이 강렬했던 우리 민족의 삶에서 찾을 수 있다. 흔히 말하듯 두레 공동체를 비롯한 농경사회의 생활 방식 대부분이 하나됨을 추구하는 강렬한 지향을 구체적으로 보여준다.

판소리는 이런 점에서 일체성의 구현이라는 우리 삶의 이상이 하나의 양식으로 표상된 것으로 보아 무리가 없다. 그러기에 판소리를 가리켜 민족문화적 특성이 강한 양식이라고 말할 수 있다.

웃음으로 하나 되는 문화

판소리는 해학미(諧謔美), 골계미(滑稽美)를 추구하는 문화라는 점에 이의가 없다. 이를 다른 말로 하면 웃음을 추구하는 문화라는 말이 된다.

판소리의 어느 대목이든 웃음이 없는 부분은 없다. 아주 슬픈 대목조차도 웃음이 포함되며 하다 못해 그 끄트머리에서라도 웃음은 나온다. 「춘향가」의 옥중 해몽(解夢) 대목에서 비장한 꿈이야기의 한쪽에는 봉사의 해학이 나오고, 「수궁가」의 용왕 득병(得病)에서 조정으로 입시(入侍)하는 어족(魚族)들을 비장하게 바라보아야 할 용왕이 "내가 오늘 용왕이 아니라 생선전 도물주가 되었구나."라고 말하는 것은 일부러 웃자는 웃음의 추구이다. 이를 '정서적 긴장과 이완의 구조'(김흥규, 판소리의 서사적 구조, 조동일·김흥규 편, 『판소리의 이해』, 창작과 비평사, 1978, pp.116~126)로 해석하기도 한다.

판소리 한 편 전체로 보면 대체로 전반부는 사건의 진행과 관련된 정보에 치중하지만, 후반부로 갈수록 사건의 전개 또는 귀결과는 무관한 웃음이 확장적으로 추구되는 경향이 있다. 「흥부가」의 후반부는 박에서 나온 각종 군상들이 벌이는 일에서 빚어지는 웃음으로 가득하며, 「심청가」는 심청이 인당수에 빠진 뒤에 뺑덕어미와 관련된 웃음이 대종을 이룬다. 「수궁가」 또한 토끼의 용궁행에서부터 웃음이 더 많아지고, 「적벽가」도 적벽대전 이후에서 웃음이 풍성해진다.

▶ 1990년대의 창극「심청가」심청이 인당수에 뛰어드는 장면. 이 비장한 대목에서조차 웃음
은 끼어든다. (국립극장 사진)

웃음의 종류를 '즐거운 웃음'과 '웃는 즐거움'으로 구분하기도 하는
데, 즐거워서 웃는 웃음이 전자라면 후자는 심청의 인당수행이나 춘향
의 옥중 수난처럼 결코 즐겁다고 하기 어려운 갈등이나 비애의 상황에
서도 웃음을 만들어 냄으로써 그 갈등이나 비애를 해소하는 것이다.(김
대행, 『시가시학연구』, 이대출판부, 1991) 판소리의 웃음은 주로 후자라고 할
수 있다.

판소리가 웃는 즐거움을 위한 웃음 유발의 장치라는 점은 삶에 대한
우리 민족의 인식 또는 대응 방식으로서 중요한 의미를 지닌다. 심청이
인당수로 팔려가는 것과 같은 슬픈 대목에서 기어이 웃음을 유발하는
것은 '웃음에 의한 비애의 극복'이라 할 수 있으며, 이는 고난에 찬 인
간의 삶을 해결하는 방식으로 이해할 수 있다. 비애는 눈물보다 웃음으
로 극복된다는 인식이 이러한 웃음에 바탕을 이루고 있다.

이처럼 웃는 즐거움을 추구하는 경향은 우리 문화에 매우 폭넓게 그리고 심층적으로 자리잡고 있다. 전통 상례에서 문상객(問喪客)은 상주(喪主)를 웃기는 것을 바람직한 것으로 보며, 상가(喪家)는 비통한 침묵보다 잔칫집 같은 흥청거림을 권장한다. 이것은 사람이 살아가자면 필연적으로 부딪칠 수밖에 없는 수많은 비애의 극복이 웃음으로 가능하다는 인식의 표현으로 볼 수 있다. 사람이 죽었을 때 벌이는 진도 지방 민속의 하나인 「다시래기굿」에서 맹인이 아이 낳는 장면을 연출하는 것은 순전히 '웃는 즐거움'을 위한 장치라 할 수 있다. 또 일상 생활에서도 화나는 일이나 무안한 일을 웃음으로 극복하는 사례는 흔히 볼 수 있다.

판소리는 이러한 웃음의 전형이며, 우리 문화가 지닌 웃음의 특성을 대표한다. 웃는다는 일이 즐겁고 행복하고 우월한 자만의 것이 아니라 슬픔 속에서도 추구하는 일이며, 특히 슬픔은 웃음으로 씻어지므로 비애와 갈등까지를 웃음으로 극복하려는 삶의 태도를 반영한다. 그러기에 우리는 고난 받는 흥부에게도 웃음을 보낼 수 있으며, 운명의 시련 속에 있는 심봉사에게서도 웃음의 꼬투리를 찾을 수 있는 것이다.

3. 판소리문화와 함께하기

민족문화적 전통 계승

지금까지 살펴 온 대로 판소리는 우리 민족이 살아온 방식의 표상이면서 예술적으로 수준 높은 양식이다. 그러니까 판소리는 민족문화의 훌륭한 전통으로 오늘날까지 끼쳐지고 있어 오늘의 우리가 사랑하고 있는 문화이기도 하다. 따라서 전해 오는 판소리는 민족문화의 전통으로서 보존되고 계승되어야 한다.

그러나 이런 생각이 때로는 엉뚱한 반론에 부딪치기도 한다. 우리 민족의 것이면 무엇이든지 보존되고 계승되어야 하는가 하는 반론이 그 대표적인 것이다. 이런 반론에는 과거의 것 가운데도 옳지 못한 것 또는 좋지 못한 것도 얼마든지 있을 수 있다는 생각이 자리잡고 있음은 물론이다.

전통 가운데는 버려야 옳다고 생각되는 부정적인 것도 없지 않음은 사실이다. 그리고 그러한 판단을 근거로 부정적인 전통에 대해서는 그 혁파를 얼마든지 주장할 수도 있으며 실제로 그렇게 했던 일도 얼마든지 있다. 잘못된 판단의 결과임이 결국에는 드러났지만, 북한이 판소리를 추방한 것이라든가 우리가 새마을운동의 깃발을 앞세워 전통문화를 제거 대상으로 삼았던 것은 바로 그런 사례이다.

이런 역사적 사례를 보면 부정적인 전통으로 판단된다고 하더라도 그것의 계승까지는 몰라도 보존은 되어야 한다는 생각을 갖게 된다. 여기에는 인간의 불완전성에 대한 고려가 깔려 있다. 사실 인간의 판단은 매우 불완전하다는 점이 널리 알려져 있다. 우리가 배우는 역사는 그런 교훈을 얻기 위함이다. 어떤 시점 혹은 어떤 상황에서는 최선으로 보이는 판단이 다른 측면에서는 최악의 것이 되는 사례를 우리는 얼마든지 볼 수 있고 또 보아 왔다. 따라서 어느 특별한 시점의 판단을 유일한 근거로 삼는 부정적 판단이 전적인 영향력을 행사하는 것은 위험하다.

일본의 히로시마[廣島]에는 원폭(原爆) 투하 지점이 보존되어 있는가 하면 독일의 베르린(Berlin)에 가면 2차세계대전 당시 무참히 파괴된 카이저-빌헬름(Kaiser-Wilhelm) 기념교회가 그대로 보존되어 있다. 그것은 전쟁의 기억을 넘어서서 패전(敗戰)의 기록이기조차 한데도 그들은 그것을 그대로 두고 있다. 이를 두고 그 사회들이 치열하게 전개했던 논쟁에서도 역사와 전통에 대한 무한한 관점의 존재 가능성을 생각하게 된다.

그런데 판소리의 전통은 우리 민족의 꿈과 삶의 지혜와 예술적 능력이 결집된 문화라는 점이 드러나 있다. 치욕의 역사도 보존하는 것이 나름대로의 의미를 지니는데 하물며 귀하고 뜻깊은 것임에랴. 따라서 이런 민족문화적 전통은 적극적으로 보존되고 또 계승되어야 한다. 그 것은 과거의 결과로서 현재가 있고 또 미래가 현재를 원인으로 전개된다는 유기적 연관에서 보더라도 마땅하다.

인류가 과거를 돌아보고 그러기 위하여 과거를 보존하고 또 그것을 오늘에 되살리려고 하는 것은 우리가 인간이기 때문이기도 하다. 생각하는 존재인 인간은 과거를 통해 내일을 예측하고자 노력하기도 하고, 무엇이 인간다운 길인가를 생각하기도 한다. 더구나 인간만의 특징인 문화는 이 점에서 매우 중요한 의의를 지닌다. 그러기에 어떤 문화든 우열이나 가치 판단을 앞세우기 이전에 그 문화적 의의를 인정하게 된다.

문화 특히 민족문화의 문화적 의의는 이런 점에서 그 민족의 정체성(正體性)과 깊이 관련된다. 정체성이라고 해서 꼭 남과 구별되는 차이만 있는 것은 아니고 어떤 것은 인류 보편의 것이기도 하고 어떤 것은 우리 민족만의 것일 수도 있다. 그러나 그 모든 정체성의 총화(總和)로서 그 민족은 하나의 민족답게 되는 것이며 판소리는 이 점에서 대표적인 문화에 해당한다.

민족적 정체성을 분명하게 인식하고 그것을 정신의 기둥으로 삼는 일은 공동체 형성을 위해서 꼭 필요한 일이다. 20세기의 개인주의, 그리고 새로운 세기의 세계적 보편주의 앞에서 공동체의 중요성이 다소 희석되는 느낌이 없지 않지만 이 점은 인류가 극복하지 않으면 안 될 숙제라는 점을 지적해 두고자 한다.

쟝-피에르 바르니에(Jean-Pierre Warnier)라는 서양 학자도 '문화 상품 시장의 세계화'와 '문화의 세계화'는 구분되어야 하며 '문화의 세계화'란 있을 수 없는 허구임을 강조하고 있다(주형일 옮김, 『문화의 세계화』, 한울, 2000). 운송과 커뮤니케이션의 수단이 고도로 발달함으로써 형성되는 문화상품 시장의 세계화는 자칫 문화가 세계적 보편성으로 나아가는 듯한 착각을 갖게 하지만 실은 선진 산업사회의 문화에 의해 각 지역의 특수한 문화가 파괴되는 현상에 불과하다는 것이다.

인간은 본질적으로 크고 작은 여러 공동체에 속해서 살아갈 수밖에 없도록 되어 있는 존재라는 점에서나 인간은 어디에 있건 어떤 지점 위에서 생활하도록 되어 있는 사회적 존재라는 점에서 세계적 보편성은 강자(强者)의 지배 논리일 수밖에 없는 것을 우리가 깨닫지 못한다면 크나큰 재앙을 부를 수밖에 없음은 자명하다.

그러기에 판소리가 민족문화임을 강조하는 것은 단순히 판소리 자체에 대한 폐쇄적 애정을 내비치는 것을 넘어서서 우리 민족의 삶을 인간답게 하려는 노력이라고 할 수 있다. 판소리의 본질이 바로 그러한 인간다움을 형상하는 것이고 그러한 꿈을 공유하려는 노력이라는 점에서도 이점은 중요해진다.

의미 있는 새로움을 향하여

이 세상에 변하지 않는 것은 아무것도 없으며 더구나 고여 있는 문화는 없다. 문화는 지키고 보존하는 그 자체에 목적이 있는 것이 아니라 새로이 창조하는 것이다. 그러기에 옛날의 우리 민족문화가 보존 계승되는 것이 필요한 까닭도 그것이 새로운 문화를 창달하는 데 밑거름이 되기 때문이다.

더욱이 중요한 것은 오늘날의 삶은 옛날의 그것과 현저하게 달라진 점이 많고, 앞으로의 삶은 더욱 그러하리라는 점이다. 그러니 문화는 삶의 방식이라는 점에 비추어 보더라도 판소리는 변해야 한다. 이것이 과거와 현재를 아우르며 21세기의 판소리가 짊어져야 할 사명이다.

더구나 급속하게 세계화로 나아가는 미래 사회에서 서구 문화에 함몰되지 않고 민족의 존재 의의를 확보하기 위해서는 우수하고 독자적인 문화를 더욱 발전시켜야 한다. 가장 민족적인 것이 가장 세계적인 것이라는 명제는 되풀이할 필요조차 없이 당연하며, 문화적 정체성을 지녀야 세계의 중심으로 설 수 있다. 더구나 문화적 세계화라는 것이 정치적·경제적 강자의 탐욕이 빚어내는 최면적 개념임을 깨닫게 되면 민족문화의 창달은 필수불가결의 요소임이 드러나며, 그러기 위해서는 새로운 시대가 요구하는 판소리문화를 창달해 나가야 한다.

새로운 시대의 판소리문화를 생각할 때 가장 중요한 것은 문화가 중시해야 할 요소가 바로 정신적 가치라는 점이다. 문화의 본질이 그러하듯이 인간이 인간답게 되는 노력이 문화를 형성한다. 따라서 판소리에 담겨 있는 긍정적이고 의미 있는 가치들이 새로운 시대의 판소리문화를 지탱하는 요소가 되어야 함은 매우 당연해진다. 다만 '새로움'만이 아니라 미래에 대한 전망을 담고 있어야만 그 문화는 비로소 의미를 갖게 되리라는 뜻이다.

따라서 새로운 시대의 판소리문화 창달을 위해서는 판소리문화가 지니고 있는 자질이 더욱 명료하게 드러나야 한다. 문화론적 시각에서 판소리를 바라보고 그 이론을 정교하게 해야 할 필요가 앞으로를 위해서도 절실하다. 또한 지금까지 드러난 판소리문화의 특질을 생각할 때 새로운 시대의 판소리문화 창달에는 다음 사항이 고려되어야 할 것이다.

첫째, 판소리의 문화적 정체성(正體性)이 바탕을 이루어야 한다. 여기서는 그것을 일체성, 웃음, 인간다움으로 진단한 바 있다. 그 동안의 창작 판소리를 비롯하여 창극 등의 공감도가 낮았던 원인은 일체적 동화보다는 구경꾼으로 방치하는 구조, 웃음이 없는 숭고나 비애 일변도의 이야기 전개, 살아 있는 인간이기보다 박제화된 인간상의 제시에 있었다. 이것의 극복이 판소리 부활과 재창조의 비결이다.

둘째, 판소리의 문법(文法)에 충실하되 시대적 감각에 부합해야 한다. 판소리 공연에서 가장 문제가 되는 것이 사설 내용을 이해하기 어렵거나 창자의 사설 전달이 불확실하다는 점이다. 이는 전승 판소리의 언어가 오늘날의 언어 현실과 거리가 있기 때문이다. 표현의 양면성을 기본 원리로 하되 오늘날의 것으로 혁신해야 한다. 중요한 것은 그 양면성을 꿰뚫으면서 현실적 리얼리티를 확보하는 능력이 된다.

이 두 가지가 판소리문화의 미래를 위한 모든 것일 수는 없다. 판소리를 들을 줄 아는 '귀명창'을 기를 수 있는 교육이 없는 것도 우울한 일이 아닐 수 없다. 이는 세계를 곧 '서구(西歐)'로 인식했던 우리 역사에 대한 뼈아픈 반성이 있어야 해결될 수 있는 문제이다. 더구나 아직도, 혹은 지금 더욱 새삼스럽게 세계화(世界化)를 외치는 목소리 속에는 서구의 정치 또는 경제가 풍겨대는 화약 냄새가 물씬하다. 이런 것을 불식하고 사태를 새로이 보는 눈의 확립도 시급하게 감당해야 할 문제다.

그러나 그 모든 것이 다 되어야만 판소리문화의 미래가 있는 것도 아니고, 그것이 다 갖추어진다고 어느 날 갑자기 판소리문화의 전성시대가 온다고도 할 수 없다. 이런 판단을 바탕에 두고 판소리의 저변 인구를 확대해 나가면 그 가운데서 천재가 나타나고야 말 것이다. 천재는 없는 것도 만들어 내고, 불가능한 일도 해 내는 사람이다. 그러한 노력의 출현과 결집을 기대해 본다.

II

판소리문화의 속살

정보와 놀이를 섞어 엮는 판짜기
-판의 구조화 원리와 이중주적 문화

1. 양면성 또는 이중성

「변강쇠가」의 짜임

신재효(申在孝)의 사설로 전해 오는 「변강쇠가」의 후반에는 다양한 인물의 군상(群像)이 등장한다. 여기서 후반이라 함은 강쇠가 장승 동티로 죽은 다음을 말하는 것이고, 이 부분에 등장하는 인물의 군상이라 함은 중, 초라니, 풍각쟁이, 가객, 통소잡이, 무동, 가야금 주자, 각설이, 고수, 뎁득이 등을 가리킨다. 여러 종류의 다른 인물들이 잇달아 나타난다는 점에서 '군상'이라는 명칭을 사용해도 무방할 듯하다.

그런데 강쇠의 죽음에 이은 치상(治喪) 장면의 전개도 다른 데서 그 예를 볼 수 없을 정도로 특이하거니와 여기에 나오는 인물들의 성격이 또한 특이하다. 그래서 그 동안 학계에서는 이 부분이 뜻하는 바를 해석해 내고자 노력해 왔다.

이 인물들이 민속 연희(演戱)를 담당한 계층이라는 점과 그렇기 때문에 유랑 생활을 할 수밖에 없었으리라는 점에 주로 착안하여 해석이 시도되었다. 그런 관점의 결론에 따르면 「변강쇠가」가 하층민의 유랑적 삶을 반영하고 있으며, 그 결과로 사실적 역동성(力動性)을 지니게 되었다는 것이다. 또 이런 논의의 연장선에서 「변강쇠가」의 '기물 타령'까지가 유랑민의 삶을 상징하고 있다는 해석에 이르게 된다.

그런가 하면, 「변강쇠가」의 전·후반은 각기 무습(巫習)의 '풀이'와 '놀이'에 해당한다는 관찰도 있다. 전반부가 강쇠와 옹녀의 일대기에 해당한다면, 후반부는 거창한 연희를 해학적으로 연출하고 있다는 점에서 오신(娛神)에 해당한다는 것이다. 이러한 관점을 다시 역사주의적인 시각에 연결시킴으로써 판소리의 후반부는 놀이를 통해 갈등의 해소 및 해방에 이르게 된다는 견해로 발전하기도 한다.

전자의 해석은 판소리에 나타난 이야기와 인물의 계층성을 중심으로 사회사적 시각을 도입하여 판짜기의 원리를 파악한 것이라면 후자는 무습(巫習)에서 유추하여 판소리의 판짜기 원리를 도출한 것이다. 따라서 전자가 판소리는 기층민의 삶을 반영한다는 사회사적 시각을 구체화해 준다면 후자는 판소리의 기원이 무습(巫習) 또는 무가(巫歌)에 있다고 하는 발생론의 한 가설을 좀더 구체적으로 뒷받침하게 된다는 효과도 있다.

그러나 이런 해석에 의문의 여지가 없지 않다. 강쇠의 시신(屍身)을 치상(治喪)하는 대목에 나타난 유랑민들의 행위가 그들의 삶을 어떤 방식으로든지 드러내고 있다는 점에는 공감이 가지만, 그 과정에서 보여주는 그들의 반윤리적이고 몰지각한 행위는 어떤 의미를 갖는가 하는 점이 의문의 하나다. 특히 강쇠의 주검을 앞에 두고 그들이 보여주는 이런 저런 행위들은 옹녀라는 여자에 대한 성적(性的) 호기심으로 일관하고 있다. 따라서 그들은 성적 욕구 때문에 역시 수난을 당하는 군상들이라고도 할 수 있다. 그러면서 동시에 미수에 그친 성적 착취자들이라고도 볼 수 있게 된다.

기층민이라 할 수 있는 그들의 삶을 이렇듯이 부정적으로 드러내는 것은 과연 어떤 의식의 소산일까? 이러한 행위와 그 귀결은 아무리 생각해도 그들의 해방이니 고발이니 저항이니 하는 것과는 거리가 멀다. 따라서 이런 이야기 전개가 기층민들의 유랑적 삶을 반영하는 것이라는 데 의문이 생긴다. 리얼리즘적 경향에서 가장 중요하게 여기는 현실 고발이라 하기도 어렵거니와 그것이 지녀야 마땅한 사회사적인 의미가 제대로 드러나지 않는다.

「흥보가」를 통한 재확인

이러한 성격은 「흥보가」 후반부의 '놀부 박' 대목에 나타나는, 유사한 군상들과도 연관된다. 놀부 박에서 쏟아져 나오는 유랑 연희 집단 군상들의 행위는 놀부를 괴롭히는 데 초점을 맞추고 있다. 그렇게 함으로써 결과적으로 놀부를 징치(懲治)하려고 하는 의도를 갖는 것임을 이야기 전개는 보여준다. 그러나 놀부를 결과적으로 징치하고 회개하게 만드는 인물은 '먹장 낯 고리 눈에 다박수염을 거사려 흑총마 칩떠 타고 사모 장창을 들고 놀부 앞에 가 우뚝 서며' 호령을 한 장수지 거사나 사당패 또는 각설이 같은 군상들이 아니다.

그렇다면 징치의 목적을 달성하지도 못하는 이들이 군이 이 대목에 등장하는 까닭은 무엇이라고 해야 할까? 더구나 놀부를 괴롭히는 이야기의 전개가 그대로 그들의 삶이라면 그러한 군상들의 온갖 놀이는 남을 괴롭히는 데 있는 것이 된다. 그렇게 된다면 그들의 삶은 정당화되기기도 어려울뿐더러 억눌린 삶을 폭로 또는 고발하고 저항하는 행위라는 해석과도 거리가 너무 멀어진다.

「홍보가」의 후반부에 비슷한 군상들이 등장한다는 점과 관련해서 본다면, 전반부가 '풀이'요 후반부가 '놀이'라는 구조로 설명하는 데도 무리가 따르게 된다.

물론 풀이와 놀이를 그 연행의 성격 자체로 보는 것은 타당해 보인다. 그러나 풀이와 놀이가 동일한 하나의 신(神)을 대상으로 하는 구조라는 점에서 보면 「변강쇠가」의 후반부가 강쇠를 위한 놀이인가 아니면 장승신을 위한 놀이인가 하는 의문과 마찬가지로 「홍보가」의 놀이가 지향하는 바도 또한 애매하다. 따라서 무습적 관습과 유기성으로 이를 설명하는 것은 썩 적절하지 못해 보인다.

이런 점에서 볼 때 「변강쇠가」의 후반부에 나타나는 군상들의 출현이나 그 부분의 판소리적 연희는 사회사나 무습의 영향으로 해석하는 데 대한 회의를 갖게 한다. 이러한 회의는 그 진정한 이유를 다른 데서 찾아야 하지 않을까 하는 생각으로 이어지는데, 이유를 달리 찾기 위해서는 이러한 현상을 바라보는 시각의 전환을 필요로 하게 된다. 그래서 그것이 판소리의 판을 짜는 데 작용하는 어떤 원리에 의한 것이 아닌가 하는 생각을 갖게 된다.

이러한 생각의 연장선에서 「변강쇠가」와 「홍보가」의 후반에 등장하는 민속 연희패들의 성격이 흡사하다는 점과, 그 등장 위치가 후반부라는 점이 같다는 사실에 주목할 필요가 있다. 이 점에 착안하여 이 군상들의 활약이 전개되는 부분의 이야기 구조는 어떤 성격을 갖는가 하는 점과 그 부분의 음악적 성격은 어떠한가를 살핌으로써 판소리의 판을 짜는 전략의 모습을 드러낼 수 있게 된다.

또 이 부분들이 다양한 각 편으로 전개되는 전승에서 나타나는 양상도 판짜기 전략을 추정하는 단서가 되어 줄 수 있다. 다양한 각 편에서 창자가 이 부분을 어떻게 생각했는가 하는 증거를 찾을 수 있다면, 그러한 인식을 통해서 후반부의 성격을 짐작할 수가 있을 것이다.

2. 후반부 이야기의 놀이 지향 원리

두 동강 나는 이야기

판소리의 장르를 구비서사시로 구분하든 넓은 의미의 서사문학으로 보든 판소리의 장르 귀속에는 일종의 양해가 필요해진다. 서양 문학에서 거론해 온 '서사(epic)'의 개념을 판소리에 엄밀하게 적용하기는 어렵고 '설화시(narrative poetry)'의 개념으로 넓혀 보는 것이 필요하다(김병국, 구비서사시로 본 판소리 사설의 구성 방식, 『한국학보』 27, 일지사, 1982)는 판단이 그것이다. 이 말은 판소리가 무언가 줄거리를 가진 이야기를 한다(story telling)는 기본적 성격을 지니고 있음을 가리킨다.

그렇다면 판소리는 이야기의 구조를 갖기 때문에 그 이야기가 시작에서 끝에 이르는 과정을 포함하게 마련이다. 이에 대하여, 엄밀하게 플롯의 개념을 적용하는 것이 옳은가에 대한 논의는 일단 접어 두자. 다만 무엇인가에 대해서 이야기하는 구조라면 거기에는 그 단계가 있고 진전이 있을 것을 필연적으로 요구하게 마련이다.

그런데 「변강쇠가」나 「홍보가」의 후반부에서는 이 점이 무시된다. 둘 다 연희패 군상들이 등장하는 대목에 이르면 그 이야기의 전개가 정지된 채로 비슷한 성격의 삽화가 거듭 되풀이된다는 점이 눈에 띈다. 이는 이야기의 전개를 필연으로 갖추어야 한다는 조건에서 보게 되면 매우 특이하다.

먼저 「변강쇠가」를 보면, 전작품의 사설 길이로 볼 때 꼭 절반 분량에 해당하는 위치에서 강쇠의 죽음이라는 사건이 발생한다. 그리고 난

뒤 연희패 군상들이 등장하여 전개되는 사설은 그 길이가 상당함에도 불구하고 치상에 실패하는 일들의 되풀이로 일관하고 있을 따름이다. 여기에는 이야기 전개에 최소한으로 요구되게 마련인 점층(漸層)이나 점강(漸降)과 같은 수준이나긴박감의 변화마저도 찾아보기 어렵다.

「변강쇠가」의 이야기 구조는 '강쇠와 옹녀의 만남 – 결합 – 둘의 삶 – 장승 동티 – 강쇠의 죽음 – 치상'이라는 단계를 따라 전개된다. 이러한 이야기 전개의 단계성을 감안할 때 연희패 등장 부분은 매우 장황한 길이로 전개됨에도 불구하고 오로지 치상 실패담의 되풀이로 이어짐으로써 이야기의 단계적 진전은 거의 이루어지지 않는다고 할 수 있다.

이런 현상은 「흥보가」에서도 공통된다. 놀부 박에서 나온 연희패의 군상들은 놀부를 괴롭히는 일을 반복적으로 연출하고 있을 뿐 놀부 징치에 이르지도 못할뿐더러 장수가 나타나서 놀부를 꾸짖기까지 사건의 새로운 진전은 이루어지지 않는다. 이는 흥보 박에서 나오는 것이 쌀이요, 비단이요, 집이요 하는 식으로 다양하게 구체성을 띠면서 이야기를 전개해 나가는 것에조차 훨씬 미치지 못할 정도로 단순성을 지니고 있다.

그렇다면 이처럼 연희패 군상들이 등장하는 대목에서 사건의 진전이 없다는 것은 무엇을 뜻하는가? 판소리가 이야기를 구조를 갖는다는 기본적 속성을 희생하면서까지 도입되는 군상들의 출현은 이야기 전개를 압도하는 다른 어떤 의도 때문이 아닐까 하는 생각을 갖게 한다. 그것이 의도의 결과라면 그 의도의 속 내용이 무엇일까를 생각하는 것이 순서가 된다.

그런데 판소리에서 사건의 진전과는 무관하면서 장황하게 부연되는 사설들이 상당하다는 것은 널리 알려진 사실이다. 「춘향가」 가운데 길게 이어지는 '사랑가'가 그러하고, 「수궁가」에 나오는 '모족회의(毛族會議)' 사설이 그러하며, 「적벽가」의 '군사 설움 타령' 등이 그 좋은 예가 된다.

　이런 대목들은 흔히 도막소리로 불리우는 경우도 많으려니와 플롯의 일관성을 해치는 경우도 없지 않아서 ‘부분의 독자성’이라는 관점에서 설명되기도 하였다. 판소리 한 편을 완창하기 위해서는 최소한 세 시간 이상 여섯 시간 정도의 긴 시간이 소요된다는 점을 생각하면 이런 관찰이 설득력을 갖기도 한다.

　그러나 판소리가 어차피 무엇인가에 관해 이야기하는 구조를 갖고 있고, 작자인 광대가 그 이야기의 구조에 무심하지 않다는 것과, 한 광대가 판소리 한 마당을 도막소리로 수업하는 것이 아니고 처음에서 끝까지의 전체를 학습한다는 사실을 감안하면, 광대가 이야기의 전체적 짜임에 무심하다고 보는 것은 재고의 여지가 있다. 더구나 예전에는 광대를 불러다가 며칠씩 계속해서 소리를 들었다든가, 잔치를 벌이면 여러 날에 걸쳐 소리가 진행되었기에 완창(完唱)을 하지 못하는 광대는 그런 자리에 나설 수가 없었다는 증언 등을 생각하면 부분창의 원리로 이를 설명하는 것은 회의적이 아닐 수 없다.

해학을 겨냥하는 후반부

　그렇다면 이야기 전개에 무심한 듯이 엉뚱하게 장황해지는 대목들이 독자적으로 지니고 있는 실상에 비추어 판단할 필요가 있게 된다. 그렇다면 이 대목들의 사설 내용으로 볼 때 드러나는 특징은 어떤 것인가?

　우선 「변강쇠가」의 연희패 군상이나 「흥보가」의 연희패 군상들이 출현해서 벌이는 과정을 서술하는 사설들의 중요한 특징은 다분히 해학 지향이라는 점이 눈에 띈다. 여기서 일일이 예를 들 필요조차 없이 이들이 벌이는 행위는 매우 가소로운 것들이다. 송장을 치우고 옹녀를 차지하려고 하는 행위부터가 그러하며, 또 그 과정에서 벌이는 행위의 묘사들이 한결같이 해학 지향인가 하면, 놀부를 괴롭히는 연희패들의 행위도 우습기 짝이 없게 묘사된다.

초라니패, 남사당, 거사 모두 꾸역꾸역 나오더니, 북, 장고, 징, 꽹과리 두드리며 줄을 고르는데, 부르래 뚱땅 부르래 뚱땅, 해적 든 놈은 제가 제 장단에 반해 가지고 가가가기루가 한참 야단 났지. 놀보를 보고 소인 문안이요. 소인 문안이오. 문안이오. 놀보가 어찌 바빴던지 마오, 마오, 마오, 마오. 대체 너희가 무엇들이냐. 예, 저희는 모두 강남서 나온 초라니패올씨다. 야, 나오던 중 제일 낫다. 그럼 한 번 놀아 봐라. 샌님, 한 번 노는 데 행하가 천 냥이올시다. 이왕 헐어 논 돈이니 아껴 무엇하겠느냐. 천 냥 줄테니 한 번 놀아 보아라. 예. 이놈들이 각기 한 번씩 노는데, 거사 사당패가 썩 나서더니, 나는 가네, 나는 간다, 저 님을 따라서 내가 돌아가는구나. 마라, 마라, 마라, 그리를 말아라. 사람의 괄세를 네가 그리 말아라. 금바우 말랑에 속쏘리 나뭇잎은 제 멋에 지쳐서 다 떨어지는구나.

박봉술 창

이 대목이 보여주듯이 여기 등장하는 군상들이 벌이는 행위나 인물의 묘사는 웃음을 지향하고 있음이 공통된다. 물론 판소리라는 양식의 전반적 특성이 '즐거운 웃음'이기보다는 '웃는 즐거움'(김대행, 『시가시학연구』, 이대출판부, 1991 참조)을 지향하고 있으며 결과적으로 해학적인 성격을 중시한다는 것은 널리 알려진 사실이다. 그러나 이야기의 전개와 무관하게 웃음을 위한 사설이 장황하게 이어진다는 것은 소리를 하는 쪽의 의식적인 전략이 빚어낸 결과로 보아 마땅하다.

그렇다면 그 의식적인 전략이란 무엇인가? 여기서 우리는 신재효의 「광대가」한 구절인 '새눈 뜨고 웃게 하기 대단히 어렵구나'를 떠올리게 된다. 사실 신재효의 사설은 그 어느 판소리 창본보다 해학적 효과가 두드러지는 특징이 있기도 하지만, 판소리가 근본적으로 해학 지향임을 설명적으로 명시한 것이 바로 「광대가」의 이 구절이라 할 수 있다. 그리고 바로 이 점이 연희패 군상의 등장을 이해하는 단서가 될 수 있다고 본다.

말하자면 판소리가 궁극적으로 웃음을 지향하기에 이들 군상이 등장하는 대목은 이야기의 진전이 이루어지지 않은 채로도 판소리 전체를 판소리답게 하는 효과를 발휘하게 되고 거기서 나아가 바로 그것이 생동감(生動感)이라고까지 평가되기도 한다. 판소리 양식의 기본 골격이라 할 수 있는 이야기의 전개를 희생해 가면서 얻을 수 있는 효과가 웃음의 유발에 있다면, 연희패의 등장 대목은 궁극적으로 해학적 효과를 겨냥한 판짜기의 전략에서 나온 것으로 볼 수밖에 없게 된다.

이러한 판단은 다음과 같은 사실을 통해서도 뒷받침될 수가 있을 것이다. 즉, 이런 대목은 한결같이 작품의 후반부에 설정된다는 사실이다. 판소리가 무엇인가를 이야기하는 구조를 지니고 있기에 일차적으로 지향하는 것은 그 이야기 자체의 전개다. 그러기에 판소리의 앞부분은 사건의 전개라는 이야기적 정보의 전달에 중점을 둔다. 그러나 그 이야기가 어느 정도로 진전이 되고 보면 그 정보에 대한 의문이나 욕구는 어느정도 충족된다고 할 수 있다. 이렇듯이 정보에 대한 욕구가 웬만큼 충족되고 나면 흥미 증대를 위한 전략적 변화가 필연적으로 요구된다. 그런 국면에서 해학적 요소의 등장이 자연스러울 수 있게 된다.

또 버어크(Kenneth Burke)가 제시하고 있는 정보의 심리와 형태의 심리라는 이론에 의해서도 이러한 해석은 뒷받침될 수 있다. 버어크는 정보를 추구하는 상황에서는 경이와 긴장의 방법을 사용하고, 형태를 추구하는 상황에서는 다변(多辯)의 방법을 사용한다(Kenneth Burke, Psychology and Form, *Perspectives on Drama*, J. L. Calderwood & H. E. Toliver ed., Oxford University Press, 1968, pp.91~101)고 한 바 있다. 버어크가 극을 대상으로 말한 가운데서 형태란 극을 극답게 하는 외현적 자질을 말한다는 점에서 판소리와도 상통하는 분석이 아닌가 한다.

　더구나 정보의 추구 다음에는 그에 대응하는 형태의 추구가 이어지게 마련이라는 버어크의 설명을 들어 보면 서양의 공연물을 대상으로 분석한 결과도 판소리와 흡사한 국면이 있음을 확인하게 된다. 이렇게 되면 「변강쇠가」나 「흥보가」의 연회 군상들의 등장이 후반부에서 전개되는 사실과 또 이들이 해학 지향을 보임으로써 전반부와는 다른 의도로 판이 짜이는 이중성을 설명하기 어렵지 않을 것이다.

3. 후반부 음악의 다양화 원리

후반부의 변주적 성격

　판소리가 사설만으로 이루어지는 것은 아니다. 여기에 음악이 결합함으로써 비로소 판소리는 '소리'의 차원으로 구체화된다. 그러므로 판 짜기의 전략은 음악의 측면까지가 동시에 고려되어야 한다.

　「흥보가」에서 연회패 군상들이 등장하는 대목의 음악을 살펴보면 이 부분이 정통적인 판소리 음악의 성격을 많이 벗어나고 있음을 볼 수 있다. 정통적인 판소리 음악이라고 하면 그 기본이 되는 일곱 장단에 의거한 창법을 말한다. 물론 판소리 음악이 다양한 창법을 창안하기도 했고 또 유파의 변화를 보이기도 하였다. 그러나 그 기본이 되는 장단만은 황금률처럼 준수되었고 변화도 기본 장단을 바탕으로 하는 조건 위에서 이루어지는 것이 일반적이다.

　그런데 연회패들이 등장하는 대목의 음악은 판소리의 정통적인 창법에서 벗어나 있음은 물론 변주라고 하기조차 어렵다. '상두소리'가 나오는가 하면, '양산도' 장단이 나오고, 무속음악에서나 쓰이는 '동살풀이’ 장단에 맞추어 ‘각설이타령’이나 ‘장타령’이 연희되기도 한다. 이는 판소리의 창법이 ‘설렁제’니 ‘권마성’이니 ‘추천목’이니 해서 다양한 변화를 추구하면서도 끝내는 그 음악적 성격만은 판소리 음악적이기를 고집한 것에 비추어 보면 매우 특이한 현상이 아닐 수 없다.

「변강쇠가」는 오직 신재효의 사설로만 남아 있어서 그 음악적 모습이 어떠했는지까지를 구체적으로 살피기는 어렵다. 그러나 실제로 전승되는 「흥보가」의 음악에서 이런 군상들의 음악이 그러하다면 「변강쇠가」의 음악이 제대로 전승이 되었을 때 실제로 어떠했을지를 쉽사리 짐작할 수 있다. 분명 「변강쇠가」의 연희패들 대목은 그 연희패들의 음악으로 연행되었을 것이다. 실제로 이 사설을 가지고 스스로 판을 짜서 창을 하는 박동진(朴東鎭)이 ‘상두소리’, ‘성주풀이’, ‘산타령’, ‘각설이타령’ 등의 음악을 구사함으로써 그러한 음악적 판짜기를 확인시켜 주고 있다.

판소리의 음악은 되도록 그 대상의 구체적 사실을 실감나게 음악화한다는 점에서 사실적(정병욱, 서민예술의 정화 판소리, 『한국의 판소리』, 집문당, 1981, pp.87~96)이다. 그렇다면 이러한 기준에서 보더라도 연희패 군상이 등장하는 대목에서는 그들의 음악을 도입함으로써 사실성을 구현하는, 다시 말하면 ‘실감(實感)’을 겨냥한 연행을 할 것임은 판소리의 본질적 지향에 비추어 당연해진다.

그런데 문제는 왜 판소리의 정통적인 창법을 희생하면서까지 이처럼 판소리 아닌 음악을 등장시키는가 하는 점이다. 그에 대한 해답을 놀이적 재미에서 구할 수 있을 것이다. 즉 음악적 다양성을 통한 흥미의 증진을 겨냥하는 전략의 소산으로 볼 수 있다는 뜻이다.

물론 판소리 음악의 일차적 관심과 흥미는 판소리의 본질적인 창법을 얼마나 잘 구사하는가에 있음이 분명하다. 판소리 창자가 되기 위한 수련이 얼마나 힘든 과정인가에 대한 여러 가지 입증 자료가 나와 있는 것은 음악적 우수성을 매우 중시한다는 점을 반영한다. 그런가 하면 '소리 광대'와 '아니리 광대'의 구분까지 있을 정도로 광대의 음악적 능력을 구분하는 엄격한 기준도 마련되어 있었음은 이러한 엄격성을 반영한다.

그러나 일단 창자로서 갖추어야 할 수준의 능력이 갖추어진 다음에 창자(唱者)로 인정되고 나면 실제 연행(演行)에서는 변주가 가능했을 것이다. 즉 정통적인 판소리 음악의 능력을 기반으로 하되 그 위에 그 변형을 추가함으로써 음악적 흥미를 추구하는 일은 얼마든지 가능했을 것이다. 이는 이론적으로도 그리고 경험적으로도 입증될 수 있다. 기본형과 변형의 관계로도 설명될 수 있는 이 현상은 판소리 음악이 지닌 다양성의 전반적인 시현(示顯)이 이루어진 다음 거의 마지막 대목에 가서 이런 변형이 등장한다는 점으로도 더욱 분명해진다.

다양성을 위한 변주

앞에서 정보의 심리와 형태의 심리를 사설의 측면에 연관해서 살핀 바 있듯이 사설의 정보성이 경이와 긴장에서 성취되는 반면에 그 형태성은 다변(多變)으로 달성된다고 하였다. 그런데 음악의 정보성은 그 음악적 능력의 깊이와 넓이라고 하는 데서 얻어진다면, 그 형태성은 변형을 통한 흥미의 추구에서 얻어질 것이 확연하다.

그런데 '각설이타령'이니 '양산도' 혹은 '선소리 산타령'이니 '상두소리'니 하는 음악은 판소리에 채용되면 변형의 성격을 지니게 된다. 따라서 변형의 음악들은 판소리 창자의 판소리적 능력을 넘어선 변형으로 다양한 음악을 엮어 색다른 흥겨움과 재미를 추구했을 것으로 추리된다.

정통 음악과 함께 변형이 등장하게 되면 결과적으로 전체의 음악적 연행은 다양해지는 결과를 낳게 된다. 그리고 그 다양성은 창자의 판소리 음악 능력에 대한 판단을 넘어서서 다채로움 통해 흥미를 증진하게 된다. 따라서 후반부의 연희패 등장이 왜 하필 연희패였는가 하는 데 대한 이해의 단서가 다양성을 통한 놀이적 흥미의 지향했음을 알 수 있다.

　또 「흥보가」의 전개에서 놀부의 징치(懲治)를 겨냥한다는 이야기 구조로 본다면 굳이 연희패가 등장해야 할 필연적 이유가 없다. 또 「변강쇠가」에서 강쇠의 시신을 치상하기 위해서라면 초라니니 가야금 주자니 사당패니 하는 것이 등장하기보다 오히려 그러한 종류의 노역(勞役)에 종사하는 인물들이 등장하는 것이 자연스럽다. 그럼에도 불구하고 연희패들이 등장하도록 장치를 한 것은 그들이 지닌 음악을 빌어 판소리의 판을 다양하게 해 보려는 의식의 소산이라고 단정해서 별 무리가 없다.

　이제 앞에서 살핀 바 있는 이야기적인 전략의 측면과 여기서 살핀 음악적인 전략의 측면을 아울러 생각하면, 이들 연희패 군상이 등장하는 대목의 출현은 해학적인 효과와 음악적 다양화로서 흥미를 증진하고자 하는 판짜기의 의도가 작용한 결과라는 해석이 가능해진다. 그렇게 함으로써 판소리가 지니는 본래의 영역에서 다소 일탈하는 변형을 통하여 놀이적 즐기기를 추구했던 판짜기의 원리가 여기서 드러난다.

4. 놀이적 재미의 가변성

노는 재미 구현의 실상

해학과 놀이 즉 '노는 재미'를 위한 다양화의 변형이라는 판짜기의 전략에 의해서 연희패 군상들이 등장했다는 해석은 이 부분들이 그 전승 계보에 따라 상당한 차이를 보인다는 점으로도 뒷받침될 수 있다. 창자에 따라서 이 부분의 사설이나 창의 내용이 커다란 차이를 보이는 데 그 까닭은 기본적이고 탄탄한 유형적 구조라기보다 변형적이고 첨가적인 각편적 요소이기 때문에 그리되는 것이라는 판단이 가능하다.

「흥보가」를 예로 살펴보면 김연수, 박녹주, 박봉술, 박초월 등의 창본에 나오는 '놀부 박' 대목에서 흥미로운 현상이 발견된다. 우선 등장

1990년대의 창극 공연. 창극 「흥보가」 중 놀부 박에서 나온 장수가 목을 베겠다고 호령하는 장면. (국립극장 사진)

인물을 보면, 상전 노릇하겠다는 노인을 필두로 하여 각설이패며 사당패를 비롯한 각종 연희패들이 등장하는 전반적인 경향은 동일하다. 그러나 그 구체적인 양상은 차이가 크다.

우선 김연수 창본에서는 노인, 거지패거리, 사당패, 솟대패, 초란이가 등장한 다음에 장수가 나온다. 그리고 그 음악도 그 연희패의 그것을 모사하여 가장 깊고 자세하게 전개한다. 그러나 박녹주 창본은, 등장하는 인물은 비슷하되 사당녀와 놀부가 수작을 하

여 놀부처의 화를 돋구는 장면이 추가되고 이 대목이 단모리 장단으로 길게 아니리 없이 계속되는 점이 특이하다.

그런가 하면 박봉술 창본에서는 사당녀 수작 대목이 보이지 않는 대신 연희패들의 음악과 아니리가 짤막짤막하게 교체되는 것이 특징이다. 이와는 또 전혀 다른 것이 박초월 창본이다. 박초월 창본은 아예 놀부 박 대목을 줄여서 아니리로 처리하고 있는데,

> 하루는 놀보가 박에다 귀를 대고 들으니 박통 속에서 풍장 소리가 나는디, 놀보 좋아라고 은금이 서로 나오려고 야단 법석이로구나 하고 박을 켰더니, 박통 속에서 샌님 초란이 각설이가 나와서 놀보 재산을 싹 우려가고, 또 장군이 나와서 목을 치려 할 제,

로 요약한 다음에 엇중모리로 '흥보가 급히 와서 저희 형님을 구하고……'로 끝을 맺고 있다.

전하는 바에 의하면 '놀부 박' 대목은 재담이 많고 놀이패들이 잡가를 부르는 대목이 많아서 여자 창자가 소리하기를 꺼렸다고 하므로 박초월의 것은 그런 연유로 이 부분이 빠져 있는 것으로 짐작된다. 또 박녹주의 창도 놀부가 제비를 후리러 나가는 대목까지만 한다고도 하는데 최근에 나온 박녹주 창본은 이 부분을 담고 있어서 이에 대한 자세한 고증이 필요할 듯하다.

이상과 같이 '놀부 박' 대목은 창자에 따라 전승적인 차이를 크게 보인다. 그렇다면 그 까닭은 무엇인가? 그 까닭은 이 부분이 의미 지향만 설정된 것일 뿐이지 사설이나 음악으로 고정된 전승이 아니었기 때문이라고 할 수 있다. 말하자면 해학적 흥미와 음악적 다양화라는 놀이적 재미를 추구하는 지향만 동일할 따름이지 그것이 판으로 고정되지는 않았기에 그리 되었으리라는 짐작이다. 그러기에 창자에 따라서 이 부

분이 지향하는 효과에 대한 판단과 창자의 체질이 달랐기에 더늠을 달리했다고 보아 무리가 없다.

이러한 추정은 소설본과의 대비에서도 입증이 된다. 경판 「홍부전」에서는 이 대목에 나오는 인물이 가얏고쟁이, 노승의 무리, 상제, 팔도무당, 등짐꾼, 초라니, 양반, 사당거사, 왈짜 등으로 되어 있는데, 이들의 출현 못지않게 놀부를 괴롭히는 것이 박을 타는 삯군인 '째보'다. 이 째보의 존재와 그 행위가 갖는 뜻에 대해서는 이미 해석이 이루어져 있으되(임형택, 홍부전에 반영된 임로의 형상, 『한국고전산문연구』, 1983) 소설에서의 이 부분은 단순히 연희 집단의 군상들이 출현한다는 구조에 그치는 것이 아니라 째보의 끈질긴 괴롭힘을 동반하고 있다는 점이 우리의 관심을 끈다. 즉 이 부분은 이야기의 뼈대이기보다 덧붙인 장식이기에 그 대강의 방향만이 고정되어 있을 뿐이었다. 그래서 그 구체적 양상이나 형상화에서는 전승의 체계에 따라 다양하게 변화할 수 있었던 것이다.

이러한 전승상의 변이는 이 대목의 가변성을 입증하는 것으로 해석해서 무방할 것이다. 그 고정된 지향은 연희패 군상의 등장이라는 것으로 함축적인 설정이지만, 그 의도는 해학적 흥미와 음악적 다양화를 통한 놀이적 재미의 추구다. 그러기에 그와 같은 지향의 효과를 높일 수 있는 것이라면, 그 근본적 성격을 해치지 않는 범위에서라면 얼마든지 가변적일 수 있었음을 설명해 준다. 창자에 따라 이 부분을 생략할 수 있다는 사실은 그러한 다양성과 해학 지향의 변형을 아예 포기하는 데까지도 나아갈 수 있는 가변성을 입증하는 셈이다.

이중적 판짜기의 보편성

지금까지 「변강쇠가」와 「홍보가」의 연희패 군상 등장이 해학적 이야기의 흥미와 음악적 다양화라는 놀이적 재미 추구를 위한 판짜기의 전략에 의한 것이라는 점을 살펴보았다. 그렇다면 이러한 판짜기의 전략이 여타 판소리 작품에도 두루 적용되는가? 이 점이 입증된다면 이를 판짜기의 원리로 확정할 수 있게 된다.

먼저 「적벽가」를 보자. 「적벽가」라는 소리 자체가 「삼국지」의 내용을 판소리적으로 변용한 것이고 해학적인 추구를 보인 구조라는 점은 널리 알려져 있다. 그 가운데서도 판소리적 특성을 가장 잘 드러내는 대목이 '군사 설움 타령'과 '군사점고' 대목이라고 할 것이다. 원래의 이야기와는 동떨어지게 해학적인 구조를 보임으로써 광대의 재담을 마음껏 구사하고 있음을 보여주기 때문이다.

그런데 완판본 「화용도」를 보면 '군사 설움 타령'과 '점고' 대목이 한데 어우러져서 나온다. 이 점은 현재 전승되는 판소리 「적벽가」가 전투 전에 '군사 설움 타령'을 하고 패주(敗走)하면서 점고를 하는 것과는 다른 구조를 보인다. 따라서 판소리에서 이를 둘로 나누어 앞과 뒤에 간격을 두어 배치한 것은 판소리적인 흥미를 증진하기 위한 배려라고 할 만하다.

그렇기는 하되 '군사 점고' 대목에서 이야기의 진전이 중단되고 있는 점, 그리고 후반부에 나타나고 있는 점, 해학적인 추구를 강하게 드러내는 점, 그 음악이 엇몰이 등의 변형을 보이고 있는 점 등이 주목된다. 이것은 '군사 점고' 대목이 지금까지 추정해 온 판짜기의 한 전략을 반영하고 있다는 해석에 이르게 한다. 비록 연희패 군상과는 성격이 다르지만 다양한 사람들의 군상이라는 구조를 취하고 있는 점과 아울러 생각할 때, 해학 지향의 이야기 구조와 음악적 다양화라고 하는 판짜기의 전략이 그대로 적용된 것으로 볼 수 있다.

「심청가」에서 이와 같은 양상을 보이는 대목은 맹인 잔치에 참례코

자 황성으로 가는 길에서 벌어지는 사건들이다. 경판 「심청전」에서는 단 한 줄도 언급되지 않은 황성길이 판소리에 길게 서술되고 있는 점이 우선 주목할 만하다. 또 완판본 「심청전」은 판소리와 비슷한 지향을 보이지만 소설로의 변신답게 한시(漢詩) 또는 한문(漢文) 문장을 인용함으로써 판소리와 차이를 보이고 있다.

같은 판소리라 해도 전승상의 차이는 분명하게 드러난다. 김연수 창본에서는 신재효 사설에 등장하는 '파자(破字) 풀이'가 길게 이어지는가 하면, 다른 창본들에서는 이를 볼 수 없다는 점이 전승상의 가변성을 짐작하게 한다. 그러한 가변성은 그 의미 지향만 고정되어 있었던 나머지 그 구체적 형상화에서는 창자에 따라 다양하게 변개(變改)시킨 데 따른 것으로 볼 수밖에 없다.

「심청가」의 플롯을 논의할 때 가장 일탈이 심한 부분이 뺑덕이네를 만나서부터 황성길에 오르는 대목인 것으로 거론되는데 그러한 일탈 현상은 해학 추구와 다양화라는 판짜기의 전략에 의한 결과였을 것으로 짐작된다. 심봉사의 성격을 표변시키면서까지 해학적인 인물로 만든 것은 정보보다는 재미라고 하는 심리적 효과를 추구한 결과이며 이 부분에 여러 맹인이나 여인들을 만나고 '방아타령'으로 대표되는 변형의 음악이 등장하는 것은 음악적인 다양성을 추구한 것으로 볼 수 있기 때문이다. 따라서 「심청가」의 경우에도 해학 추구와 다양화라고 하는 판짜기의 전략이 후반부의 변화를 초래했다고 하는 설명이 가능해진다.

「수궁가」도 판이 이중적으로 짜여 있는 점은 역시 같다. 토끼가 용왕을 속이고 육지에 나왔을 때 그 이야기의 사건적 전개는 사실상 종결된다. 그러나 창자에 따라서 자라를 욕하는 대목, 덫에 걸리는 대목, 독수리에 채이는 대목들이 임의적으로 등장하여 변화를 보인다(이 부분이 구체적으로 어떻게 다른가는 김대행, 판소리 사설의 구조적 특성, 『한국시가구조연구』, 삼영사, 1976 참조).

음악의 다양성이라는 측면에서 보더라도 나무꾼의 '메나리'가 등장하는가 하면, 시조창이 노래되기도 한다. 그리고 그 등장인물이 다양하다는 점에서도 「변강쇠가」의 군상 대목이 보여주는 판짜기의 성격에 근사하다. 따라서 이야기의 구조와는 관계가 없는 부연 그 자체가 해학의 추구와 음악적 다양성의 구현이라고 하는 판짜기 전략의 일환으로 이루어졌다는 해석이 가능하다.

「춘향가」의 특이성

「춘향가」는 지금까지 살펴 온 판짜기 전략의 일반성에 딱 들어맞는다고 하기 어렵다. 후반부이면서 놀이적 재미를 추구라고 할 수 있는 부분이라면 어사 출도 대목을 지적할 수 있고 그 인물들이 군상이라는 성격에도 부합할 듯싶다. 그러나 그 음악적 다양화라는 점에서는 암행어사 노정 중에 나오는 '농부가'의 출현을 드는 것이 더 적절할 것이다. 이런 점 때문에 「춘향가」는 후반부의 해학 지향 및 다양화 지향이라는 판짜기의 원리에서 예외가 될 것 같다.

물론 「춘향가」의 어사 출도 대목에 음악의 다양성이 없는 것도 아니다. 잦은 몰이로 길게 계속되는 이 대목의 끝 부분에 가면,

장구통은 요절하고, 북통은 차 구르며, 뇌고 소리 절로 난다. 저금 줄 끊어지고, 젓대 밟혀 깨야지면, 기생은 비녀 잃고 화젓가락 찔렀으며, 취수는 나발 잃고 주먹 불고 홍행 홍행, 대포수 총을 잃고 입 방포로 꿍, 이마가 서로 다쳐 코 터지고 박 터지고, 피 죽죽 흘리난 놈, 발등 밟혀 자빠져서 아이고 아이고 우는 놈, 아무 일 없는 놈도 우루루루루루 달음박질, 허허 우리 골 큰일 났다. 서리 역졸 늘어서서 공방을 부르난데, 공방, 공

방. 공방이 기가 막혀, 유월 염천 그 더운데 핫저고리 개가죽을 등에 덮
고 자리 말아 옆에 끼고 슬슬슬슬 기어 들어오니 우루루루루루루 달려
들어 후닥딱.

조상현 창

처럼 소리가 이어지며 변화를 보이기도 한다. 그렇기는 하되 이것은 판
소리의 음악적 특질을 정확하게 구현한 것일지언정 다른 음악을 도입
한 다양성의 실현으로 보기는 어렵다. 그런가 하면, 이 부분이 사설적
부연이라고도 하기 어렵다. 암행어사 출도 대목이 빠진 「춘향가」란 있
을 수 없기 때문이다. 그러고 보면 「춘향가」는 지금까지 살펴본 판짜기
의 원리와는 거리가 있다 하겠는데 그 이유가 무엇인지는 분명하지 않
다.

사실 「춘향가」는 판소리의 대표라고 할 만하다. 그 이유도 충분하다.
그 사설의 정교함도 그러하고 그 음악의 더늠들도 풍부하며 도막소리
도 잘 다듬어져 있고 널리 사랑을 받아 왔다. 그런가 하면 권마성이니
추천목이니 설렁제니 해서 음악적 변주를 가장 활발하게 추구하고 있
는 점도 그만큼 사랑을 받은 것을 입증해 준다.

이처럼 판소리의 대표격인 「춘향가」에서 판짜기의 원리라고 할 후반
부에서의 해학 지향과 음악적 다양화가 발견되지 않는다는 점은 지금
까지 살펴 온 놀이적 재미 지향의 후반부 설정이라는 판짜기 원리의
불완전성이나 오해 가능성을 예고하는 것이 될지도 모른다. 물론 굳이
후반부의 노는 재미 추구라는 틀에 맞추어 생일 잔치에서의 해학적 대
화나 광경 묘사 등을 들 수는 있다. 그러나 다른 작품만큼 해학적 일탈
이 두드러지지 않는다는 점에서 예외성이 인정된다.

그러나 「춘향가」가 후반부의 노는 재미 지향이라는 여타 판소리의
일반적 틀에서 벗어나는 까닭은 이 작품이 대중적 사랑을 이미 확고하

게 확보한 데서 찾을 수 있지 않을까 한다. 그것이 널리 애창되고 청자들의 사랑을 확실하게 받은 그만큼 사설이 다듬어지고 음악적 변형의 추구가 이미 활발했으므로 새삼스러이 후반부의 판짜기 전략이 필요하지 않았다는 추정이 가능할 수 있다.

말하자면 그만큼 고정된 체계로 굳어져 있는 작품이어서 판짜기의 전략을 후반부에서 도입하지 않더라도 그 해학성과 음악적 다양성이 이미 여러 군데에서 활용되었기 때문이라고 할 수 있다. '사랑가' 대목에서 성적 해학을 과도하게 추구하고 있는 점이나, 그 대목의 음악이 보통은 맨 마지막 대목에서나 부르는 엇중몰이 장단까지를 동원하고 있는 점, 그리고 세마치 장단과 같은 변형이 '사랑가'를 위시해서 '십장가' 대목 등에 동원되고 있는 점들은 이러한 추론을 뒷받침하는 증거가 될 수도 있다고 본다.

5. 이중주 문화가 뜻하는 것

정보와 놀이의 이중적 추구

「변강쇠가」의 후반부에 등장하는 연희패 군상들의 출현이 왜 있었는가를 해명하려는 데서 우리의 생각은 시작되었다. 그 결과 판소리의 판짜기가 해학과 음악적 다양성을 갖춤으로써 놀이적 재미를 추구하는 일반성을 지니게 되었다는 쪽으로 전개되었다. 그리고 그러한 판짜기의 원리가 주로 채용되는 지점은 작품의 후반부라는 점도 밝혔다. 다만 「춘향가」만은 예외적이어서 이러한 이중성이 작품 전편에 두루 산재하고 있음을 확인할 수 있었다.

이러한 판짜기의 원리를 굳이 밝히는 것은 판소리의 지향이 어디에 있는가를 분명하게 하려는 뜻도 안고 있다. 새삼스러운 애기일는지 모르나 판소리의 가장 두드러진 특징은 그 사설에서 해학성을 지향하고 그 해학성이 슬픔까지도 웃음으로 마무리하는 쪽으로 이끌어 가는 '웃는 즐거움'에 있다. 판소리가 하나의 정돈된 이야기라는 점에서 본다면 플롯의 일관성이 해학 지향 때문에 일부 훼손된다고도 할 수 있다. 그러나 그러한 일관성이 다소 훼손되는 것까지도 무릅쓰면서도 놀이적 재미를 겨냥하여 해학 지향의 판짜기 전략을 발휘한다는 점도 확인되었다.

따라서 이야기로서의 판소리가 빚어내는 플롯의 일탈은 부분의 독자성 때문이라기보다는 오히려 이러한 놀이적 재미를 추구하는 판짜기 원리에 있는 것으로 보아야 할 것이다. 그렇게 봄으로써 심봉사가 왜 후반부에 전혀 딴 사람이 되는가를 설명할 수도 있게 되고, 그것은 반드시 부분창 즉 도막소리로 부르는 이유 때문에 그리 된 것이 아니라는 설명까지 가능해진다.

그리고 음악의 다양화라는 전략 또한 장단과 창법에서 다양성을 추구하는 음악이라는 판소리의 본질 자체에 내재되어 있는 자질의 발현이라고 할 수 있다. 본디 판소리의 본질이 다양성의 구현이었기에 이질적인 음악까지를 포용함으로써 이질적인 다양성을 채용하는 데 무리가 없었다고 할 수 있다. 이질적인 여타 음악의 도입이라는 다양성은 창자의 재능을 시현(示顯)하는 기능도 지니게 되고, 듣는 사람으로 하여금 신선감도 느끼게 했을 것이다. 또 판소리 창법의 흐름 속에서 그 일관성을 깨뜨리며 등장하는 이질성은 신선감을 갖게 할 것이고 이것이 사설적 재미와 연합함으로써 놀이적 재미로 이어질 것이다.

이처럼 판소리의 후반부를 짜는 중요한 원리가 놀이적 재미에 있다는 사실은 판소리의 본질이 예술적 성취도에 못지않게 놀이적 자질을 지니고 있었음을 확인하게 해 준다. 그리고 또한 정보의 취득에 못지않게 놀이적 재미를 추구하는 이중성을 지니고 있었기에 그러한 판짜기가 이루어졌음을 깨닫게 해 준다.

판소리를 예술로만 한정하여 바라보는 데서 벗어나 문화로 바라보는 시각이 이래서 더욱 요청된다. 판소리는 본질적으로 예술적 성취와 놀이적 재미의 두 측면을 아우르는 문화인데 이를 예술로만 국한해서 바라보는 것은 위험하고 부적절하다. 판짜기의 원리가 이처럼 이중주적 교직(交織)을 지향하는 것은 그러한 본질의 그루터기에서 자라난 문화적 줄기인 셈이다.

삶의 참모습을 표상하는 문화

판소리를 문화로 보고, 또 문화가 삶의 표상이라고 본다면 판소리는 어떤 삶의 표상이라고 할 수 있는 문화일까? 이런 의문을 던져 놓고 판소리가 표상하는 삶의 모습이 어떤 것인가를 생각해 본다.

동서양의 예술에 나타난 삶의 표상은 매우 다양하다. 단순하게 잘라 말하기는 어렵지만 그래도 굳이 구분이 가능하다면 서양의 그것은 이분법적 구도를 강하게 지니고 있다고 할 수 있다. 비극이며 희극을 엄격히 구분하면서 전개되어 온 극문학이 그 예가 된다. 여기에 비해 동양 특히 우리는 그러한 구분에 대체로 무심하였다. 「심청전」이 슬픈 이야기이면서도 악인(惡人)이 등장하지 않는다는 점은 이런 무심함에서 빚어진 세상 보기였다.

판소리가 본질적으로 이중성을 지닌 문화라는 점, 그러기에 판을 짜는 원리는 이중주적 교직(交織)을 근간으로 한다는 점은 인간의 삶이 그러하다는 점을 반영하는 특성이다. 실로 우리의 삶은 비극이나 희극으로 일관하지 않는다. 어느 시인의 말처럼 '슬픔과 기쁨이 섞여 피는 –

노천명' 것이 진정한 삶의 모습이다. 판소리가 눈물을 웃음으로 닦아 내는 것은 바로 이러한 삶의 모습을 표상한 것으로 보아 무방하리라.

오늘날처럼 다양하고 복잡한 사회의 삶 또한 이 점에서 예외일 수 없다. 웃음으로만 가득한 일생이 없듯이 눈물로만 일관하는 생애 또한 없다. 인터넷의 세계에 들어가 보더라도 이 점이 입증된다. 인터넷은 정보의 바다로 일컬어지지만 우리가 거기서 만나는 것은 진지한 의미의 정보만은 결코 아니다. 그리고 인터넷 세상에 들어선 사람들은 정보도 만나고 재미도 함께 만나면서 이 둘을 적대적인 것으로만 생각지는 않는다. 이것이 삶이다.

우리가 지금까지 살핀 판짜기의 이중주적 원리가 지니는 의의가 바로 여기에 있다. 판소리는 사람이 사는 데 지키고 갖추어야 할 가치와 그에 따라 사람이 가야 할 길을 제시한다. 특히 우리 민족이 간절히 그려 온 바람직한 삶이 형상화되어 있다. 그러기는 하되 판소리는 엄숙한 목소리만으로 그것을 들려주지 않는다는 점이 중요하다. 이야기는 이야기이되 다만 이야기만을 하고 있지 않다는 점도 이 점을 분명하게 해 준다.

그렇다면 사람들이 판소리에서 찾고자 했던 것은 무엇인가? 그것은 진정한 우리 삶의 모습이다. 가치 있고 마땅한 일을 말하되 거기에 반드시 함께 있어야 하는 것이 재미라는 점을 분명하게 드러내는 판짜기의 원리가 이를 입증해 준다. 그리고 삶을 일과 놀이의 교체로 설명하는 이론에 비추어 보더라도 삶을 이렇듯이 표상하는 것은 정당하다.

그러기에 판소리의 판짜기는 대중과 함께 숨쉬는 문화가 나아가야 할 길을 분명하게 암시해 주기도 한다. 그것은 문화가 삶의 진정한 표상이어야 한다는 암시다.

문화는 삶의 방식이라는 명제에 비추어본다면 그 일이 쉬울 듯도 하다. 그러나 문화는 사회적 권력의 획득을 위한 의미 작용이기도 하므로 때로 그것은 삶의 왜곡된 표상일 염려가 없을 수 없다는 점이 중요하다. 이 점에서 판소리의 판짜기는 삶의 정곡을 꿰뚫는 표상이라 할 수 있으며, 바로 여기에 판소리문화의 진정한 가치가 있는 셈이다.

여기서 한 걸음 더 나아가 판소리의 이중주적 판짜기가 우리에게 재차 확인해 주는 바는 우리가 분명히 웃음을 추구하는 문화를 지닌 민족이고, 민족 문화의 중요한 한 특질이 바로 여기에 있다는 사실이다.

하나되기와 거리두기의 두 시각
- 판소리의 세상 보기와 태도의 문화

1. 두 가지 말투의 모습

누구의 말로 이야기 하는가

판소리는 시작이 있고 끝이 있으며, 그 동안에 어떤 일이 생기고 매듭을 짓는 과정이 전개되는 이야기다. 그러기에 거기에는 말하는 사람이 있게 마련이다. 일상생활에서 듣는 이야기는 그 말하는 사람을 면대해서 듣게 되지만, 판소리처럼 전해 주는 형태를 갖춘 이야기에서는 말하는 사람이 누구인지 그 모습을 알기가 어렵게 마련이다.

이야기가 다 그러하듯이 등장인물의 말을 직접 전함으로써 보여주기(showing)의 방법을 쓸 때는 말하는 사람이 곧 그 인물이므로 별로 따질 것이 없다. 그러나 문제는 그 행동거지며 광경을 전하는 부분이다. 그 대목에서는 말하는 사람을 쉽사리 분간하기가 어려운데, 어떤 때는 그 이야기를 꾸며낸 작자의 말처럼 느껴지는 말도 있는가 하면, 어떤 때는 이미 있는 이야기를 다시 전하는 창자의 말로 생각되는 것도 있다.

이 대문에 토끼가 나오다가 이비와 삼여대부를 만났다 하나 옛날 명
창으로 독보이셨던 고창 신호장 재효씨 말씀에도 김생과 김생끼리 사람
말을 빌어다가 문답은 헐지언정 사람이야 김생보고 무슨 말을 허였으랴
하셨기 땀에 이렇게 경치만 이르게 한 것이었다.

김연수 창

김연수의 사설은 신재효의 사설을 비교적 충실하게 재현한 것으로
알려져 있는데, 이 부분은 궁극적으로 누구의 말인지를 헤아리기가 쉽
지 않다. 일차적으로는 신재효에 근거를 두면서 바디를 짠 김연수의 말
이라고 해서 무리가 없다. 그러나 이것이 다른 창자에 의해서 구연(口演)
되는 상황에서는 바로 그 창자의 말처럼 들릴 수도 있다. 판소리 창자
는 꼭 전수된 사설을 그대로 반복만 하는 것이 아니고 상황에 따라 자
신의 말을 덧붙이기도 하므로 이처럼 때로는 화자를 가리기 어려워지
는 문제가 생긴다.

이런 문제는 판소리의 이야기가 작자의 것이냐 아니면 구연자의 것
이냐 하는 문제를 계속해서 낳게 된다. 또 문학 작품의 분석에서 작자
와 화자는 다르다고 전제하는 것이 통례로 되어 있지만, 판소리에서는
그 구분도 쉽지 않게 된다. 일부 소설 작품에서 이런 사례가 나타나기
도 하지만, 판소리에서는 이런 경향이 워낙 강하므로 이를 구분하는 대
신 '작자(서술자)'(김병국, 판소리의 문학적 진술 방식, 『한국 고전문학의 비평적 이
해』, 서울대출판부, 1995)처럼 표기해서 구분의 어려움을 해소하기도 한다.

누구의 생각을 이야기 하는가

이 문제를 이런 방법으로 비켜 간다 하더라도 그 이야기가 누구의
말인가와 관련되는 문제가 또 있다. 이 때는 '누구의 말인가'보다도 '누
구의 생각인가'가 더 적절한 표현일 텐데, 다음과 같은 데서 그 분간이

어려워진다.

조관들이 들어오면 의관신야 어로향에 향내가 날터인듸 속 뒤집히는 비린내가 파시평 존장치게 용왕의 비위를 어떻게 상케 해 놓았던지 용왕이 가만히 보시더니만 "내가 왕이 아니라 생선전 도물주 되었구나. 그러나 경네 중에 어느 신하가 세상에 나가 토끼를 구하여 짐의 병을 구하리요." 좌우 백관 제신이 면면 상고허며 묵묵부답이어늘 용왕이 기가 막혀 예관을 돌아보며……

김연수 창

'용왕의 비위를 어떻게 상케 해 놓았던지'는 이야기를 하는 사람이 가진 판단이라 할 것이고, '용왕이 기가 막혀'는 용왕의 생각일 수도 있고 이야기하는 사람의 판단일 수도 있다. 이처럼 분간이 애매한 것을 한데 뭉뚱그려, 이야기하는 사람이 모든 것을 다 아는 것으로 보는 전지적 작자 시점(全知的作者視點)으로 처리하기도 한다.

분류는 그렇게 하면 해결될 수 있겠으나 우리의 관심은 그러한 분류에 있는 것이 아니다. 문제는 판소리에서는 이야기하는 투가 달라지는 일이 비일비재하다는 점이고, 그것이 그저 예사로운 일로 보이지 않는다는 점이다. 그 다른 실상을 본다.

심술이 이래 노니, 삼강 오륜을 알며, 형제 윤기인들 알 리가 있겠느냐? 하로는 이놈이 비 오고 안개 답북 찐 날, 와가리 성음을 내어 가지고 제 동생 흥보를 부르는듸, "네 이놈, 흥보야!" 흥보 깜짝 놀래, "형님, 저를 불러겠습니까?", "오냐, 너 불렀다. 너 이놈, 네 자식들 장개를 보냈으면 손자를 몇을 놓쳤겠니? 너 이놈, 늙어 가는 형만 믿고 집안에서 헐 일 하나 없이 되뚱되뚱 슬슬 돌아다니는 게 내 눈궁둥이가 시어 보아 줄 수가 없구나, 요놈. 오날부터서는 네 계집, 자식, 쏙 다리고 나가부려라!", "아이고 형님, 한번만 용서해 주십시오!", "용서고 무엇이고 쓸데없어, 썩 나가! 너, 내 성질 알제, 잉! 만일 안 나가서는, 이놈, 살륙지환이 날 것이다, 이놈. 썩 나가!" 홍보 듣고 기가 맥혀 놀보 앞에 가 꿇어 엎져, "아이고, 여보 형님. 별안간 나가라 허니 오는 곳으로 가오리까? 이 엄동설한풍으 어느 곳으로 가오리까? 지리산으로 가오리까, 백이, 숙제 주려 죽던 수양 산으로 가오리까? 형님, 한 번만 통촉하옵소서."

박봉술 창

이야기를 들음으로써 놀보는 나쁘고 홍보는 착하다는 인상이 확고 해지는 대목인데, 그런 인상을 형성하는 주된 요인은 그 언행에서부터 나타난다. 매몰차게 동생을 내쫓는 놀보와 순순히 집을 나가는 홍보의 행위는 악인과 선인의 대비를 이미 이루고 있으며, 보여주기에 해당하 는 대사 또한 착한 사람과 나쁜 사람의 인상이 확연해지도록 선택되 어 있다.

그러나 우리의 관심은 그 사실 자체와는 별도로 이를 이야기하는 투 가 이미 그것을 결정하고 있음을 느끼게 된다는 데 있다. 말하자면 이 야기하는 사람이 중립을 지켜 사태를 바라보고 그것을 전하는 것이 아 니라 이미 어느 편을 들거나 어느 한 쪽으로 기울어져서 사태를 바라 보고 그것을 전하고 있다는 느낌을 받는다는 점이다.

놀보를 향해서는 '알 리가 있겠느냐'라고 단정적으로 말하는가 하면 '와가리(왜가리) 성음'이라는 혐오스러운 느낌을 주는 비유를 동원하여 부정적 인상을 강화하고 있다. 그에 반해 홍보에 대해서는 '기가 막혀' 또는 '꿇어 엎져' 등의 동정적 언사를 씀으로써 연민의 감정을 내비치 고 있음이 대조적이다. 이처럼 대상이나 사태에 대한 판단의 노출은 다 음과 같은 데서도 확인된다.

홍보 내외 금실은 좋던가 자식들을 낳았으되 깜부기 하나 없이 아들 만 똑 구형제를 조롯이 낳았것다. 권솔은 많고 먹을 것은 없어 노니, 홍 보 자식들이 배가 고파 노니 밥을 달라 떡을 달라 저그 어머니를 조르는

되 이런 가관이 없던가 보더라.

박봉술 창

앞에서 매우 동정적이고 우호적으로 이야기했던 바로 그 인물인 홍보에 대하여 하는 이야기임에도 태도는 다르다. 인간사를 이야기하는데 '깜부기 하나 없이'라는 표현을 사용한다든가 '조롯이'라는 등의 수식을 한 것은 앞서의 시각이나 태도와 다르다. 다분히 조롱하는 태도가 드러나 있다.

사람은 누구나 자신의 판단을 가지고 세상을 보며 또 그에 대하여 생각하고 말하는 것이므로 이야기에 그 태도가 드러난다고 해서 이상할 것은 없다. 그러나 우리에게 익숙한 이야기 양식인 근대 소설에서는 이처럼 이야기하는 사람이 이야기의 말투에 자신의 관점이나 태도를 분명히 하는 경향을 보기 어렵다.

예컨대 하아디(Thomas Hardy)의 소설 「테스」의 끝부분인 "인간의 지배자는 순결한 여인 테스를 가지고 벌이던 장난을 끝냈다."처럼 냉정하게 제삼자가 되어 그저 전하기만 하듯이 이야기함으로써 사실성을 높이는 것을 권장하기까지 한다. 판단은 독자의 몫일 따름이다.

물론 소설 가운데도 '나'라는 인물을 앞세워 이야기를 해 나가는 방식이 있기는 하다. 그러나 그것도 고도의 계산 끝에 채택되는 방식이다. 심리적 기미(機微)를 정치하게 추적하고자 한다든가, 독자와의 거리감을 없애고자 하는 의도라든가, 혹 채만식의 「치숙(痴叔)」처럼 그 반어적 효과를 겨냥한다든가 하는 의도가 있다. 말하자면 어느 한쪽으로 치우쳐 서술자의 관점과 판단을 제시하는 경우가 있기도 하지만 이는 예외적이거나 특수한 예다.

그러나 판소리는 특정한 어떤 사람이 하는 이야기가 아니라 제삼자의 말로 진술된다. 작자인지, 구연자인지, 작품 속의 서술자인지조차 구분이 쉽지 않을 정도로 불특정한 서술자가 이야기를 한다. 이 점을 가지고 규정한다면 판소리의 이야기 방식은 여타의 이야기 양식인 설화나 소설의 그것과 분명한 차이를 보인다고 할 수 있다. 말하자면 판소리는 제삼자의 말, 즉 삼인칭 시점이면서도 이야기하는 사람의 태도를 분명하게 드러내는 진술 방식을 특징으로 한다고 할 수 있게 된다.

2. 태도를 드러내는 말하기의 방법

우호적 태도의 표출

판소리가 이야기하는 사람의 시각을 드러내는 방법 가운데 가장 두드러진 현상이 이야기하는 사람의 시각이며 판단을 그대로 표출하는 말하기다. 앞서 살핀 예문 가운데 놀부의 심술을 말하고는 '삼강 오륜이며 형제 윤기를 알겠느냐'고 단정하는 것이 그 대표적인 예가 된다. 이처럼 단정에 근거한 이야기는 대상에 대한 판단을 노골적으로 드러내기 때문에 듣는 사람의 생각을 그 쪽으로 유도하게 된다.

그런가 하면 정황에 대한 서술자의 시각을 감춤 없이 드러내기도 한다.

> 춘향 모친 건너간 이후로 춘향과 도련님 단둘이 앉아 일절 통곡 애원성은 단장곡을 섞어 운다. 둘이 서로 마주앉어, 보낼 일을 생각허고 떠날 일을 생각허니 어안이 벙벙 흉중이 답답허여 하염없난 설움이 간장으로 솟아난다. 경경열열허여 크게 울든 못허고 속으로 느끼난듸
>
> 조상현 창

'애원성'이나 '단장곡을 섞어 운다'는 표현은 사실 자체의 전달이라

기보다 이미 감정적으로 윤색이 된 해석을 담고 있다. 또 이도령과 춘향의 심경과 상황을 '어안이 벙벙 흉중이 답답'이라든가 '경경열열(哽哽咽咽)'이라는 표현으로 말하는 것도 사실의 전달보다는 그들의 처지에 대한 연민을 가지고 헤아린 결과로 가질 수 있는 판단이다.

전승되는 판소리 다섯 이야기 가운데 나오는 주인공격인 인물들에 대해서 판소리 사설의 이야기하는 사람은 대체로 긍정적이다. 긍정적이란 말은 그 상황의 의미와 심경을 헤아리고, 인물들의 처지에서 생각을 하는가 하면, 다분히 우호적 관심과 동정 또는 연민의 애정어린 시각을 내보인다. 춘향이나 이도령, 심청, 흥보, 별주부 등에 대해서는 이러한 시각이 일관된다.

동정과 연민의 배제

그러나 다음과 같은 이야기 태도는 우호적 시각과는 차이를 보인다.

> 심봉사가 눈 밝은 사람 같으며는 순순히 빌련마는, 앞 못 보는 봉사는 매양 성질이 팩성이라, 남이 들으며는 싸우는 듯기 빌것다.
>
> 한애순 창

심청이 태어난 후에 기원을 하는 광경의 이야기에서 '봉사는 매양 팩성'이라고 규정하는 것은 우호적이기보다는 보통사람과 맹인의 차이를 드러냄으로써 거리감을 내보이는 표현이다. 이처럼 상황이나 사건 또는 인물에 대해 거리를 두어 이야기하기로 주로 쓰이는 방식은 비난하기, 가치 판단을 내보이기, 부정적인 것으로 빗대기 등이다.

> '야, 그놈 문장이다. 저놈이 단문하고서야 저렇게 문자를 쓸 수가 있나. 내 만일 저놈 앞에 문자 하나라도 단문하게 썼다가는 나 하나로 인하여

세상 문장들이 망신을 허겠구나.' 허고 도수 없는 문자를 내놓는듸 "여보 별나리, 우리가 피차 이리 만나기는 출가외인이요, 여필종부요, 숙불환생이요, 여담절각이요, 세모방천이요……."

김연수 창

여기서 '도수 없는 문자'는 해석과 판단을 거친 가치 평가를 내보이는 말이며,

　　토끼 보고 무서라고, '아이고, 나 저 물 무서 못 가겠다! 물속에 들어가서 용왕 된대도 나 못 가겠다!' 도로 깡짱깡짱 올라가더니 따뜻한 양지 바른 곳에 앉어 그 잘생긴 낯을 반찬 대갱이 굽듯 뙤작뙤작허고 않았것다.

박봉술 창

에서 보는 '그 잘생긴 낯'은 경멸을 나타내는 반어법이고, '반찬 대갱이 굽듯'은 천박한 것에 빗댐으로써 격하하는 것이고, '뙤작뙤작'은 '뒤척뒤척'과 비슷한 뜻을 지닌 방언이지만 게으른 행위나 좀스러운 짓거리를 이를 때 쓰는 말이다. 이처럼 대상에 대하여 폄하(貶下)적 태도로 이야기하는 예를 「적벽가」의 조조에 관련해 살펴본다.

　　수하의 죽은 군사 모도 뒤둥그러져 적벽강이 뻑뻑. 일등 명장이 쓸 데가 없고 날랜 장수가 무용이로구나. 조조는 숯빛이요, 정욱 면상 불빛이라. 허저는 창만 들고, 장요는 활만 들고, 죽을뻔 도상하야 제우제우 달아날 제, 황개 쫓아가며 외는 말이, "붉은 강포 입은 놈이 조조니라!" 조조의 혼 기겁하야 홍포 벗어 던져 버리고 군사 전립 앗어 쓰고, "참조조는 저기 간다!" 제 이름을 제 부르며 꾀탈 양탈 도망할 제, 좌우편 한당 장흠 우번 진무 주태 주유 정보 서성 정봉 합병하여 쫓아가며 고성이 진동허니, 조조 겁중에 말을 거꾸로 타고, "아이고, 이 말이 퇴불여전하야 적벽으로만 뿌두둑 뿌두둑 들어가니 주유 노숙이 축지법을 못하는 줄 알았건마는, 상프듬 땅을 찍어 위이나 부다. 정욱아, 정욱아, 정욱아, 날 살려라,

날 살려라.

정권진 창

아무리 지어내고 과장된 이야기지만 사실과는 거리가 먼 내용을 담고 있어 상식과는 거리가 멀게 그려지고 있다. 창이나 활만 드는 장수가 있을 리 만무한데 그렇게 말하고 있으며, '홍포 벗어 던지고 군사 전립을 앗어 쓰는' 행위도 있을 수 없음은 물론이고, 더구나 '말을 거꾸로 타는' 일은 도무지 불가능한 일이다. 더구나 그가 '땅을 찍어 웍이나(당기거나 우그러뜨리거나) 부다'는 말을 할 수 있으리라고는 상상하기조차 어렵다.

이런 예를 통하여 판소리의 진술자가 어떤 특정한 정황이나 행위에 대하여 분명히 어떤 판단에서 나온 태도를 가지고 말한다는 것을 확인할 수 있다. 어떤 것에 대해서는 우호적으로 혹은 동정적으로 또는 연민의 눈으로 바라보고 말한다. 그러나 어떤 대상에 대해서는 적대적으로 혹은 냉소적으로 또는 냉담한 눈으로 바라보고 이야기한다.

이처럼 판소리는 이야기를 하되 그 대상에 대한 판단과 평가를 숨기지 않고 드러냄으로써 이야기하는 시각을 분명히 한다. 말하자면 판소리는 이야기를 하되 이야기하는 주체가 이야기되는 대상에 대하여 가지고 있는 속마음을 감추지 않고 솔직하게 드러내는 이야기라는 점을 그 특성으로 한다.

3. 하나되기와 거리두기의 두 태도

대상과 하나 되는 이야기

판소리가 어떤 대상에 대해서는 우호적·동정적·연민의 시각을 드러내는 진술을 하고, 또 어떤 대상에 대해서는, 심지어는 동일한 대상에 대해서까지 경우에 따라 적대적·냉소적·냉담의 태도로 진술한다는 것은 무엇을 말해 주는가? 다시 말하면 이러한 태도의 표명은 판소리 진술자와 이야기되는 대상과의 사이에 어떤 일이 발생하기에 그러한가?

여기서 '남의 등창이 내 고뿔만 못하다'는 속담에 빗대어 이 문제를 생각하는 것도 좋을 듯하다. 아무리 엄청난 사건이라도 남의 일이라면 냉담한 눈으로 바라볼 수 있고, 제아무리 슬픈 일이라도 내 일이 아니라면 눈물 없이 이야기할 수 있게 된다. 말하자면 그 이야기되는 대상과의 관계가 어떠한가에 따라 진술의 태도는 달라질 수 있음이 분명하다.

이럴 때 주관적·객관적이라는 말을 흔히 쓰지만 주관적이라는 것도 결국은 주체와 대상의 거리를 여전히 고려하고 있는 용어로 보인다. 그런데 판소리에서는 바라본다기보다는 아예 그 대상으로 옮겨 가서 그와 동일시되는 현상을 흔히 본다.

춘향이도 일어나서 한 손으로 말고삐를 잡고 또 한 손으로는 도련님 등자 디딘 다리를 잡고, "아이고 여보 도련님, 한양이 멀다 말고 소식이나 종종 전하여 주오." 말은 가자 네 굽을 치는데 님은 꼭 붙들고 아니 놓네. 저 방자 미워라고 '이랴' 툭 쳐 말을 몰아 따랑 따랑 따랑 따랑 따랑 따랑 훨훨 달려가니, 그 때에 춘향이는 따라갈 수도 없고 높은 데 올라서서 이마 위에 손을 없고 도련님 가는 데만 물끄러미 바라보니, 가는 대로 적게 뵌다. 이 만큼 보이다가 저 만큼 보이다가, 달 만큼 별 만큼 나

비 만큼 불티 만큼 망중고개 아조 깜박 넘어가니 우리 도련님 그림자도
못 보겠구나.

김여란 창

이야기하는 사람이 대상으로 옮겨간다는 것이 확연히 보이는 대목이
다. 이도령과 춘향의 이별을 이야기하되 '도련님 가는 데만 물끄러미
바라보니'까지는 제삼자인 서술자의 말이다가 '가는 대로 적게 뵌다.'
서부터 시점이 춘향에게로 옮겨 온다. 그 시점 이동의 구체적이고 결정
적인 모습이 마지막 부분의 '우리 도련님 그림자도 못 보겠구나'가 된
다. 이 말은 춘향이라야만 할 수 있는 말이기에 그러하다.

이렇듯이 판소리의 진술이 시점을 넘나들며 누구의 말인가를 분별하
기 어려운 현상을 보이는 문제는 일찍부터 학계의 관심사가 되어 왔다
(김병국, 앞 논문 참조). 그러나 우리가 여기서 관심을 갖는 것은 이처럼 시
점이 옮겨 다니는 문제가 아니다. 그보다는 어떻게 해서 이러한 진술의
태도가 마련되는가 하는 근원이 중요하다.

그 시점이 누구의 것이든 이야기되는 대상에 대한 우호적·동정적·연
민의 태도 표명이 가능한 근거는 이야기하는 사람이 그 대상으로 몰입
하여 동일시되는 감정이입(感情移入, empathy)이 이루어지기 때문에 그러
하다는 점이다. 말하자면 이야기하는 주체가 이야기되는 대상과 '하나
되기'라고 할 수 있다. 죽음을 앞둔 심청을 이야기하는 대목에서 그 한
예를 보자.

심청 같은 효성으로 부친을 어이 속일 리가 있으리요마는 속이는 것
또한 효성이라. 이렇듯 부친을 속여 놓고 눈물로 날을 보내는디, 하루는
문득 생각허니 행선날이 하로 밤이 격한지라. 눈 어둔 백발 부친 영결허
고 죽을 일을 생각허니 정신이 막막허고 하염없는 서름이 간장에서 솟아
난다.

정권진 창

'속이는 것 또한 효성이라'는 제삼자의 관점에서 관찰하고 해석한 것이라 하더라도 후반부로 가면 남의 말인지 자기의 말인지 말하는 주체가 분간되지 않을 정도가 된다. 말하자면 서술자와 인물이 하나가 되었다고 할 수 있다.

대상과 거리 두는 이야기

죽음이라는 점에서는 같은 행위라 할지라도 서술자는 전혀 다른 태도를 보이기도 한다.

가련할손 백만 대군은 날도 뛰도 오도 가도 오무락 꼼짝달싹도 못하고 숨 막히고 기 막히어 살도 맞고 창에도 찔려, 앉아 죽고, 서서 죽고, 웃다 죽고, 밟혀 죽고, 맞아 죽고, 애타 죽고, 성내 죽고, 덜렁거리다 죽고, 복장 덜컥 살에 맞아 물에 풍 빠져 죽고, 바사져 죽고, 찢어져 죽고, 엎어져 죽고, 자빠져 죽고, 무서워 죽고, 눈 빠져 죽고, 등 터져 죽고, 오사, 급사, 몰사하야 다리도 직신 부러져 죽고, 죽어 보느라고 죽고, 무단히 죽고, 함부로 덤부로 죽고, 땍때그르르 궁글러가다 아 낙상사하여 죽고, 가슴 쾅쾅 뚜드리며 죽고, 실없이 죽고, 가엾이 죽고, 꿈꾸다 죽고, 한 놈은 떡 큰 놈을 입에다 물고 죽고, 또 한 놈은 주머니를 부시럭부시럭거리더니 "어따! 이 제기를 칠 놈들아! 나는 이런 다급한 판에 먹고 죽을라고 비상 사 넣더니라." 와삭와삭 깨물어먹고 물에 가 풍. 또 한 놈은 돛대 끝으로 뿍뿍뿍 기어 올라가더니마는 "아이고 하느님! 나는 삼대독자의 아들이오. 제발 덕분 살려 주오." 뚝 떨어져 물에 가 풍. 또 한 놈은 뱃전으로 우루루루 퉁퉁퉁 나가더니 고향을 바라보며 "아이고 아버지 어머니! 나는 한 일 없이 죽습니다. 언제 다시 뵈오리까!" 물에 가 풍. 또 한 놈은 그 통에 한가한 체라고 시조 반 장 빼다가 죽고, 즉사, 몰사, 대해 수중 깊은 물에 사람을 모두 국수 풀 듯 더럭더럭 풀며……

박봉술 창

이 수많은 죽음을 이렇듯이 이야기할 수 있음은 설명할 필요도 없이 남의 죽음이기 때문이다. '남의 등창이 내 고뿔만 못함'을 거듭 확인하게 되는 이러한 시각을 대상에 대하여 '거리두기'라고 할 수 있다.

판소리가 태도를 드러내는 데 주저가 없는 이야기 방식을 갖고 있다는 것은 대상에 대하여 '하나되기'와 '거리두기'를 중요한 시각으로 갖고 있다는 뜻이 된다. 다시 말하면 판소리의 진술자는 그저 이야기를 전하는 사람이 아니라 그 이야기되는 대상에 대하여 어떤 때는 하나가 되고, 어떤 때는 거리를 두는 변화를 보인다는 뜻이다. 그러기에 판소리는 그저 이야기하는 이야기가 아니라 무엇인가 이야기의 의도를 강하게 갖고 있는 이야기라는 뜻도 된다.

우리가 인상적으로 알 수 있듯이 '하나되기'는 청자에게도 동정과 연민의 정을 불러일으키며, 반대로 '거리두기'는 웃음을 유발하는 특징이 있음을 보게 된다. 웃음은 애정과 연민이 빠져 나간 자리, 그러니까 무감동에서 발생한다는 베르그송(H. Bergson)의 명제(*Le Rire, Essai sur la signification du comique*, 정연복 옮김, 웃음, 1992)를 확인하게 된다.

4. 두 가지 시각의 의의

왜 시각이 달라지는가

판소리가 그 이야기되는 대상에 대하여 긍정적·우호적이거나 부정적·적대적이거나를 드러내는 것은 무엇을 말해 주는가에 대하여 생각할 차례다. 이야기는 어디까지나 이야기이므로 객관적 태도로 사실을 전하는 데 주력하는 것이 이야기의 극적 효과를 증대할 수 있는 것인데, 왜 판소리는 이야기하는 주체의 호오(好惡)를 분명히 드러냄으로써 극적 효과의 감소까지를 감수하는 것일까?

우선 서사적 고려나 기술의 부족을 생각해 볼 수 있겠다. 말하기의 기법적 고려에 능하지 않은 어린이들이 자신의 경험담을 이야기할 때 흔히 볼 수 있듯이 사건의 객관성보다는 자신의 감정이나 판단을 공공연하게 드러내는 것은 이야기의 극적 효과를 떨어뜨린다. 우스운 이야기를 할 때 자신이 먼저 웃는다든지, 슬픈 이야기를 할 때 이야기하는 사람이 먼저 울어버리게 되면 감정적 효과는 거둘 수 있으되 이야기의 극적 효과는 감소된다.

판소리도 그처럼 이야기 기술의 방식이 저급하기 때문에 그러한 것일까? 이에 대해서는 그렇다고 답할 아무런 근거도 찾지 못한다. 잘 아다시피 판소리는 고대소설과는 달리 다양한 진술 방식을 채택함으로써 '다성곡적 목소리(polyphonic voices)의 앙상블'(김병국, 판소리의 문학적 진술방식, 『한국 고전문학의 비평적 이해』, 서울대출판부, 1995)을 이루는 것으로 평가된다. 그럴 만큼 수준 높고 특이한 이야기 문학이라는 점에 비추어 보건대 수준의 미숙 때문에 그리되었으리라고 생각하기는 어렵다.

여기서 시선을 잠시 옮겨 판소리가 어떤 대상을 이야기할 때 하나가 되고, 어떤 때에는 거리를 두는가를 살핌으로써 왜 그런가 하는 단서를 구해 보는 것도 도움이 된다. 대상에 대한 시각과 판단의 결과가 그것을 이야기하는 데 차이를 가져 올 것이기 때문이다.

우리의 일상에서도 흔히 경험하는 바이지만 자신이 동조하고 감정이입이 형성되는 계기란 공감 또는 동조의 심리 상태와 관계가 깊다. 또 이와는 반대로 혐오의 감정을 갖거나 이질성을 느끼는 심리 상태에서는 대상에 대하여 거리를 두게 된다. 판소리에서도 이와 같은 차이를 발견할 수 있다.

전승되는 다섯 이야기를 대상으로 살펴 본다. 「춘향가」에 나오는 이도령과 춘향에 대해서는 대체로 하나되기의 바탕에서 이야기가 전개된다. 그러나 변학도는 반대로 거리두기의 관점이 지배적이다. 그 밖의 인물들에 대해서는 상황에 따라 시각이 바뀐다.

상황에 따라 시각이 바뀌는 현상은 판소리 전체에서 두루 나타난다. 「심청가」에서 심청은 시종일관 하나되기의 대상이 되지만 심봉사는 그렇지 않다. 물에 빠져서 허우적대다가 구출되었을 때는 거리를 두어 바라보는 허풍쟁이로 이야기된다. 그러나 동일한 심봉사에 대해서지만 몽은사 화주승에게 공양미 약속을 한 뒤를 이야기하는 데서는 시각이 달라진다.

> 심봉사는 곰곰 앉어 생각을 허니, "복을 빌어 눈 뜨려다가 도로혀 죄를 지었구나." 묵은 근심 햇근심이 동무 지어서 일어난다.
>
> 한애순 창

물에 빠져서는 형편도 생각지 않고 헛약속을 하는 본능적 인간이지만, 시간이 흐른 뒤에 심봉사는 자신의 처지와 사회적 관계를 생각하게 되고, 그러자 사람의 도리를 헤아리는 인물이 된다. 여기서 서술자는 하나되기의 시각으로 심봉사를 바라본다. 그러다가 심청이 인당수로 팔려 간 뒤에 뺑덕어미를 만나고서부터 다시 또 본능에 치우치는 행위를 벌이면서 서술자는 거리두기의 태도를 취하게 됨을 본다.

「홍보가」 또한 그러하다. 놀보에게 쫓겨나는 홍보나 제비 다리를 묶어 주는 홍보에 대하여는 하나되기의 태도를 보이지만, 매 품을 팔러 간다든가, 박에서 나온 온갖 물건으로 호사를 할 때는 홍보에 대하여도 거리두기의 태도를 취한다.

이 점은 「수궁가」의 별주부나 토끼에 대해서도 마찬가지다. 서술자의 시각은 고정되어 있지 않고 그가 벌이는 행위에 따라 시각은 달라진다. 별주부가 토끼 간을 구하고자 충성으로 자원하는 것은 하나되기의 시각으로 서술되지만 그가 자신을 합리화하기 위하여 우기는 것은 터무니없음(제Ⅲ부 '신재효의 웃음을 푸는 열쇠' 참조)을 강조함으로써 거리두기의 태도를 보인다.

충성지략 말 잘 허기 방촌간의 들었시니 외모 보아서 어찌 알며 외모로 보온대도 과보가 길 잘 걸어 해를 쫓아 갔사오나 그 발이 둘 뿐인듸 신의 발은 너이옵고, 맹분이 힘이 세어 능히 구정을 들었으되 목을 감추지 못허는듸 신은 목을 출입허고 대가리 뽀족허니 백기의 예두옵고 허리가 넓었으니 오자서의 체격이요 코궁기 좁사오나 의사는 넉넉하고……

김연수 창

그런가 하면 토끼에 대해서도 앞에서 잘못된 문장을 쓰는 허세를 보인 행위는 거리두기의 관점에서 바라보는 데 반해,

용왕이 가만히 듣더니만, "네가 나를 섬기려 왔다 그래 죽어도 여한이 없다면서 절통허다 험은 그 어쩐 뜻인고?", "소퇴같은 일루 잔명 진세 산간에 지천이라. 사냥꾼의 반찬 될지 독수리 밥이 될지 그물에 싸일지 총뿌리에 타질는지 기왕 죽을 목숨이오나, 그런 죽엄을 당하오면 세상에 났던 자최 흔적도 없사올듸, 간을 내여 대왕 환후 구허오면 아무 공로 없사와도 유방 백세 될 터온듸, 하물며 대왕의 성덕으로 황금 형용 사당 봉사 그 영화 무궁허여 만세 유전 허올 것을 천하 몹쓸 이 방정이 간을 두고 왔사오니 절통허기 측량이 없나이다." 토끼가 이렇듯 원통타 말을 허며 눈물을 한없이 흘리고 앉았것다.

김연수 창

와 같은 부분에서는 매우 진지한 태도가 된다. 이 진지함은 비록 토끼의 말이지만 그것조차도 서술자의 선택과 조합이라는 점에서 하나되기의 시각이라 할 수 있다. 말하자면 '토끼 용궁에 갔다 왔다'는 속담을 배태한 토끼의 노력에 대하여 연민과 우호적 시각을 보이는 것이다. 그

결과 거리두기의 대상이 되는 인물은 이에 속아 넘어가는 용왕이 되어 버리며, 이런 이유 때문에 「수궁가」의 주제가 권력의 비판이라는 견해도 나오게 된다.

이와는 달리 「적벽가」의 조조에 대해서는 시종일관 거리두기의 시선이 변하지 않는다. 그의 심정에 대하여 설명하거나 보여 주는 법도 없고, 오로지 그의 황당함만이 서술된다. 이 점에서 여타 판소리가 지니고 있는 시각의 변화와는 거리가 있다.

인간다움에 대해 정의하는 이야기

이상 다섯 이야기에서 시시때때로 변하는 하나되기와 거리두기의 대상을 살피면 이런 공통점이 발견된다. 우선 거리두기의 시선으로 바라보는 대상은 탐욕, 허세, 본능 등 인간이 빠지기 쉬운 도덕적 결함과 관계가 깊다. 반대로 하나되기의 시선은 이별, 고난, 의무, 윤리 등 도덕적으로 표방되는 덕목과 관계가 깊다.

권력을 빌미로 허욕과 허세 부리기, 충성을 앞세워 지나치게 과장하기, 반륜을 외면하는 욕망의 추구 등은 인간의 본능적 모습이기는 하다. 그러나 그것은 언제나 경계의 대상이었다. 그러기에 인류의 역사는 본능을 어떻게 억제 또는 조절하는가를 추구해 온 역사라 할 수 있다.

본능은 동물적 존재로서의 인간이 지니는 필연적 요소이지만, 그것이 그대로 발휘되면 금수(禽獸)의 세상이 되고 만다. 그래서 사람은 인간답기 위하여 그 나름의 경계를 정하고 그것을 지키도록 요구하게 된다. 삼강이니 오륜이니 하는 것도 계율로서가 아니라 본능을 조절하면서 인간다움을 유지하기 위한 스스로의 태도로 볼 필요가 있다.

이런 측면에서 생각하면 판소리가 대상에 대하여 취하는 하나되기와 거리두기라는 두 가지 태도의 경계는 도덕적 인간과 본능적 인간(김대행, 도덕적 인간과 본능적 인간,『시가시학연구』, 이대출판부, 1991 참조)의 경계라고 할 수 있다. 가사 작품의 예로 보더라도 본능적 인간의 형상화는 대체로 부정적 행위들을 통해 이루어지는 데 반해 도덕적 인간의 모습은 긍정적 가치의 제시를 통해 이루어진다. 판소리도 이와 같다.

판소리가 이야기를 해 나가는 데 객관적 엄정성 대신에 대상과 하나가 되기도 하고 거리를 유지하기도 하는 태도를 취하게 된 것은 판소리가 향유되던 사회가 공동적으로 추구한 가치가 거기에 있었다는 뜻도 된다.

잘 아는 바와 같이 판소리는 흥행성이 기반이 되는 연행 양식이었으므로 판소리를 듣는 청자가 외면하게 되면 그 존립이 불가능했다. 이처럼 청자의 눈치를 보아야 하는 판소리에서 도덕적 인간에 대해 긍정적이 되고, 본능적 인간에 대해 부정적이 되는 태도를 취할 수 있었음은 청자가 거기에 동의했고 호응했기 때문에 그러했던 것이라고 해석해서 무리가 없다.

판소리가 그러함이 곧 그 사회가 그러한 가치를 추구했다는 뜻이라는 점은 오늘을 사는 우리에게 던지는 의의가 매우 크다. 상업문화의 범람을 우려하는 견해들은 대체로 상업문화가 추구하는 말초적 흥미가 인간다움의 추구를 해치는 데 대한 경계를 담고 있다. 그리고 그 견해는 상업문화는 필연적으로 말초적 흥미만을 추구하는 것이라는 전제까지를 담기도 한다.

그러나 판소리는 상업문화였으면서도 그렇지 않았다는 점을 우리에게 확인시켜 주고 있다. 그렇다면 오늘날 상업문화의 오로지 본능 지향적이고 말초적인 흥미 추구로 나아가는 현상은 무엇 때문에 생긴 것인가? 상업성 자체에 문제가 있는 것이 아니라 오늘날의 우리 사회와 삶이 추구하는 바에 문제가 있는 것이 아닌지 다시 곰곰 생각해 볼 필요를 느낀다. 판소리의 하나되기와 거리두기가 결국 우리 문화의 특질이라는 점은 오늘의 우리에게 주는 좋은 반성 자료가 된다.

5. 판소리문화가 오늘에 주는 계시

거리의 반어적 성격 재음미

우리가 지금까지 대상에 대해 이질적·냉소적·냉담의 태도로 바라보는 서술에 대해 거리두기라는 용어를 사용하였는데 이 용어는 문학을 설명하는 용어로 이미 널리 알려진 '거리(distance)'라는 것을 연상케 한다. 그리고 우리말로는 동일할뿐더러 영어로 이를 번역한다 해도 같을 것이다. 그렇다면 이는 동일한 개념일 수 있는가를 살핀다.

서구의 문학 용어로 사용된 거리라는 개념은 대체로 작자와 대상 사이(J. Myers & M. simms, *The Longman Dictionary of Poetic Terms*, Longman, 1989) 작품과 독자 사이(C. H. Holman & W. Harmon, *A Handbook to Literature*, Macmillan, 1992) 작자와 독자 사이(J. T. Shipley, *Dictionary of Literary Terms*, George Allen & Unwin, 1970)의 세 경우에 적용되는 용어로 사용된다. 이 밖에도 이야기되는 줄거리와 그 서술 사이(J. Hawthorn, *A Glossary of Contemporary Literary Theory*, Edward Arnold, 1992)의 거리를 뜻하는 경우도 있지만 대체로 앞의 세 경우를 두고 하는 말이다.

그런데 서양에서 거리라고 하는 것은 심리적(psychic) 거리라든가 미적(aesthetic) 혹은 물리적(physical) 거리라는 용어를 사용하는 데서 볼 수 있듯이 대상에 함몰되지 않으면서, 그리고 자신의 개인적 경험과 분리시켜서 대상을 바라봄으로써 순수 판단을 얻어 내는 것을 이상으로 한다.

그러기에 우리가 앞에서 한 것과 비슷하게 거리두기를 떼어 놓기(detachment)와 말려들기(involvement)라는 용어를 사용하여 하위 분류를 해 보이기도 하는데, 그 목적은 말려들기를 경계해야 할 것으로 충고하려는 데 있다. 칸트(E. Kant)의 강력한 영향이 엿보이는 이 거리 이론은 그 결과로 엘리엇(T. S. Eliot)의 객관적 상관물(objective correlatives) 이론으로 발전하기도 하였다.

따라서 우리가 사용해 온 거리라는 용어와 전혀 다른 것은 아니라 할지라도 거리를 통해서 추구하는 바는 다르다고 할 수 있다. 서구의 거리가 객관성을 얻어 내기 위해서 추구되는 것이라면, 판소리의 그것은 객관성이 아니라 추구해야 할 가치의 반어법적 경지를 드러내기 위한 거리라고 할 수 있다. 비난이나 냉담은 원천적으로 추구할 가치를 전제하기 때문이다. 이런 점에서 서구 문학이론의 거리가 객관적이라면 판소리의 거리는 주관적 거리라고도 할 수 있다.

판소리의 거리가 주관적이라는 특성 때문에 이것은 단순히 거리를 두고 말고의 문제를 넘어서서 어조(tone), 문체(style), 시점(point of view), 서술(narration) 등 다양한 영역의 문제로 번져 나가게 된다. 궁극적으로 대상을 어떤 태도로 바라보느냐가 이야기의 여러 측면을 결정하기 때문이고 판소리는 이 점에서 소설이나 설화와도 매우 다르다. 그 동안 이 분야에 많은 노력이 바쳐진 것도 다 이 때문이다.

그러나 우리가 지금까지 살핀 대로 판소리는 도덕적 인간과 그 행위에 대해서는 하나되기의 시각을, 그리고 본능적 인간과 그 행위에 대해서는 거리두기의 시각을 취했음이 밝혀졌다. 그리고 그런 시각을 취한 까닭은 당대 사회가 그것을 추구하고 그에 합의했던 것이라고 해석하였다.

그러나 판소리가 일관되게 그런 시각만을 견지했다고는 하기 어렵다. 앞에서 심청이 태어난 후의 심봉사를 이야기하면서 '봉사는 팩성'이라고 했던 데서 보듯이 도덕이나 본능과는 무관하게 맹인(불구)이라는 이유 때문으로 심봉사는 폄하되기도 한다. 그리고 이러한 불구는 어느 사회에서나 열등함을 웃기 위한 대상으로 자주 등장시켰던 소재이기도 하다. 이른바 '병신춤'이라고 하는 것도 실은 그런 웃음의 소재였을 따름이다(이를 민중의식에까지 연결한 기왕의 논의들은 천착이 좀 지나친 것이었다고 할 수 있다).

불구를 웃음의 대상으로 삼는 것은 정상인이 느끼는 우월감에서 빚어지는 결과다. 우리가 그런 웃음이나 웃음의 욕구를 억제할 수 있는 것은 인도주의적 판단과 도덕적 차단이 있을 때 비로소 가능하다. 그런 점에서 본다면 판소리에도 이처럼 반도덕적 요소가 잠재해 있었다는 말이 된다. 그러나 그것은 부분적인 경향일 따름이고 판소리 전체의 일관되고 줄기찬 지향은 인간적 가치의 고양에 있었음이 분명함을 앞에서 보았다.

본능 집착에 보내는 경고

판소리의 이와 같은 시각과 태도 구분이 오늘날 우리의 문화에 던지는 의미가 심장하다. 최근 방송을 통해 격렬하다 싶을 정도로 번져 가는 삼행시의 단적인 흥미 요소를 생각해 본다.

> 앙녕하지 못하다, 얘!
> 드럽게 기분 나쁘드라, 얘!
> 레 이름으로 자꾸 장난치지 마, 얘!
> 김봉남이 뭐니, 난 앙드레김이야!

이것이 그 유명한 앙드레김을 머리로 한 삼행시(?)라 불리는 것인데, 이 내용은 "앙드레김이예요. 드자이너예요. 레 이름은, 김봉남이예요."라는 것을 시발로 확산되고 유행된 것이다. 여기서 문제는 이 흥미 요소가 앙드레김이라는 한 실존 인물의 행동이나 음성의 독특성에 근원을 두고 있다는 점이다. 말하자면 심봉사와 같은 특이함을 마음껏 조롱할 수 있음이 맞춤법에 어긋나게 말을 만드는 것까지도 쉽사리 연합하도록 하고 있다. 이럴 때 웃는 웃음은 비웃음이자 우월감을 확인하는 웃음이다.

문제가 바로 여기에 있다고 본다. 웃을 수 있는 권리는 누구에게나 있다. 그러나 전파력이 무시무시한 방송을 통하여 한 개인을 이토록 웃을 수 있다는 것은 이 사회의 문화적 권력이 자행하는 횡포가 어디까지 갈 것인가에 두려움까지 갖게 한다. 누구든 어느 날 이 권력에 의해 심봉사나 앙드레김처럼 되지 않는다고 장담할 수 있으랴.

더 중요한 문제는 그것이 개인의 행·불행에 국한하지 않는다는 점이다. 사람들은 왜 특정인을 도마에 올릴 수 있는가? 그것은 이 사회가 도덕적 인간에 가치의 척도를 놓지 않고 본능적 인간의 추구에 중점을 두기 때문이라는 점에 문제의 심각성이 있다. 방송이 앞장을 서고, 사람들은 그 재미가 뜻하는 바가 무엇인지를 짐작도 하지 못한 채 맹목으로 즐기고 있다. 스스로 금수(禽獸)의 세계로 한 발 한 발 다가가는 것을 모르고. 그리고 그 금수는 말까지 한다는 데 더 큰 비극이 있다. 말은 세상을 파괴하는 힘까지도 지녔기 때문이다.

판소리는 그것을 즐기는 모두가 도덕적 인간을 지향하는 데 높은 가치를 두어 하나가 되었다. 반면에 본능적 인간의 모습에는 거리를 둠으로써 반어적으로 인간적 가치를 추구하였다. 그로부터 많은 세월이 지났고 생활 조건이 이처럼 향상되었다는 오늘에 우리가 가고 있는 길은 어디인가? 우리는 진정 인간인가? 판소리문화를 향해 우리가 대답할 숙제는 바로 이것이 된다.

주고받기의 개방성과 정체성
−장르 교섭에서 보는 동화와 이화의 문화

1. 넘나들기를 생각하는 전제

상호작용으로서의 넘나들기

문화는 생명을 지닌 것이라고 한다. 생겨나고 변하고 소멸하는 것을 두고 하는 말이리라. 그러나 문화의 어떤 양식이 제아무리 강한 생명력을 지니고 있다 하더라도 그 양식 스스로 어떤 일의 도모를 위하여 능동적으로 움직인다는 것은 생각하기 어려운 노릇이다. 문화의 양식이 제 스스로 지니고 있는 것처럼 보이는 생명력이라는 것도 결국은 인간의 관여에 의해서 부여된 것이기 때문이다. 이 점은 문화의 근본적인 의미가 인간의 '힘'이 가해진 것이라는 데 비추어 보더라도 그러하다.

그리고 보면 판소리가 이웃을 넘나들기 한다는 것은 결국 판소리에 참여하는 사람이 그리한다는 말이 될 것이다. 그러나 우리가 지금 문제로 삼고자 하는 것은 그 사람들이 어찌어찌 그 일을 했는가가 아니라 그 결과로 빚어진 판소리의 변모에 관한 것이다.

그리고 그 변모는 다른 양식에 영향을 끼치거나 혹은 다른 양식에서 영향을 받거나 하여 남긴 흔적으로 나타나게 된다. 주는 것이 있으면 받는 것도 있게 마련이고, 얻는 것이 있으면 잃는 것도 있게 마련인 것은 경험에 비추어 볼 때 자명하여 논증의 필요조차 없다. 따라서 '넘나들기'를 '상호작용'이라는 시각에서 바라보는 것이 좋을 듯하다.

그리고 그러한 상호작용을 파악할 수 있는 징표 가운데 가장 두드러진 것은 사설의 넘나들기일 것이다. 그러니 우리가 살필 수 있는 대상은 여러 양식에 나타난 판소리의 흔적과 여러 양식이 판소리에 남긴 흔적의 두 가지가 된다. 이 넘나들기의 흔적들을 통하여 장르와 장르 사이에 있었을 것으로 추정되는 상호작용을 생각해 본다.

흔적 찾기의 어려움

이런 일을 하는 데 어려움은 많다. 그 중 무엇보다도 자료의 제한성이 넘나들기의 흔적에 대한 접근을 어렵게 하는 장애 요소다. 우리가 접할 수 있는 대부분 판소리의 사설 자료들은 주로 20세기의 것이며, 18세기 후반의 것은 대체로 한문으로 기록되어 있어 1차 자료가 되기 어렵다.

만화본(晩華本) 「춘향가」나 「광한루악부(廣寒樓樂府)」를 비롯하여 이유원(李裕元)이나 신위(申緯) 등이 남겨 준 기록들이 모두 그러하다. 그보다 이른 시기의 자료들이라 할지라도 19세기 후반의 것들이 고작이어서 18세기의 사황 상당 부분이 이러한 자료들을 통한 추찰(推察)의 결과로 짐작될 따름이라는 점은 논의를 불안정하게 만드는 요인이 된다.

그러나 자료에 관련하여 상황이 이처럼 어렵다는 사정은 비단 이 시기나 판소리만의 문제는 아니라고 본다. 16세기에 지어진 정철(鄭澈)의 『송강가사(松江歌辭)』를 지금 우리가 접할 수 있는 자료는 그의 당대에서 거의 200년이 흘러간 18세기의 자료이며, 17세기에 지어진 윤선도(尹善道)의『고산유고(孤山遺稿)』또한 18세기말의 자료이다.

그러나『고산유고』가 비록 훨씬 뒤에 만들어졌다고는 해도 윤선도의 친필로 인정되는『금쇄동집고(金鎖洞集古)』와 크게 다르지 않다는 점이 중요하다. 이처럼 나중에 이루어진 기록물도 원본과 크게 다르지 않다는 점으로 미루어 생각하면 비록 후대에 기록된 것이라 하더라도 어느 정도 신뢰감을 가져도 좋을 것이라는 생각이 든다. 예를 들어 고려말부터 노래된 것을 18세기 들어서야 기록한『청구영언(靑丘永言)』같은 자료가 그 이전의 시가가 지녔던 실상에서 크게 벗어나지 않으리라는 전제를 하는 것은 이런 이유로 큰 무리가 없어 보인다.

물론 같은 스승 문하에서 수학한 창자(唱者)라 할지라도 더늠에 상당한 차이가 발견되는가 하면 판소리가 판에 의하여 매번 새롭게 창조되는 특성을 가졌으므로 동일한 창자의 공연이라 할지라도 사설에 부분적 차이는 있게 마련이다.

그러나 이런 측면에만 사로잡히게 되면 실제로 연행되는 사설 하나하나에 대해서는 말할 수 있을지 몰라도 사설의 실상이 지닌 질서에 관해서는 아무런 논의도 할 수 없게 된다. 이런 점을 감안할 때 남아 전하는 판소리 창본의 자료들을 판소리 사설의 실상으로 보고 논의할 수 있게 되며, 이를 대상으로 역사적 양식들 사이의 상호작용 현상을 살피는 일이 필요해진다.

장르 사이의 넘나듦이 음악과의 관련 속에서 이루어졌을 것임은 분명한데 여기서 그것까지를 아우르기에는 역부족이라는 점도 논의하는 데 제약을 가져온다. 특히 개인의 문학적 창작이기보다는 연행(演行) 예술로서의 면모가 두드러졌던 이 시기 시가문학의 흐름에 대한 관찰은 오늘날에 이루어지는 문필 행위로서의 문학을 바라보는 시각과는 상이

한 관점을 요구한다. 연구의 방법을 결정하는 것은 대상의 특성이라는 점을 생각하면 이 방면에 정통하지 못한 방법론적 미숙도 난점이 될 것이다.

그러나 음악을 논외로 하는 것이 이 방면의 논의를 전혀 불가능하게 하지는 않을 것이라는 점도 생각할 수 있다. 다른 장르의 사설을 빌어 오는 경우라 할지라도 새로운 장르 속에서 그 사설이 연행되는 방식은 다음과 같은 두 가지 모습으로 나타날 것이기 때문이다.

하나는 그 장르의 음악을 모창(模唱)적으로 재구(再構)하는 유형인데, 이 때에도 그 음악의 특징적 요소만 강조될 따름이지 원래의 그 음악을 원형 그대로 재현하지는 않음을 보여 준다. 「흥보가」의 '사당 거사 소리'가 그러하고, 「수궁가」의 시조 '반남아 늙었으니……'가 그러하다. 「춘향가」의 어사(御使) 남행(南行) 대목에 나오는 「농부가」가 본디 어디서 왔고 나중에 어찌되었는가를 짐작하게 하는 단서도 여기에 있을 듯하다.

다른 하나는 사설만을 빌어왔을 따름이지 음악은 본디의 것과 무관하게 자체의 질서 속으로 편입되는 유형이다. 판소리에 수용된 많은 여타 노래의 사설들이 새로이 판소리적 특성을 지니게 된다는 점은 이러한 추론을 뒷받침한다.

그러니 모창적 재구와 변형적 수용의 두 유형을 동시에 아우르면서 판소리가 여러 양식과 이룬 상호작용을 사설을 기반으로 논의하는 것은 의미가 있다. 이것은 조선 후기 특히 18세기에서 19세기에 이르는 기간에 전개된 문화의 교섭 양상을 설명해 줄 수 있기 때문이다.

2. 판소리 사설이 넘나든 모습

판소리의 개방성

판소리는 그 무엇에 대해서도 대문을 활짝 열어 놓은 양식이라 할 수 있다. 판소리의 기본틀이 긴 이야기를 노래로 엮어 나가는 것이므로 이야기 전개에 도움이 되거나 흥미 유발에 이로운 것이라고 생각되면 무엇이든지 받아들였다.

또 긴 이야기에 변화를 주기 위해서도 이미 있는 다른 양식의 무엇인가를 받아들이는 것이 전략적으로 유효하였다. 판소리는 판소리 자체의 질서를 지니고 있고 또 그 이야기가 나아가는 방향이 있는 것이지만 긴 이야기에는 지루함을 덜고 분위기를 전환하는 놀이적 재미를 위하여 다른 음악의 요소를 삽입하는 것이 효과적이었음은 앞의 '판짜기의 원리와 이중주적 문화'에서 이미 본 바 있다. 판소리는 바로 그런 이유 때문에도 이 방면에 개방적이었다.

그런가 하면 이미 들어서 알고 있는 것이 친숙감을 준다는 측면에서도 다른 양식의 노래말은 널리 채택되었다. 노래로 전달되는 장을 생각해 보면 선율과 박자가 어우러질 때 낯설고 새로운 노랫말은 여간한 정확성이 아니고서는 제대로 전달되기 어렵다. 이럴 때 이미 알고 있는 노랫말을 사용하는 것은 전달의 효율성을 위해서도 매우 중요한 전략이 된다.

판소리란 길고 다채로운 사설을 다양한 음악으로 구현하는 것이므로 애당초 개방적인 특성을 지니게 되어 있다. 바로 이러한 특성이 여타 양식과의 상호작용을 필연적으로 요구하게 되었을 것으로 짐작된다. 이러한 자질에 바탕을 둔 결과 판짜기에서 '정보 지향'과 '놀이 지향'의 원리가 작용하게 되었을 것이며, 후반부의 놀이적 재미 지향은 더더욱 여타 장르의 사설 차용 및 도입을 촉진하였을 것으로 짐작된다.

판소리 자체의 특질이 지니는 이처럼 방만한 포용성은 곧 다른 양식에 대한 개방성으로 규정된다. 판소리에 여타 양식의 노랫말이 어느만큼 들어와 자리를 잡았는가 하는 점은 이미 한 연구자에 의해서 조사된 바 있다. 「춘향가」만을 대상으로 한 조사(전경욱, 『춘향전의 사설 형성 원리』, 고대민족문화연구소, 1990. p.40)에 나타난 다음 통계는 판소리가 다른 양식에 대해서 보인 개방성이 어느 수준이었는지를 짐작하게 해 준다.

시조	12가사	잡가	다른 판소리	가면극	민요	무가	계
12	8	13	26	21	20	18	118

이 조사 결과표가 곧바로 판소리와 다른 양식 사이의 모든 관계를 설명해 주는 것은 아니다. 그렇기는 해도 이 시기 서로 다른 양식 사이의 교섭이 얼마나 활발했으며 판소리의 개방성이 어느 수준에 이르렀던 것인가 하는 점은 이 결과만으로도 충분히 미루어 짐작할 수 있다.

그러나 이러한 개방성을 지니고 있었다 해서 판소리가 오로지 수용자로서의 역할만을 하였음을 뜻하지는 않는다. 발신자로서의 역할 또한 광범하게 했다는 점도 중요하다. 문화 양식 사이의 교섭을 논할 때에는 이러한 측면까지가 함께 고려되어야 그 입체적 의미를 파악할 수 있을 것이다.

무가와 판소리

무가(巫歌)와 판소리의 교섭 양상은 서대석의 「판소리의 전승론적 연구」(김흥규 편, 『전통사회의 민중예술』, 민음사, 1980, pp.108~129)에 의해서 이미 제시된 바 있다. 이 연구에서는 '중타령', '상여소리', '뱃고사' 등의 삽입가요가 동질적임을 확인함으로써 판소리와 무가의 전승론적 기반이 같음을 설명한 바 있다. 이에 힘입어 두 장르의 구조적 상동성(相同性)을 말해도 좋을 만큼이 되었다.

실제로 판소리와 무가는 외견상으로 나타나는 특징만 하더라도 상동 구조를 갖고 있는 측면이 많다고 할 수 있다. 특히 두 장르가 다 이야 기의 구조를 갖고 있기 때문에 사설의 장형화가 빚어지게 되며, 무가에 서 오신(娛神)의 절차가 요구되는 특징은 판소리의 연행성과 맞물리면서 더욱 깊은 친연성(親緣性)을 보이게 마련이었던 것으로 이해할 수 있다. 음악적 기반이 동종(同種)의 것으로 설명되는 측면이나 담당층에 상통하 는 점이 많은 사실도 이러한 넘나듦을 지극히 자연스럽게 했으리라는 점을 생각하게 한다.

그러나 발생과 구조의 친연성이 이러하다 하더라도 판소리는 판소리 로서의 독자적 세계를 지니게 마련이었으리라는 점은 두 가지 측면에 서 짐작이 가능하다. 하나는 무가에서 판소리가 성립되기까지에는 여 러 단계의 변화가 필요했으리라는 점이고, 다른 하나는 두 장르가 연행 되는 상황이 동일하지 않았음으로 미루어 각기 그에 필요한 독자성을 확보하면서 발전하게 되었으리라는 점이다.

판소리와 무가의 상호 관련은 삽입가요의 모습으로 나타나는 것이 보통인데, 이는 이야기 전개의 유관성에 근거하고 있음을 보게 된다. '노정기'나 '뱃고사' 또는 '기자축원' 등이 그러함을 보여 주는데, 박동 진이 새로 짠 「배비장타령」에 뱃고사를 등장시키는 것을 그 예로 들 수 있다. 이런 예는 상황에 따라 이미 그 기능과 관련하여 전형화된 사 설을 그대로 전용하는 관용적 보편성을 생각하게 해 준다.

관용적 보편성은 도막소리 뿐만이 아니라 상황의 묘사나 표현에서까 지 널리 보편화된 구절들의 전용에서도 두루 드러나는 현상이다. 따라 서 이는 장르의 교섭을 넘어선 시대적 공유성과 관계가 깊으리라는 생각을 떠올리게도 한다.

시조와 판소리

시조(時調)와 판소리의 넘나듦을 상징적으로 보여 주는 것은 단가 '진국명산(鎭國名山)'과 「백구가(白鷗歌)」가 아닌가 싶다. '진국명산만장봉(鎭國名山萬丈峰)이요 청천삭출금부용(靑天削出金芙蓉)은……'으로 이어지는 '진국명산'의 사설은 『청구영언』에서부터 볼 수 있으며, 그 후반부의 '남산가기울울총총(南山佳氣鬱鬱蔥蔥)……'은 다른 가집은 물론 안민영(安玟英)의 『금옥총부(金玉叢部)』에서도 볼 수 있다.

또 '백구야 놀라지 마라 너 잡을 내 아니로다……' 역시 『청구영언』에서 볼 수 있는가 하면 12가사 「백구사」의 첫머리가 되고 있으면서 단가 「백구가」로 불린다. 이 사설은 봉산탈춤, 양주별산대, 수영들놀음 등의 가면극에도 채용되고 있다. 사설이 꼭 같지는 않으나 대체로 비슷하되 음악은 서로 다르다는 점이 우리의 관심을 끈다. 시조와 판소리의 넘나듦을 이해하는 데 하나의 단서가 될 수 있을 듯하다.

시조와 판소리의 넘나듦은 시조창으로서보다는 주로 상황적 표현의 일부로서 이루어짐을 보게 된다. 「춘향가」의 이별 후 '상사가'에 나오는 '바람도 쉬어 넘는 고개……' 등이 그 전형적 예가 된다.

판소리의 시조 사설 수용은 그 창본 또는 소설로의 변용(變容)인 여러 이본들에서는 여러 상황에서 여러 가지 다른 시조 사설들을 다채로이 채용하는 현상을 보게 된다. 또한 이 시조 사설은 우리가 시조 작품과의 대조를 통해 확인할 수 있다는 점에서 넘나듦이 확인되는 것이며, 음악적으로는 시조창의 도입이 아니라 판소리창의 일부로 이루어진다는 점도 음미할 만하다.

널리 알려진 바와 같이 시조창과 판소리창은 음악의 성격이 판이하여 발성법부터가 확연하게 구분되는 것이며 선율 구조에 상당한 거리가 있다. 따라서 판소리의 시조 수용은 그 음악까지를 포함하는 시조라는 장르 자체를 수용한 것이라기보다는 언어 표현의 차원에서 넘나듦이 이루어진 것이라 할 수 있다.

이 점은 시조와 판소리 사이의 넘나듦이 당대(當代)의 표현적 공유물(共有物)이라는 자질 위에서 이루어진 것이라는 가정을 가능케 한다. 특정한 상황과 행위는 특정한 표현의 어군(語群)들로 관용화되는 것이 당대 문화의 성향의 하나라고 보고자 한다. 일상생활에서 널리 쓰이는 속담이 바로 그 한 전형으로서 보편적인 문화는 두루 공유되는 현상을 여기서 확인하게 된다.

가사와 판소리

가사(歌辭)와 판소리 사이의 관계에서는 두 가지 현상이 발견된다. 하나는 시조의 사례와 마찬가지로 상황적 표현의 일부로서 가사의 사설이 수용되는 유형이다. 이 역시 시조의 사례와 같은 성격의 관용화로 볼 수 있다. 이러한 범주에 드는 것들로 「황계사(黃鷄詞)」의 '병풍에 그린 황계 자른 목 길게 빼어 꼭교 울거든 오랴시오……' 등을 들 수가 있는데, 이 대목의 표현은 민요에서도 흔히 발견되는 것이어서 관용화라는 짐작이 타당하다고 믿게 된다.

가사로서의 독립성이 비교적 강하게 드러나는 것으로 「권주가(勸酒歌)」를 들 수가 있는데, 이 때에도 가사창으로보다는 판소리 속에서 변용된 채 상황에 맞추어 수용되고 있다. 그런가 하면 실제로 '권주가'라고 일컬어지는 것에 여러 유형의 노래가 있다는 점과 그 가사에 상통하는 점이 있다는 사실은 가사 장르의 자질로서 수용되기보다는 관용어의 차원에서 수용된 것이라는 심증을 갖게 한다.

특히 가사의 사설이 그대로 판소리에 채용되는 현상은 12가사(歌詞)에서만 유관성이 발견된다. 가사의 본디 모습은 음악과 연관이 깊었다고 하더라도 이미 독서물로 옮겨 갔을 것으로 추정되는 이 시기에 오로지 가창(歌唱)되던 12가사와 넘나듦이 이루어지는 것은 장르간의 교섭이 주로 문화적 동질성의 범위 안에서 활발하게 전개되는 경향임을 짐작하게 한다.

가사와 판소리의 넘나듦에서 나타나는 또 다른 현상은 대상의 희화화(戲畵化) 경향이다. 김종철 교수가 발견하여 소개(「게우사」의 자료적 가치, 『한국학보』 제65집, 1991, pp.254~258)한 「게우사」를 살피면 거기 나오는 '무숙이'의 인물상은 '이춘풍'이나 '배비장'과 매우 흡사한 데가 있는데, 그러한 인물상이 가사 「우부가」에 그대로 투영되어 있는 것을 볼 수 있다.

「우부가(愚夫歌)」에 등장하는 개똥이, 꼼생원, 꾕생원을 양반, 중인, 상민으로 본 정재호 교수(「우부가」고, 『한국가사문학론』, 1982, pp.105~186)가 무숙이에 해당하는 인물이 꼼생원일 것을 시사한 바 있지만, 「게우사」와 「우부가」 사이의 넘나듦으로써 가장 두드러진 특징은 어리석은 짓의 희화화라는 점이다.

판소리의 중요한 특질 가운데 하나가 웃음의 추구라는 점은 널리 공인되고 있다 할 수 있는데 그러한 웃음의 특질이 대상의 왜소화(矮小化) 또는 비하(卑下)를 기반으로 하고 있다는 점은 주목할 만하다. 심봉사가 그러하고 놀부·흥보가 그러하며 별주부나 용왕은 물론이고 심지어 이도령과 조조(曹操)까지가 그러하다. 이 점은 사설시조의 성행과 함께 조선후기 문화의 중요한 특징으로 기억될 만하며, 이것이 보편화된 현상이라는 점에서 단순히 사설의 넘겨주고 넘겨받기를 넘어선다고 할 수 있다.

민요와 판소리

민요(民謠)는 매우 폭넓게 판소리와 관련을 맺었던 것으로 보인다. '홰홰 친친 감을현……'과 같은 '천자뒤풀이'가 나오는가 하면, 「농부가」나 「방아타령」이 판소리에 등장한다. 이 밖에도 여러 유형의 민요들이 여러 형태로 판소리에 채용되는데, 이들도 물론 상황과 관련하여 사설이 채용되지만 음악적 특질까지가 함께 도입되는 것을 보게 된다. 후대에 와서 연행되는 사당패나 각설이 등의 사례로 미루어 보건대 판소리에 그 음악까지 함께 채용되는 사설은 판소리의 판에서 사실적 흥미와 함께 판의 다양한 변화를 성취함으로써 연행적 흥미의 제고를 겨냥하는 것으로 이해할 수 있다.

여기서 주목해야 할 것은 우리가 대강의 의미로 민요라고 통칭해 버리는 것들 가운데 전혀 이질적인 두 유형이 있다는 점이다. 가장 정통적인 민요라면 농사소리를 중심으로 하는 것들로서 단조로운 선율이나 음영적 특징을 지닌 것들이다.

신재효(申在孝)의 「심청가」와 「변강쇠가」의 방아타령이 '오다 오다 방아 찧는 동무들아……'로 전개되는 것은 문맥으로 보아 농사소리로 볼 수 있다. 따라서 여기에 채용된 사설은 소리꾼의 「농부가」가 아닌 단조로운 선율의 그것이라 할 수 있다.

이 문제와 직접적인 관련은 없지만 신재효의 사설에서 보이는 '오다 오다……'라는 구절이 4구체 향가 「풍요(風謠)」에서 발견되는 것과 흡사하다는 점이다. 신재효가 『삼국유사』의 '양지사석(良志使錫)'조를 보고 이를 해독하여 거기서 '오다오다[來如來如]'를 빌어다가 사설을 짰으리라는 추리는 지나치다고 할 수밖에 없다. 그보다는 오히려 신재효가 들을 수 있었던 범위에서 「방아노래」가 이렇게 불리었다고 보는 것이 적절한 추정일 것이다.

그렇다면 '오다 오다'라는 구절을 사용하는 노동요인 방아노래는『삼국유사』의 기록에 '오늘에 이르도록 사람들이 방아 찧는 일을 할 때 모두 사용한다[至今土人舂相役作皆用之].'고 각주를 달아 놓은 내용과 상통한다. 따라서 신재효가 수용한 「방아노래」의 사설은 노동요로서 민요였을 것이라는 짐작이 선다.

그러나 이러한 민요의 경계를 넘어 다채로운 선율과 함께 음악적 풍요로움을 지닌 이른바 소리꾼 민요는 민요의 본질적 개념을 넘어서는 양상을 보인다. 그것이 전문성을 지닌다는 점에서도 그러하거니와 공연물로서 상품화한다는 점도 그러하다.

판소리에서 볼 수 있는 민요는 후자의 예가 상당한데, 이는 판소리의 사설이 12잡가에 그대로 수용되는 점과 함께 흥미로운 현상이라 할 수 있다. 판소리 자체도 잡가로 지칭된 예(「광한루악부」 등이 판소리를 이렇게 지칭하였다)가 있고 보면 판소리와 민요의 관계는 다시 또 잡가와의 관계로 번져 나가 민요, 잡가, 판소리가 상호 관련을 맺는 삼각형의 구도를 떠올릴 수 있게 된다.

3. 장르 교섭의 문화적 동향

사회·심리적 공유와 보편화

판소리가 여러 장르와 넘나듦을 보이는 데서 두드러지게 관찰할 수 있는 것은 그 사설이 장르들의 분화나 변화를 넘어서서 당대의 문화적 관용성을 보인다는 점이었다. 이러한 현상을 공식구(公式句, formula)와 주제소(主題素, theme)의 관점에서 혹은 장면 충족의 원리로서 설명한 바 있는데, 그 입지점은 전승(傳承)과 작시(作詩)의 축에 있었다.

이를 문화론적인 관점에서 본다면 동시대 문화의 공유라는 사회적·심리적 욕구의 가시화(可視化) 현상이라고 볼 수 있을 것이다. 인간은 개인으로서의 자아정체성(自我正體性)을 지닐뿐만 아니라 개인들간의 관계 속에서 동질감(同質感)을 지님으로써 사회 구성원으로서 사회·심리적으로 정체성을 지니게 된다. 이러한 동질감의 욕구는 문화 공유의 욕구로 나타난다.

실제로 이러한 문화의 공유 욕구는 단순히 사설의 공유 차원을 넘어서서 시대적 모티프로 나아가기도 하는 것을 볼 수 있는데, 임형택 교수가 지적한 바 있는 「흥보가」의 임로(賃勞) 모티프(흥부전에 반영된 임로(賃勞)의 형상, 『한국문학사의 시각』, 창작과 비평사, 1984, pp.214~226)가 「게우사」에서도 동일하게 나타나는 점이 그 예이다. 「게우사」의 '무숙이'가 '의양'에게 빠져 돈을 탕진한 뒤 본처에게 돌아가 생계를 위해 날품팔이를 하는 등의 행위가 이에 해당한다. 다만 「흥보가」의 그것이 농촌의 것이라면 「게우사」의 그것은 도시의 것이라는 점에 차이가 있어 흥미롭다. 이것은 '오늘도 다 새거다 호미 메고 가자스라……'가 노래한 일의 세계와는 전혀 다른 이 시대의 당대적 모습이라 할 수 있다.

일보다도 놀이의 모티프가 전대의 그것에 비하여 훨씬 강렬한 오락 지향으로 나타나는 것도 이 시기의 특징이라 할 수 있다. 다 같이 음악을 화제로 삼았으면서도 정철(鄭澈)의 '거문고 대현을 치니 마음이 다 눅지니……'나 신흠(申欽)의 '노래 삼긴 사람 시름도 하도 할사……'가 추구하는 세계와 '노래같이 좋고 좋은 것을 벗님네야 아돗던가……'나 '팔십일세 운애선생 뉘라 늙다 일렀던고……'가 표방하는 세계 사이에는 커다란 거리가 있다.

전자가 표현 지향이라고 한다면 후자는 놀이 지향이라 할 수 있다. 이러한 놀이 추구의 연장선에서 '손약정은 점심을 차리소 이풍헌은 주효를 장만하소……' 등의 시조도 비로소 이해될 수 있을 것이다.

예술의 상품화와 유흥의 추구

당대의 문화적 공유(共有)를 추구하는 현상이 활발하게 나타난 것은 음악의 상품화와 관계가 깊을 것으로 추정된다. 황진이로 대표되는 기생문화가 조선 전기의 그것이라면 조선 후기의 기방(妓房)은 그 구성원에 변화를 보였을 것으로 추정되며, 이 점에 관해서는 자세한 설명(김종철, 무숙이타령(왈짜타령) 연구, 『한국학보』 제68집, 일지사, 1992, pp.62~101)이 제시된 바 있다. 중간 계층이 기방을 점유하게 되고 기방이 음주가무를 기반으로 영위되는 것이라는 점은 시가 장르의 활발한 분화와 넘나듦이 이 시기의 기방 문화와 깊은 관련을 가졌을 것임을 충분히 시사해준다.

이에 관한 정보를 주는 자료가 「한양가」와 「게우사」이다. 이에 따르면 이른바 왈짜로 통칭되는 무리는 당하천총(堂下千摠) 등의 무반(武班), 대전별감(大殿別監) 등의 중서층(中庶層), 무예별감(武藝別監) 등의 액예(掖隸), 남촌한량(南村閑良) 등의 평민층으로 구분된다. 그렇지만 무반은 왈짜의 후견인이었고 무반을 제외한 그 나머지로 왈짜를 이루었지만, 실상에 있어서는 왈짜에 두 부류가 있으며 앞에 오입쟁이가 붙는 왈짜와 포도부장과 별감 등의 왈짜로 구분된다는 점이 김종철 교수에 의해 설명된 바 있다. 이 가운데 별감이나 군관 또는 나장들이 일패 기생들의 기부(妓夫)였으며, 한량들과 역관(譯官)들은 그들이 지닌 부(富)를 바탕으로 참여하였고, 그 극단적 상태라고 할 만한 '이춘풍'이나 '무숙이'로 대표되는 왈짜는 집안을 돌보지 않고 주색잡기에 빠져 지내는 부류로 규정되었다.

이 설명에 의하여 우리는 「한양가」나 「게우사」의 기방 묘사가 한 장면의 사실적 스냅이 아니라 그 총체적 모습을 보인 장면극대화적인 서술임을 짐작할 수 있다. 그리고 그것은 조선 후기에 나타난 부의 이동에 따라 가무(歌舞)의 예능이 상품화해 간 모습을 보여주는 것임을 짐작하게 된다.

이처럼 가무가 상품화하는 현상은 오늘날까지 이어 온 술집의 여러 가지 행태를 통해서도 얼마든지 짐작할 수 있는데, 이러한 상품을 구매할 수 있는 사람은 언제건 돈을 가진 자들이라는 점도 오늘에 이어지고 있는 현상이다. 따라서 조선 후기에는 이러한 예능의 상품화를 향유하는 기생적(寄生的) 존재들의 후기적 모습이 '무숙이'로 상징되는 주색잡기의 한량들로 전형화하였을 것임도 추리가 가능하다.

예능의 상품화가 이루어지는 상황에서 모작(模作)과 차용(借用)이 활발하게 이루어졌을 것이라는 점은 짐작하기 어렵지 않다. 더구나 유흥 문화를 부와 권력의 결탁에 의해서 소유하게 되었던 주무대인 기방에서는 상층의 문화를 모작하는 경향이 강했을 것임을 12가사의 사설만으로도 능히 짐작할 수 있으며, 왈짜의 유형이 구분된다는 점은 상·하층의 음악이 공동의 장에 서게 되는 계기로 작용하게 되었을 것임을 짐작하기 어렵지 않다.

전자의 근거로 12가사의 사설에 긴밀성이 부족한 점을 들 수 있으며, 후자의 근거로는 「한양가」와 「게우사」에 등장하는 연희 종목 사이에 다소간의 차이가 보인다는 점을 들 수 있다. 후기의 시조계열 가집에 보이는 작품들 가운데 「곰보타령」이나 「육칠월」 등의 휘몰이잡가와 매우 흡사한 작품들이 보인다는 점도 이런 추리를 뒷받침해 줄 것이다.

기방을 중심으로 한 예술의 상품화는 시정이나 농촌으로까지 파급되었을 것임은 여러 유형의 공연 예술을 통해서 추리할 수 있다. 그리고 수용자와 연희자에 따라 그 공연물의 성격은 다양하게 변모하면서 또한 당대의 보편성을 공유하게 되었으리라는 점은 앞에서 살핀 바와 같다.

이 시기의 「파연곡(罷宴曲)」이 지닌 의미론적 자장(磁場)이 윤선도(尹善道)가 「어부사시사(漁父四時詞)」에 붙인 「초연곡(初筵曲)」 또는 「파연곡(罷宴曲)」의 그것과 어떠한지를 비교하는 것은 각기 추구하는 바가 무엇이며 그에 따라 문학의 성격 변화가 어떠했는지를 추정하게 해 주고도 남음이 있다.

상업적 유흥문화의 형성과 희화화 경향

장르간의 넘나듦에서 거의 모든 분야에 공통적으로 나타남을 확인할 수 있는 희화화(戲畵化)의 경향은 유흥 문화의 번창과 깊은 연관을 가진다고 할 수 있다. 그리고 그 결과는 권위의 파괴 현상으로 이어진 것으로 해석하고자 한다.

유흥문화가 상업적 속성을 가질 때 거기서 가장 중시되고 강조되는 것은 하우저(A. Hauser, The Philosophy of Art History, The World Publishing Company, 1963, pp.342~345)가 지적한 대로 휴식(relaxation)을 위한 오락의 추구라는 점이 경험에 의해서도 입증된다. 여기에 비애(悲哀)를 웃음으로 치환하는 미적 특질까지 지니고 있는 우리의 전통적 미의식까지가 한데 결합함으로써 대상의 비하(卑下) 또는 왜소화(矮小化)에 의한 희화화가 두드러진 특질로 나타나게 되고 강화되었던 것이라 할 수 있다.

이 점은 여러 장르에서 두루 확인이 되는데, 「곰보타령」이나 「병신춤」의 성립 근거를 '한 눈 멀고 한 다리 절고 치질 삼년 복질 삼년……' 류의 사설시조와 같은 기반에서 찾고자 한다. 「백발가」가 그러하고 「노처녀가」가 「덴동어미화전가」라는 작품으로까지 발전하게 된 동력도 이러한 희화화로 보고자 한다.

이러한 희화화는 대상의 약점을 드러내어 철저히 그 대상 자체를 왜소화함으로써 비하하는 데 주안점을 두고 있음이 특별하다. 이 점에서 볼 때 우월한 입장에서 그 왜소함을 내려보는 '웃는 즐거움'을 노리고 있는 것임이 드러난다. 따라서 풍자정신이나 고발정신에서 그 근원을 찾는 견해에는 동의하기 어렵다. 김삿갓의 작품 경향을 두고 분석해 보인 이 시기의 '희작화 경향'(임형택, 이조말 지식인의 분화와 문학의 희작화 경향, 임형택·최원식 편, 『전환기의 동아시아 문학』, 창작과 비평사, 1985, pp.11~54)도 이런 추리의 논거로 삼고자 한다.

그런데 유독 12가사는 이러한 희화화를 보이지 않는다. 이를 일러 변두리 문화의 경직화 현상이라고 한 바 있다(김대행, 가사의 종언과 문학의 본질, 『고시가연구』 제1집, 전남고시가연구회, 1993, pp.1~23). 시·공을 막론하고 문화의 주변부에 이르게 되면 대체로 그 본래의 자질들이 약화되거나 변화하는 데 반해서 엉뚱하게도 본래의 자질을 더욱 경직되게 강화하는 현상이 나타나게 됨을 천주·동학가사나 「일동장유가(日東壯遊歌)」 또는 「연행가(燕行歌)」류에서 그리고 「대한매일신보」의 '사회등'란에서 보게 된다.

12가사는 그 사설의 의미론적 영역이 전기 가사들이 추구하는 고답적 세계의 경직된 모습을 보여 주는데, 이는 유흥 문화의 점유자가 그러한 세계에 대하여 경직된 추구를 보였던 데서 그러한 모작적 경사를 초래하였을 것으로 보고자 한다.

4. 장르 교섭과 문화 변동의 기제

문화의 동화와 이화 원리

장르 사이의 넘나듦에 나타난 주된 특징은 문화적 공유를 겨냥하는 보편성, 예술의 유흥적 상품화가 촉진한 공분모적 기반, 시대적 특질로서의 권위 파괴를 겨냥하는 희화화로 해석하였다. 그러나 이러한 특질이 모든 분야에서 한결같이 전개되었다기보다는 동화(同化)와 이화(異化)의 두 축에서 이루어졌다는 점을 간과해서는 안 된다.

그 좋은 예로 「백구사」를 들 수 있다. 「백구사」는 시조의 사설을 가져다가 첫머리를 시작하였고, 12가사에도 「백구사」가 있으며, 판소리 단가에도 「백구가」가 있고, 여러 가면극에서도 두루 「백구사」의 노랫말이 채용된다. 그런가 하면 오늘날 민요를 채록하려는 목적으로 답사를 나간 사람까지도 비슷한 사설을 여러 지역에서 다수 채집하게 된다.

같은 사설이 여러 장르에서 공통되게 나타난다는 사실은 동화의 원리를 축으로 한 것이다. 반면에 그러면서도 각기 연창(演唱)의 방식이 다르다는 것은 각각의 특질을 일관되게 유지함으로써 그 양식이 지닌 세계를 확보하고 강화하려는 이화(異化)의 동력으로 설명할 수 있을 것이다.

동화(同化)의 축에 설 때 당대의 문화를 당대의 문화로 설명할 수 있으며 이화의 축에 서야만 양식의 다양성에 대한 설명과 향유가 가능할 것이다. 이 점은 18~19세기뿐만이 아니라 그 이전의 시대나 오늘날의 문화를 이해하는 데에도 의미 있는 시사를 던져 준다고 할 수 있다고 본다.

고려시대의 「서경별곡」 가운데 '구슬이 바위에 떨어진들……'이라는 대목이 있고, 이것이 다시 「정석가(鄭石歌)」에도 보인다. 그런데 흥미로운 것은 이제현(李齊賢)의 『소악부』가 「서경별곡」을 옮기면서 유독 이 대목만 번역해 싣고 있는 점이다. 그것은 당대적 보편성이 그러하였다는 점을 입증하는 자료가 된다.

오늘날 매스컴의 엄청난 영향 아래 있는 문화의 흐름 속에서 볼 수 있는 여러 현상과 그 유행의 파장은 동화와 이화의 이 시대적 모습이라 할 수 있다. 따라서 그 현상들은 사람들의 삶이 추구하는 가치가 다양하다는 점과 그것이 결코 하나의 방향으로만 이루어지지는 않는다는 점을 말해 준다. 이를 보더라도 18-9세기의 문화 또한 결코 단선적인 전개로 치달아 온 것은 아니리라는 판단을 재확인하게 해 준다.

시대의 성격과 문화의 전개

지금까지 살펴 온 장르간의 넘나듦의 양상과 의미가 18세기와 19세기에 동일한 성격과 수준으로 진행되었으리라고 보는 것은 사실에 부합하지 못할 것이다. 그리고 그것이 이 시기에 와서 비롯된 일이 아니리라는 것은 『청구영언』만으로도 충분히 짐작할 수 있다.

다만 이러한 현상들이 이 시기에 매우 활발하게 진행되었을 것이며, 후대로 올수록 더욱 가속화했을 것임은 분명하다 하겠다. 그러나 이 점에는 약간의 단서가 필요할 것으로 보인다. 우리가 상고할 수 있는 자료들이 대체로 19세기의 것에 치우쳐 있다는 점이 그러하다는 점을 조심스럽게 다시 상기하고자 한다.

장르간의 넘나듦을 교섭으로 보면서 표현상의 기교와 관련되는 여러 측면은 논외로 하였다. 이러한 단서들은 매우 구체적이기는 하면서도 자칫하면 장르의 교섭보다는 시학적(詩學的) 이해로 달려가버릴지도 모른다는 우려 때문이었다. 따라서 관련이 확실한 사설과 모티프 그리고 대상을 보는 관점을 중심으로 살폈다.

판소리가 이웃 넘나들기를 이처럼 활발하게 했다는 사실을 중심으로 우리는 문화가 동화와 이화의 축을 따라서 이루어진다는 점을 말할 수 있게 되었다. 그것은 그 어떤 문화 양식에서보다도 판소리가 판소리이기에 할 수 있었던 역할이라고 말해도 좋을 것이다.

그러나 이러한 현상이 판소리에서만 가능하였다고 하는 것은 사실에서 벗어난 판단이 될 것이다. 언제 어떤 문화도 서로 영향을 주고 받으면서 생성되고 소멸하며, 오늘날의 문화에서도 우리는 그러한 현상을 . 얼마든지 발견할 수 있기 때문이다. 그것은 공유를 통한 동화, 그리고 변개를 통한 이화로 설명된다. 언제고 그것이 그러하였다.

여기서 우리는 문학 또는 예술이 지닌 보편성과 개별성의 모순을 생각하게 된다. 가장 개성적인 것이 가장 보편적이라고도 하고, 보편성이 없으면 감동이나 공감이 불가능해지고 개별성이 없으면 존재 의의가 없다는 것은 변치 않는 설득력을 갖고 있다. 그러나 그것이 문학이나 예술만의 특성이라고 한다면 그것은 삼라만상을 널리 보지 못한 결과라고 할 수 있다.

이 세상의 어느 개인도 홀로는 살 수 없으므로 전체 속의 일원이다. 그런가 하면 남이 한 개인의 인생을 대신 살아 줄 수도 없거니와 전체가 개인의 생을 대신할 수도 없다. 그래서 개인은 언제나 개별적인 존재다. 이처럼 모순되어 보이는 두 명제가 바로 인간의 삶이다. 그래서 예술도 문학도 그러할 따름이다.

판소리의 사설 넘나들기가 일깨워 주는 동화(同化)와 이화(異化)의 두 축은 오늘을 살아가는 우리에게 좋은 교훈을 던진다. 세계화와 민족의 관계, 집단과 개인, 대중성과 주체성 등의 얼핏 모순되어 보이는 관계에 대한 성찰이 그것이다. 홀로 존재하는 것은 지상에 아무것도 없으며, 전체로 있는 것 또한 이 우주에 아무것도 없다.

매우 환원적이지만 영원불변의 본질을 깨닫게 해 주는 판소리의 사설 넘나들기는 오늘에 더욱 심장한 의미를 던지고 있다. 이른바 세계화의 망령 앞에서 우리가 많이 흔들리고 있기 때문에 역사를 훌쩍 뛰어넘어와서 우리에게 일러주는 판소리의 그 암시는 의의가 더욱 크다고 감히 말할 수 있다.

Ⅲ

신재효 사설의 문화론적 음미

신재효 사설과의 만남
-개인의 재미와 만인의 재미

1. 웃음을 좇는 사설

웃음의 뿌리

어렸을 적의 일이다. 등에 북을 지고 다니면서 약을 팔던 사람들이 있었다. 이들을 가리켜 흔히 약장수라고 불렀는데, 까닭은 그들이 재담과 노래를 제공하고는 곧 이어서 약을 팔았기 때문이었다. '맨소리다마(맨소레덤)'니 '다이아찡(술파다이아진)'이니 혹은 이름조차 알기 어려운 약을 파는 것이 그들의 진짜 목적이었지만, 그들이 무엇을 팔거나 말거나 어린이였던 나로서는 알 바가 아니었다. 나의 흥미를 자극했던 것은 사람을 모아 놓고 구수하게 엮어내는 그들의 말이었다.

그들의 말은 이른바 재담(才談)이었다. 사람들의 웃음을 뽑아내고 관심이 딴 데로 흩어지지 않게 불러 모으면서 이어 나가는 재담이 그렇게 재미 있을 수가 없었다. 청산유수로 엮어 내는 달변하며, 그 사이 사이에 튀어나오는 우스갯소리가 어린 나이에도 무척 신이 나게 느껴졌던 것이다. 나도 이 담에 크면 저렇게 재미나게 말을 할 줄 아는 사람이 되어야지 – 이런 생각까지 할 정도로 매력적이었다.

오늘날에도 이런 말솜씨를 대할 때가 있다. 저자 거리에 나가게 되면 뱀장사를 비롯하여 각종 상인들이 사람들을 불러 모으고 장광설을 펼치는데, 그 사이 사이에 사람을 웃기는 재담이 끼어든다. 예를 들면 이런 식이다.

자, 여기 모이신 회장님들! 이렇게 훌륭한 물건이 그러면 값이 얼마냐? 원가가 오만원! 이 오만원을 다 받느냐? 천만에! 선전 기간이니까 뚝 잘라라, 뚝 잘라서 절반, 이만오천원! 그럼 이만오천원을 다 받느냐? 천만에! 내가 직접 가지고 회장님들 앞에 나왔으니까 유통 마진을 뚝 잘라라! 그러면 얼마냐? 일금 만원! 일금 만원을 다 받느냐? 예, 다 받습니다. 그러나 지갑을 책상 위에다 놓고 나오셨다. 그래서 일금 만원이 지금 당장 없는 회장님도 계신다 이겁니다. 그래서 일금 만원을 오개월 할부로 드릴 수도 있다 이겁니다. 단, 할부로 구입하시려면 땅이 됐건 집이 됐건 부동산 등기부 등본 한 통, 납세증명 한 통, 인감 증명 한 통만 떼어 오시면 됩니다.

별 보잘것도 없는 물건을 파는 행상인의 이 말 가운데는 요설, 변화, 과장, 반전 등은 물론이고 현실성을 파괴하고 있어서 느끼게 되는 허무 맹랑함 등이 자리를 잡고 있다. 그래서 웃음을 짓게 된다. 이것은 교양이나 문화 수준과는 무관하게 우리말의 옛날 모습을 그대로 보여주고 있어서 친근감까지 느끼게 해 준다.

국문학을 공부한답시고 이런저런 자료를 뒤지다가 접하게 된 신재효 (申在孝)의 판소리 사설은 나로 하여금 무릎을 치게 만들었다. 바로 이것이구나. 어린 시절 나를 그토록 도취하게 했던 그 이름 모르는 약장수의 재담, 그리고 지금도 거리에 넘쳐나는 재담의 옛적 모습이 바로 여기에 남아 있었구나 하는 깨달음에 이르게 되었다.

억지로도 웃기는 사설

신재효의 사설은 웃긴다. 구태여 신재효의 사설뿐이랴! 모든 판소리 사설들은 다 웃긴다. 그러나 그 가운데서도 신재효의 그것은 더욱 웃긴다. 판소리가 본디 웃음을 추구하는 것이지만 신재효의 그것은 그의 탁월한 능력에 의해서 다듬어졌고, 그 다듬음도 주로 웃음을 겨냥하여 이루어진 것이기에 웃음이 더 풍성하다.

사람의 삶이란 언제나 고달픈 것. 옛날이나 이제나 삶에는 괴로움이 따르게 마련이다. 인간의 욕망이란 무한하게 마련이고, 비록 작은 꿈이라도 이루고 나면 성취의 기쁨과 함께 꿈은 더 커지게 마련이다. 그래서 삶은 언제나 이루고자 하는 꿈이 삶의 동력(動力)도 되지만 그 때문에 또한 괴롭고 초조하다. 이처럼 괴로움과 초조함 속에 있는 것이 삶의 본질이므로 그 괴로움을 씻어 내는 웃음은 매우 중요한 위안이 된다.

판소리의 주된 특징이 웃음이라는 점은 도처에서 드러난다. 우습고 즐거운 장면에서 웃음이 유발되는 것은 두말할 나위도 없거니와 심지어 비장하고 슬픈 대목에서조차 웃음이 추구되는 것이 판소리의 독특함이다. 「적벽가」의 군사점고 대목은 패잔병의 음울이 강조되어야 할 장면인데도 부상병과 조조 사이의 대화에서 웃음이 강조되며, 「춘향가」의 오리정 이별 대목은 딱하고 슬픈 장면임에도 웃음이 요구된다.

그런 판소리의 특징이 신재효 사설에서는 극도로 강조된다. 가령 심청이가 인당수로 팔려가는 날의 광경을 그리면서, "심봉사 할 수 없어 심청의 손을 놓고 치궁글 내리궁글, 마른 땅에 새우 뛰듯 아주 자반 뒤집기를 하는구나."라고 한 것은 딸을 사지(死地)로 보내는 심봉사의 처절한 정경을 '마른 땅에 새우 뛰듯' 또는 '자반 뒤집기'에 비김으로써 비유되는 것과 비유하는 것 사이의 거리가 너무 먼 데서 웃음을 유발하게 된다. 이는 슬픔을 웃음으로 씻으려는 의도적 표현으로 읽을 수 있는데, 이 대목을 다른 창본과 대비해 보면 신재효의 의도가 더욱 확연하게 드러난다.

　　그 때여 동네 사람들이 모도 달려들어 심봉사 손을 꽉 붙들어 놓으니, 심봉사 옮도 뛰도 못허고 그대로 딸을 잃어버리는듸, "못 가지야, 못 가지야, 날 버리고 못 가지야. 아이고, 이놈의 신세 보소. 마누라도 죽고 자신까지 마저 잃네." 엎더져서 기절을 하니 동네 사람들은 심봉사를 붙들고, 그 때여 심청이는 선인들을 따라를 간다.

한애순 창

　이 사설만이 아니라 오늘날 전승되는 대부분의 사설에서는 이 장면의 심봉사를 희화화(戱畵化)하여 웃기려고 한 의도를 찾아보기 어렵다. 그런 점에서 신재효의 사설은 슬픔조차 웃음으로 해소할 수 있다는 생각을 담고 있음을 읽어 낼 수 있다. 또 심청이 인당수에 뛰어드는 장면도 그러하다. 창자에 따라 약간의 차이는 있지만 대부분의 창본에서는 이 대목이 다음과 같이 전개된다.

　　심청이 거동 봐라. 바람 맞은 사람같이 이리 비틀 저리 비틀 뱃전으로 나가더니 다시 한 번 생각한다. '내가 이리 진퇴함은 부친의 정 부족함이라.' 치마폭 무릅쓰고 두 눈을 딱 감고 뱃전으로 우르르르르르, 손 한 번 헤치더니 강상으 몸을 던져 배 이마에 꺼꾸러져 물에가 풍, 빠져 놓으니 행화(杏花)는 풍랑을 쫓고 명월은 해문(海門)에 잠기도다. 묘창해지일속(渺滄海之一粟)이라. 제문을 물에다가 떨치고 청천의 외기러기난 북천으로 울고 가고, 창파만경 너른 바다 쌍쌍 백구만 흘러 떴다.

한애순 창

　이처럼 심청의 비운과 불행이 지닌 슬픔의 분위기를 비탄에 젖어 드러내는데, 신재효의 사설은 남다른 데가 있다. 일어난 사건은 같으나,

무수히 통곡타가 다시금 일어나서 바람맞은 병신같이 이리 비틀 저리 비틀 치마폭을 무릅쓰고 앞니를 아드득 물고 "애고, 나 죽네." 소리하고 물에가 풍 빠졌다 하되 그러하여서야 효녀 죽음 될 수 있나. 두 손을 합장하고 하느님전 비는 말이, (…중략…) 뱃머리에 썩 나서서 만경창파를 제 안방으로 알고 풍 빠지니, …….

라고 된 사설이 보여주듯이 웃음을 유발하려는 의도가 담겨 있다. 전승되는 다른 창본의 사설을 굳이 밝혀 말하되 이를 과장되이 우스운 동작으로 희화화(戲畵化)한 것도 그러하거니와 '제 안방으로 알고'조차 상황에 어울리지 않는 비유라는 점에서 웃음을 유발하려는 의도를 알아차릴 수 있게 된다.

2. 삶을 지키는 웃음

웃음으로 눈물 닦기

웃는 것은 즐거운 일이지만 슬픈 대목에서까지 웃기는 것은 경망스럽다는 비판을 받을 수도 있는 일이다. 그런데도 신재효의 사설은 웃음의 추구에 매우 적극적이다. 그러한 노력과 맥이 통하는 웃음을 우리는 전승되어 온 민속이나 오늘날의 일상생활에서까지 발견할 수 있게 된다.

그 첫째 예가 우리의 전통 상례다. 초상을 치르는 상가는 으레 떠들썩하다. 큰소리로 말하고 웃고 떠든다. 술과 음식이 제공되고 밤이 깊도록 이런 자리는 계속된다. 어떤 상가에서는 도박을 하는 것도 허용되고, 심지어는 노래도 하며, 어떤 지역에서는 징, 꽹과리, 장고, 북 등을 동원하여 놀이를 벌이기도 한다. 상제가 그 자리에 불려 나와 노래를 부르기도 한다. 진도(珍島)지방에 전승되는 「다시래기」는 상가에 웃음이 낭자하기를 추구하는 가장 극단적인 민속 가운데 하나다.

사람이 죽은 슬픈 자리에서 왜 웃고 떠들면서 잔치 분위기를 만드는가? 이에 대해서 '산 사람은 살아야 하니까'라고 답하는 것이 일반적인 대답이다. 인간의 삶에서 죽음은 피해 갈 수 없는 일이기에 반드시 겪어야 한다. 그렇다면 그 운명적 비극을 견디어 내고 이겨 내는 삶의 지혜가 필요해진다.

그 방법이 웃음이다. 눈물에 눈물을 보태면 더 슬플 따름이다. 따라서 눈물은 눈물로 닦아 낼 수 있는 것이 아니며, 눈물을 닦을 수 있는 힘은 웃음에서 나온다고 보기에 슬플 때 오히려 웃기려고 노력하는 것이 우리 민속의 전통에 담긴 인식이다.

신재효 사설은 이처럼 '웃음으로 눈물 씻기'라는 삶의 방식이 극대화된 예라 할 수 있다. 그러기에 신재효 사설의 주된 특징 가운데 하나를 웃음에 둘 수 있으며, 그 웃음이 지향하는 바가 삶을 위한 웃음이라는 해석이 가능해진다. 그리고 신재효의 이러한 웃음 추구는 때로 과도해 보이기조차 하지만 판소리의 본질을 잘 꿰뚫어 본 혜안의 성과라고 할 수 있다.

오늘날 전승 판소리를 창극으로 꾸며 내는 노력이 별다른 호응을 얻지 못하는 원인 가운데 가장 큰 것이 판소리가 삶을 위한 웃음의 추구를 본질로 하는 양식이라는 점에 투철하지 못하기 때문이라고 나는 본다. 판소리는 아무리 슬픈 이야기도 웃겨 가며 하는데, 슬픈 이야기를 슬프게만 하는 데서는 판소리다운 감동이 이끌어지지 못한다는 뜻이다.

리얼리티와 장면극대화

신재효가 웃음의 추구에만 능했던 것은 아니다. 그가 남긴 사설들 가운데 판소리가 아닌 것에서는 이러한 웃음 추구의 특성이 그다지 맹

렬해 보이지 않는다. 오히려 신재효는 그것이 연행이든 아니면 이야기 자체의 맥락이든 간에 주어진 상황의 철저한 재현, 흔히 리얼리티라고도 말하는 상황의 실제적 재현을 고도로 추구했던 특징을 보여준다.

오늘날에도 임방울 명창의 특별한 더늠으로 알려져 전하는 도막소리 「쑥대머리」가 그 대표적인 예라 할 수 있다. 모든 구비전승이 다 그러하듯이 「쑥대머리」도 창자에 따라 다소 사설이 다르기는 하지만 그 원형은 신재효의 사설에서만 발견된다.

> 쑥대 머리 귀신 얼굴, 적막(寂寞) 옥방(獄房) 혼자 앉아 생각느니 임뿐이라. 보고지고 보고지고 우리 낭군 보고지고. 오리정(五里亭) 이별 후에 일자서(一字書) 없었으니 부모 봉양 글공부에 겨를 없어 그러한가. 연이 신혼(宴爾新昏) 금슬우지(琴瑟友之) 나를 잊고 그러한지. 무산(巫山) 신녀(神女) 구름 되어 날아가서 보고지고. 계궁(桂宮) 항아(姮娥) 추월(秋月)같이 번뜻 돋아 비치고저. 막왕막래(莫往莫來) 막혔으니 앵무서(鸚鵡書)를 어찌 보며, 전전반측(輾轉反側) 잠 못 드니 호접몽(胡蝶夢)을 꿀 수 있나. 손가락의 피를 내어 내 사정을 편지할까, 간장의 썩은 물로 임의 화상 그려 볼까. 이화일지춘대우(梨花一枝春帶雨)에 내 눈물을 뿌렸으면 야우문령단장성(夜雨聞鈴斷腸聲)에 임도 나를 생각할까. 녹수(綠水) 부용(芙蓉)에 연(蓮) 캐는 정부(征夫)들과 제롱(提籠) 망태기에 엽뽕 따는 잠부(蠶婦)들은 낭군 생각 일반이나 나보다는 좋은 팔자. 옥문(獄門) 밖을 못 나가니 연 캐고 뽕 따겠나. 임을 다시 못 뵈옵고 옥중(獄中) 장혼(杖魂) 죽게 되면 무덤 앞에 돋는 나무 상사수(相思樹)가 될 것이요, 무덤 근처 있는 돌은 망부석(望夫石)이 될 것이니, 생전 사후 이 원통(冤痛)을 알아 줄 이 뉘 있으리.

옥에 갇힌 춘향의 정경을 그려 내지 않은 「춘향가」는 없다. 그러나 대부분의 판에서 이 대목은 적당히 축약된 신세 자탄 뒤에 꿈을 꾸어 황릉묘(黃陵廟)로 인도되는 이야기로 묘사된다. 김세종(金世宗) 판이라는 조상현의 창에서도 그러하고, 정정렬(丁貞烈) 판인 김여란의 창에서는 신세 자탄이 조금 더 확대되었으되 주로 비 오고 바람 부는 옥방의 스산

함에 묘사의 초점이 맞추어진다. 다만 김세종 판으로 알려진 성우향의 창에서 '쑥대머리'가 재현된다.

옥에 갇힌 춘향의 비탄을 노래한 이 사설에서 우리는 판소리가 동원할 수 있는 심리 묘사의 거의 모든 것을 보게 된다. '쑥대 머리 귀신 얼굴'의 '얼굴'이 나중 전승되는 사설에서는 '형용'으로 바뀌기는 했으나 단도직입으로 말을 아끼면서도 고도로 함축적으로 보여주는 외양 묘사를 본다.

그런가 하면 해설자인 제삼자의 말로 시작된 서술이 어느 사이 춘향의 말로 바뀌면서 이도령에 대한 원망을 시작으로 전개되는 심리적 갈등에 대하여 그럴 만한 합리성을 찾거나 대상에 대한 옹호로 옮겨 가는 등 방어기제를 구사하는 정경이 감정이입적으로 제시된다. 그런가 하면 감정적 갈등을 사후의 일로 치환하는 해소 방법 등의 섬세한 심리적 동향을 읽어 낼 수 있다.

이 대목이 독립된 도막소리로 전승된 힘도 이러한 장면극대화의 핍진함이 리얼리티의 재현으로 인정된 데서 나왔을 것이다. 웃길 필요가 있을 때는 웃기는 데 주저함이 없고, 비장해야 할 대목에서는 비장의 극을 추구하는 말솜씨가 바로 신재효 사설의 매력임을 확인하게 되는 대목이다.

3. 웃음을 위한 말놀이

기특한 문자속의 사설

완판 「열녀춘향수절가」에는 '몰골은 흉악하나 문자 속은 기특하다'는 표현이 나온다. 이도령이 남원으로 가는 길에 만난 방자에게 편지를 보자면서 '행인임발우개봉(行人臨發又開封)'이라는 당나라 때 시인 장적(張籍)이 지은 「추사(秋思)」라는 시의 한 구절을 문맥에 맞지 않게 인용했음에도 그러한 칭찬이 주어진다.

문자를 쓴다는 것은 한자로 된 숙어나 성구(成句) 또는 고사(故事)나 문장을 섞어 말하는 것을 가리킨다. 전통 사회의 언어생활에서는 문자를 써서 말하는 것이 학식과 교양의 상징이었고 따라서 신분의 표상이 되기도 하였다. 그런 언어생활을 바탕으로 한 판소리 사설에서 문자가 추구되는 것은 당연한 노릇이었다. 그리고 신재효는 이러한 경향을 판소리 사설에 도입하는 데도 매우 열심이었다.

문자를 쓰고 중국의 고사를 인용함으로써 박람(博覽)과 강기(强記)는 물론 자신의 글공부가 어느 수준인가를 보여 주는 문체는 판소리에 등장하는 그 숱한 문장과 시구의 인용이 입증한다. 신재효의 사설이 이러한 경향을 더욱 강화했다는 것은 널리 알려진 사실이며, 그러기에 신재효의 사설은 합리적인 쪽으로 개작하는 데 치우쳐서 발랄한 생기를 잃었다는 평을 받기도 한다('신재효를 보는 연구자의 시각' 참조). 그가 지은 단가(短歌)인 「오섬가(烏蟾歌)」며 「도리화가(桃李花歌)」 등의 사설에서 이러한 문자 속에 관련된 그의 취향을 엿볼 수도 있다.

그러나 신재효가 문자를 섞어 표현하는 경향 가운데 주목을 요하는 것은 웃음과 관련된 문자 쓰기라고 할 수 있다. 진지하고 교양 있는 표현을 위해서 문자를 쓰는 것이 아니라 웃음을 유발하기 위해 문자를 희롱하는 사설이다.

그 대표적인 예가 「심청가」에 나오는 파자(破字) 놀이다. 심봉사가 황성 맹인 잔치에 가다가 뺑덕어미를 잃고 나서 여인네들과 「방아타령」으로 수작하는 것은 여러 판에 대개 공통된다. 그러나 길을 가다가 한자를 가지고 파자 놀이를 하는 것은 신재효 사설에 유일하다.

"내 성은 해 뜨는 데를 못 보는 자요." "예, 동(東)이 막혔으니 진(陳)자 시오." "그러하오." "또 저 분은?" "내 성은 중이 길에서 똥 누는 자요." "예, 굴갓이 흙 묻을까 지팡이 박고 덮었으니 송(宋)씨시오." "예, 그러하오." "저 분은?" "내 성은 호반(虎班)의 성이오. 긴활 메고 다니지요." "예, 당신이 장(張)씨요." "예, 그러하오." "저 분은?" "나는 몹시 무식하여 진서(眞書) 성은 못 가지고 언문(諺文) 성가졌지요." "언문의 무슨 자요?" "모묘묘 자에 시옷 받쳤지요." "예, 오(吳)씬가 보오." "그러하오."

이렇듯이 길게 이어지는 파자 놀이는 신재효 사설을 충실히 살리고자 노력했던 김연수의 창에서만 보일 따름이어서 신재효의 특별한 관심이었음을 알게 된다. 그리고 이러한 파자 놀이는 한자를 아는 사람들에게는 일상의 놀이였다.

어느 자리에선가 나이 든 사람끼리 "새가 왜 팔짝팔짝 뛰는가? 참새가 여덟 마리니까 팔짝팔짝[八雀八雀]이지."라고 말하면서 웃는 것을 보았다. 이런 파자 놀이가 우리말로 옮겨와서는 방자가 '혼자 사는 데'라고 표현한 것은 우리말 '나만'이 '남원(南原)'이라는 지명의 음과 유사한 점을 이용한 말놀고, '묵은 댁'은 '구관(舊官)'의 훈독(訓讀)을 활용한 놀이로 판소리에서도 추구되는 것을 본다.

이런 예는 신재효가 스스로 글깨나 읽었으면서 시정(市井)의 놀이에도 익숙했음을 알게 해 준다. 그러한 그의 글자 놀이에 대한 관심이 고도로 체계화되어 이루어진 것이 지금도 단가로 불리는 「호남가」라고 할 수 있다.

> 태인(泰仁)하신 우리 성군 예악을 장흥(長興)하니 삼태육경의 순천(順天)심이요 방백 수령의 진안(鎭安)군이라. 고창(高敞)성에 홀로 앉아 나주(羅州) 풍경 바라보니 만장 운봉(雲峰)은 높이 솟아 층층한 익산(益山)이요 백리 담양(潭陽) 흐르는 물은 굽이굽이 만경(萬頃)인데……

여기서 한자로 표기된 호남의 지명은 고유명사이기를 넘어서서 유의미한 단어가 되어 문맥이 전개된다. 이처럼 한자의 의미를 문맥화하여 하나의 이야기를 만들어 낸 것은 전통사회의 언어문화가 지닌 관습을 극대화하여 텍스트화한 것이라 할 수 있다.

오늘날 우리의 언어생활은 영어 또는 서구어를 섞어서 씀으로써 학식과 교양을 과시하는 경향이 있는데, 전통사회의 언어문화는 한자의 세계를 추구하는 일이었고, 그것이 극대화한 놀이와 텍스트화를 신재효 사설은 보여 준다. 말하자면 신재효는 말의 묘미를 추구한 사람이었다.

성의 언어놀이화 경향

판소리 창자들이 말하는 바에 따르면 신재효 사설의 전승이 오늘날 그친 것은 그의 사설이 '쎄(세)서'라고 한다. 비유어로 되어 있는 '세다'는 말의 정확한 뜻을 짚어 내기는 쉽지 않다. 표현이 강렬하다는 뜻도 될 수 있고, 너무 경직되어 있다는 뜻일 수도 있으며, 너무 독특하다는 말도 될 수 있다. 혹은 그 모두일 수도 있다.

그런데 나는 이를 성적(性的) 표현이 과도함을 가리키는 말로 해석하고자 한다. 그렇게 해석할 수 있는 근거로 「변강쇠가」를 들 수 있다. 「변강쇠가」가 신재효의 사설로만 전하고 창자에 의한 전승이 그친 까닭은 그 성적 표현의 적나라함과 관계가 깊을 것으로 본다. 성을 화제로 삼는 일은 동성(同性) 집단, 그것도 어느 정도의 은밀함이 유지될 수 있는 환경에서만 가능하다는 경험에 비추어 볼 때 「변강쇠가」의 그것은 공개된 자리에서 연행(演行)까지 되기에는 부적절했을 것으로 보이기 때문이다.

그러한 「변강쇠가」의 사설을 정리한 것도 그러하거니와 신재효의 사설에서 두드러지는 특징 가운데 다른 하나는 성적 표현이 대담하고 빈

번하다는 점이다. 「심청가」에서도 심청이 인당수에 빠져 죽은 다음 뺑덕이네를 만나,

> "여보소 뺑덕이네, 내가 비록 외촌 사나 오입 속을 대강 아네. 일생 계집 솔축하기 맛 있게 장난질을 하기보다 더 좋은데, 우리 둘이 만난 후에 아무 장난 아니 하고 밤낮으로 대고 파니 맛이 없어 못 하겠네."

라고 하는 등, 신재효의 성적 표현은 거침이 없다. 「적벽가」에서도 이런 그의 지향은 주저가 없이 발휘된다. '장졸(將卒)을 다 죽이고 좆만 차고 가는 터에'라든가, '내 좆도! 인제 부시 치오.' 등 부분적인 표현은 물론이고, 「토별가」에서는 해구(海狗)의 말로 '내 자지도 네 목같이 서면 들어가고 앉으면 나오기로 주부에게 척숙(戚叔) 되제'라고 하는 등 성적 표현들이 과감하다. 그런가 하면 성 자체를 화제로 삼는 이야기도 숱하다.
『신재효 판소리 사설집』은 지금 책으로 나와 있지만, 내가 처음 그것을 대한 것은 작품 전체가 아니라 극히 적은 한 부분을 소개한 것이었다. 대학 1학년 국문학사 강의 시간에 교재로 썼던 책이 이병기·백철 공저인 『국문학전사』였는데, 그 한 대목에 신재효의 판소리 사설이 몇 마디 실려 있었다. 그 가운데서도 유독 나의 눈을 끈 것은 「동창 춘향가」라는 것이었다. 그 한 부분만 소개한다.

> 예전 일 생각하면 지금 것들 우습더구. 우리 처녀 시절에는 이십 먹은 계집애도 서방 생각 안했더니, 요새 년들 우습더구. 열다섯 안팎 되면 젓통이가 똥또도름 장기 궁짝 되어 가고, 궁둥이가 너부데데 소쿠리 엎어 논 듯. 복숭아꽃 벌어지면 머리 긁고 딴 홰 내고, 잔디에 속잎 나면 먼 산 보고 선하품. 동네 고샅 개 짖으면 울 구멍으로 내다보고, 뒷동산 두견 울면 한숨 짓고 잠 안 자기. 우리집 딸아기도 요새 아마 암내 냈지. 그네 뛰는 핑계하고 바깥 출입 팔딱팔딱. 못 듣던 사람 소리 방안에서 소근소근. 정녕 무슨 탈이 났지.

이도령이 춘향의 집을 방문하는 날 밤, 월매가 혼자 달빛을 받으며 독백하는 대목에서 이런 사설이 나온다. 다소 외설스럽고 속되어 보이는 표현이기도 하다. 그런데 이 부분이 나의 눈길을 끌었다. 강의를 맡은 선생님도 이 부분에는 별다른 관심을 보이지 않은 채로 각자 읽어볼 것을 권유하고는 그냥 지나쳤다.

판소리 창자도 연창(演唱)하기를 부담스러워하는 이런 성적 표현이 강의실에서 쉽사리 이야기의 대상이 될 수는 없었을 것이다. 그러나 우리 생활의 여러 국면에서 성적 이야기는 화제의 대상이자 웃음의 자료임을 확인하게 된 것은 훨씬 뒤의 일이다. 우리는 성적 이야기가 일상생활에서도 중요한 화제임을 부인하기는 어렵다는 점에서 신재효의 그러한 지향이 겨냥한 바가 삶의 적나라한 노출임을 짐작해 볼 수 있다.

4. 신재효를 만나서

말의 지평과 문학의 지평

공부를 한답시고 대학원에 갔을 때 나는 우리 현대시를 전공해 볼 요량이었다. 그리고 그렇게 하였다. 바로 그 때 우연한 사건이 있었다. 방송국에 있는 친구가 우리 고전 작품을 극화해서 방송을 하려는데 각본을 하나 써 달라는 주문이 왔다. 작품의 선정까지 내 뜻대로 하라는 파격적 제안이었다.

이 때 기억을 비집고 뛰쳐나온 생각이 바로 대학 일학년 때 보았던 신재효의 판소리 사설이었다. 그 때 나에게 그만큼 인상을 남길 정도로 흥미로운 것이었다면 남들의 관심사가 될 만하지 않겠는가 하는 생각도 했다. 그리고 그 일을 했다. 그 대본은 방송이 되었고 그런 대로 재미도 있었다는 평이었다.

그러나 생각해 보면 그 대본이 재미가 있었던 것은 내 재주 때문이 아니라 온전히 신재효의 사설에 힘입은 것이었다. 비록 방송극 대본을 쓰기 위해서였지만 정작 『신재효 판소리 사설집』을 펴 보니 그것은 말의 성찬이었고 웃음의 잔치였다. 신재효의 말과 신재효의 웃음을 그대로 베끼되 현대적 표현으로 고치는 것만으로도 충분한 극적 흥미와 말의 재미를 끌어 낼 수 있었다. 이것이 1970년대 초의 일이다. 내가 판소리에 본격적으로 관심을 갖기 시작한 것은 이 때부터였고, 내 학문적 관심은 현대시와 고전시가를 넘나들고, 서정은 물론이고 서사적인 언어까지를 넘나들고 있었다. 말하자면 과거와 현재를 포함하는 한국문학 전체로 옮겨 와 있었다. 그렇게 할 수 있게 해 준 징검다리가 신재효였다.

신재효의 사설을 특징짓는 가장 큰 특질은 거침없이 엮어 내려가는 말솜씨이다. 막힘이 없이 이어지는 말의 재미, 그리고 그것이 율격에 실려 둥실둥실 살아 숨쉬며 우리의 귀에 들어올 때 저절로 흥에 겨워지는 심리. 나는 그것이 행상을 하는 장사치의 고함에서, 남대문 시장의 호객꾼이 외쳐대는 소리에서, 어릴 때 보았던 약장수의 말솜씨에 살아 있는 것임을 눈치 채게 되었고, 문학의 언어가 우리 일상의 말을 모태로 하여 그것을 정교하게 다듬은 것이라는 가설에 이르게 되었다. 문학을 이렇게 보는 나의 관점은 지금도 그대로 유지되고 있다.

민족문화 돌아보기

신재효의 판소리 사설이 칭찬의 대상이라고만 우기고 싶지는 않다. 그가 판소리의 옛모습을 변질시켰다는 부정적 시각도 만만치 않다. 그러나 그러한 측면이 있다는 사실이 그 책의 문화적 가치를 떨어뜨리지는 않는다고 본다. 이 세상에 오로지 긍정적인 것만으로 뭉쳐 있는 것이 있을 수 있단 말인가. 얻는 것이 있으면 잃는 것도 있는 법. 중요한 것은 그것을 보는 시각이 어디에 근거하고 있는가 하는 점이다.

그가 완벽한 작가였는가 그 반대였는가를 비롯한 여러 관점의 평가를 나는 중요하게 여기지 않는다. 내게 중요한 것은 다음과 같다. 신재효의 판소리 사설은 나로 하여금 문학적 신비주의가 문학을 오히려 사람들로부터 멀어지게 만들었음을 확인하게 하였다. 그러니 문학을 일상인에게 돌려주어야 한다고 생각을 굳히도록 해 주었다. 그리고 우리의 문학은 우리 삶이 배태한 문화의 한 모습임을 분명하게 주장토록 해 주었다.

외국어로 된 현란한 용어에 주눅이 들지 않고 우리 민족 문화를 생각하게 해 주었음을 고마워할 따름이다. 그가 살던 자리를 복원해 놓은 고창의 집터에 가면 단잡가(短雜歌)로 분류된 다음 노래가 말을 다듬는 그의 솜씨를 웅변으로 설명해 준다.

고창 읍내 홍문거리 두춘나무 무지기 안 시내 위에 정자 짓고 정자 곁
에 포도시렁 포도 끝에 연못이라.

신재효의 웃음을 푸는 열쇠
-터무니없음과 판소리문화의 성격

1. 신재효 웃음의 특색

돌연한 전개에 의한 웃음

판소리가 웃음의 장르라는 것을 이제 다시 거론하는 것은 새삼스러운 일이다. 판소리의 골격을 이루는 미학이 비장임은 분명하지만, 비장을 그 자체로 내던지기보다는 웃음으로 감싸 제시하는 것이 판소리의 판소리다움이라는 데 재론의 여지가 없을 것이다. 이러한 웃음이 지향하는 바는 '비애의 희극적 해소' 또는 '웃는 즐거움'이라는 것도 이미 규정한 바 있다.

동리(桐里) 신재효의 판소리 사설이 여기서 예외가 아님은 물론이다. 오히려 웃음의 문학이라는 성격이 신재효에게서 더 한층 강화되었음을 인상적으로나 계량적으로 확인하기 어렵지 않다. 그리고 그 웃음의 기제 또한 다양하게 구사되고 있음을 본다. 가장 풍부하게 드러나는 방식이 어희(語戱)임은 금방 확인할 수 있거니와 비속화(卑俗化) 또는 성적(性

的) 표현을 통한 웃음의 추구도 아주 보편화되어 있다.

이처럼 널리 알려진 동리(桐里)의 웃음을 여기서 재론하고자 하는 까닭은 그가 개작한 사설에서 독특한 웃음의 기제를 발견하기 때문이다. 그 독특함의 예를 「남창 춘향가」에서 들어 본다.

십채 낫 딱 붙이니 십벌지목 믿지 마오 씹은 아니 줄 터이요

이 구절은 저 유명한 「십장가(十杖歌)」의 마지막 부분이다. 동리(桐里)는 이 부분에 미리 설명을 붙이되, "한 귀로 몽그리되 안짝은 제 글자요 밧짝은 육담(肉談)이라"고 하여 작시법을 어느 정도 암시하고 있기는 하다. 그렇다고 하더라도 이 부분의 표현은 참으로 돌연하다는 느낌을 지울 수 없다.

우리는 동리가 개작한 사설의 도처에서 이런 돌연함을 발견하게 된다. 여기서는 바로 이 '돌연함'을 문제삼아 논의를 진행하고자 한다. 이 돌연함이 동리의 웃음에서 중요한 몫을 차지한다는 점을 밝히고, 이러한 돌연함의 구체적인 구조가 어떠한가를 구명한 다음, 이런 돌연함의 소종래(所從來)와 그 귀추를 판소리의 본질과 관련하여 해명하고자 한다. 이런 해명의 과정을 통하여 동리의 개작이 지니고 있는 판소리사적인 위상이 드러나리라는 것이 궁극적인 희망이다.

앞에서 예로 든 「십장가」의 마지막 구절이 주는 돌연한 느낌은 어디서 오는 것일까? 모든 언어표현은 원론적으로 담화(discourse)의 순열(順列)적 구조물이다. 따라서 언어 구조물에서의 맥락은 그 순열의 과정을 따라 형성되는 것이므로 고정(固定) 또는 정태적(靜態的)일 수 없다. 심지어 동일한 말을 반복하는 경우라 할지라도 그 맥락은 고정되었다기보다 발전하고 변화한다. 따라서 반복이라는 첨가 구조에 의해서 의미가 중첩됨으로써 강화라는 작용을 일으키므로 맥락은 동적(動的)이며 따라서

이를 운동 또는 움직임이라 할 수 있다.

그런데 모든 운동을 구성하는 주된 요소로 힘의 크기와 방향을 생각할 수 있다. 이 힘과 방향에 급격한 변화가 생길 때 사람들은 돌연함을 느끼게 마련이다. 천천히 달리던 자동차가 갑자기 속도를 높일 때, 또는 쾌청하던 하늘에서 소나기가 쏟아질 때 사람들이 돌연함을 느끼는 것은 힘의 크기와 방향의 급격한 변화에 관계된다. 이 급격함이 갑작스러운 느낌을 줌으로써 돌연함의 효과를 형성하게 된다.

'터무니없음'의 어법

다시 앞의 예로 돌아가자. 「십장가」의 첫머리는 "일채 낫 딱 붙이니 일정지심 있사오니 이러하면 변할 테요"로 시작된다. '일정지심(一貞之心)'은 한자문화에 대한 이해가 요구되는 표현이다. 이런 한자 사용 표현이 다소의 들쭉날쭉은 있으되 인용문의 바로 앞까지 계속되어 "구중분우(九重分憂) 관장(官長) 되어 궂은 짓을 그만 하오"로 이어진다. 그러다가 '열째'에 가서 돌연한 변화가 일어난 것이다. 그 돌연함은 가히 파란에 가깝다.

따라서 이 돌연함의 구체적 구조는 다음과 같이 분석될 수 있다. 첫째, 화자인 춘향에게 부여되었던 성격의 맥락에서 돌연한 일탈이 일어난다. 열불경이부(烈不更二夫)를 외치고 지금까지 지속적으로 이른바 '진서(眞書)' 문자를 구사하던 춘향의 맥락이 움직여 간 방향은 교양적 수준의 유지라는 하나의 방향이었다. 그런데 비속어 그것도 육두문자를 구사함으로써 그 방향에 급격한 전환을 이룸과 동시에 그 힘의 크기에 있어서도 현저한 낙차를 보인다.

둘째, 그 발화의 상대역이 변사또라는 점과 이 발화가 중인환시리에 이루어지는 상황이라는 점에 비추어 보더라도 돌출적이다. 상대가 관장이므로 그런 정도의 비속어는 차마 쓸 수 없다는 통념, 그것도 중인환시리라는 환경에서는 더욱 불가능하다는 경험 일반에 비추어서도 춘향의 말은 돌연하다.

셋째, 첫째에서 아홉째까지 지속되어 온 「십장가」의 일관성에서도 급격한 일탈이 발생하고 있다. 맞는 매의 수효가 차츰 늘어 가면서 더욱 악에 받치리라는 상식적 판단을 전제한다 하더라도 그 변화는 워낙 크다. 그 변화가 너무 큰 것은 거기에서 나타난 돌연함의 크기가 예상할 수 있는 범위 안에 있지 않기 때문이다.

넷째, 구비전승물인 판소리로서 「춘향가」가 지니는 일반성에 비추어 볼 때에도 이러한 표현은 돌연하다. 대부분의 「십장가」에서 이 대목은 "십실지읍(十室之邑)에라도 충신 하나 있삽거던……"이라든가 "열손가락 깨물어서 십생구사 이내 고심……"(김연수 창본) 등으로 표현된다. 따라서 이런 표현이 이 유형의 보편성이라고 할 수 있다. 그러한 구비문학의 보편성 또는 전통이 형성한 관습에 비추어 보더라도 인용문에서 보는 비속어 표현은 매우 돌연하다.

이처럼 맥락으로부터의 돌연한 일탈은 상황맥락이 조성한 기대를 깨뜨리는 구조라고 바꾸어 말할 수 있다. 이러한 깨뜨림을 가리켜 국어사전은 '엉뚱함'이라고 규정한다. '엉뚱하다'의 뜻은 "①말이나 행동이 분수에 맞지 않게 지나치다. ②상식적으로 생각하거나 짐작하였던 것과 전혀 다르다."로 되어 있다. 따라서 우리가 예로 든 「십장가」의 마지막 구절이 보여주는 돌연함은 엉뚱함이라고 바꾸어 말할 수가 있다.

우리의 관심은 이 엉뚱함이 웃음을 유발하는 기제에 관한 것이다. 엉뚱함은 왜 웃음을 유발하게 되는가? 모든 엉뚱함이 웃음을 유발하게 되어 있다고 하기는 어렵다. 엉뚱한 행동이나 말이 상대방이나 보는 이로 하여금 웃음 대신에 당혹감을 형성할 수도 있음은 경험 일반에 비추어 짐작이 가능하다.

그렇다면 엉뚱함이 웃음의 유발로 연결되는 기제는 그것이 형성하는 효과의 성격과 관련될 것이다. 돌연함이 그 운동의 변화 자체를 지칭하는 용어라면 엉뚱함은 그 변화의 구조를 가리키는 말이므로, 그것이 웃음의 유발에 이어지기 위해서는 그 효과가 적절한 말로 설명되어야 한다. 그 엉뚱함의 효과는 때로 당혹일 수도 있고, 불안일 수도 있으며, 신선감 또는 괴이함 등 여러 가지일 것이다.

그러나 「십장가」의 예에서 우리가 느끼는 것은 초조나 불안보다는 그러한 긴장으로부터의 과감한 해방이다. 그런 뜻밖의 상황에서 오는 기막힘을 가리켜 '어처구니 없음' 또는 '어이없음'이라 한다면, 이제 우리가 살펴온 이 경우는 '터무니없음'이라고 명명할 수 있다. '터무니없다'의 사전적 풀이가 "허황하고 엉뚱하여 어이가 없다."이기 때문이다.

결국 「십장가」의 인용 대목이 보여주는 돌연함은 맥락의 운동작용에서 그 방향과 힘의 크기에 급변을 보인 데서 오는 것이며, 그 급변이 일관성을 벗어난 데서 엉뚱함이 형성되고, 그 결과 기대 밖의 어이없음을 형성함으로써 효과는 터무니없음에 의한 웃음의 유발로 이어지는 것으로 종합된다. 결국 터무니없음의 인식은 지속되어 온 상황맥락의 일관성에 비추어 인식된다는 것이 이 분석의 결론이다.

2. 신재효 사설의 터무니없음

터무니없음의 보편성

동리가 개작한 판소리 사설에서 우리는 이러한 터무니없음에 의한 웃음의 유발을 넉넉하게 관찰할 수가 있다.

「남창 춘향가」의 신관사또 생일잔치 대목 중에는 기생이 걸인 행색의 이도령에게 마지못해 건네는 「권주가」가 나오는데 대체로 "이 술 한 잔 잡수시면 천만 년 지나간들 이 모양으로 사오리다"(박기홍조)로 이어져 온다. 그러나 동리(桐里)의 경우에는 "잡으랑께 잡으랑께 이 술 한 잔 잡으랑께 박박주(薄薄酒) 승다탕(勝茶湯)이 과객에게 그도 과하제 엔간한 교 빼지 말고 잔 어서 받으랑께"로 개작되어 있다. 「권주가」가 삽입되는 유형성은 유지하되 그것이 이질적으로 변화하고 있음과 그것도 노래의 격식이라는 기대를 배반하고 작사된 사투리 표현이라는 데서 터무니없음이 구현됨으로써 웃음은 유발된다.

「동창 춘향가」는 비록 미완의 것이기는 하지만 터무니없음의 극치를 보여준다. 이도령이 찾아오는 날 월매가 "지금 것들 우습더구 우리 처녀 시절에는 이십 먹은 계집아도 서방 생각 안허더니 요새 연들 우습더구 열다섯 안팎 되면 젖통이가 똥또드름 장기 궁짝 되어 가고…" 하면서 딸을 웃는 것이나, 이도령과 방자의 문답이 "이 녀석 네 어미 씹이다. 우리 압씨 좃이요. 그 좃 갖다 개씹에 박아라."로 전개되는 것은 참으로 터무니없음의 표본이라 할 만하다.

「심청가」의 경우도 예외가 아니다. 심청이 밥 비는 대목에서 다른 사설들은 대체로 그 슬픈 정경만을 강조하고 있음에 비하여 동리(桐里)의 개작은 "날마다 얻어 온 밥 한 쪽박에 오색이라 흰밥 콩밥 팥밥이며 보리 기장 수수밥이 갖가지로 다 있으니 심봉사 집은 끼내때마다 정월 보름 쇠는구나"라 하여 동냥의 애잔함이라는 문맥에서 크게 일탈하는 변모를 보이고 있다.

또 심청이 팔려가는 대목에서 심봉사의 처절한 정경 묘사로 전개되는 사설은 대부분의 다른 더늠에서 보편적이다. 그리고는 곧 이어 장승상 부인이 불러서 그쪽으로 가는 것으로 이어지는 데 반해 동리의 개작은 "치 궁굴 내리 궁굴 마른 땅에 새우 뛰듯 아주 자반 뒤집기를 하는구나"로 희화화(戱畵化)함으로써 비장한 맥락의 일관성을 깨뜨림은 물론 그 결과로 터무니없음의 효과를 형성하여 웃음을 자아내고 있음을 본다.

이상 몇 예만을 보았거니와 터무니없음에 의한 웃음의 유발은 일일이 예거하기 어려울 정도로 많이 나타난다. 「토별가」에서 토끼를 가리켜 "방풍씨 운운……"하는 대목이라든가, 「박타령」에서 흥부의 가난을 묘사하면서도 "발바닥이 딴딴하여 부르틀 법 아예 업고 낯가죽이 두꺼워져 부끄러움 하나 업네"로 문맥을 깨뜨리는 터무니없음을 보게 되고, 「적벽가」에서는 조조를 일러 "장졸을 다 죽이고 좆만 차고 가는 터에……"로 표현하는 것도 역시 그러하다. 이런 예들을 산술적으로 셈하지 않더라도 터무니없음이 동리에게서 매우 승한 웃음의 문법이라는 인상을 쉽게 얻을 수 있다.

에피소드의 터무니없음

지금까지 우리가 살펴 온 것은 어법 차원에서 발견되는 터무니없음의 웃음이었다. 그러나 동리의 개작 사설에서 우리가 주목할 사실은 이러한 터무니없음이 단순한 어법의 차원을 넘어서서 이루어지고 있다는 점이다. 「심청가」에서 그 한 예를 보자.

자고로 색계상의 영웅 열사 없었거든 심봉사가 견디겠나 동네 과부 있는 집을 공연이 찾아다녀 선웃음 풋장담을 무한히 하는구나, 허퍼, 돈이라 하는 것을 땅에 묻지 못할로고. 맹인 혼자 사는 집에 돈 두기가 미안키에 후원에 땅을 파고 돈 천이나 묻었더니 이번에 구멍 뚫고 가만히 만져 보니 꿰미난 썩어지고 삼녹의 돈이 붙어 한 덩이를 만져 보면 천연한 말좆이제 (…중략…) 원원이 좋은 약은 동삼 웃수 없을로고 공교이 젊었을 제 두 뿌리 먹었더니 지금도 초저녁에 그것이 일어나면 물동이꾼 당기도록 그저 뻣뻣하였거든.

　이 대목은 심청을 이별한 후 심봉사의 가긍한 모습을 그린 후에 삽입된 에피소드로 뺑덕어미와의 혼인을 예고하는 대목이다. 그러나 다른 창본의 사설들이 뺑덕어미와의 결연을 설정하기는 하되 심봉사는 별다른 변화를 보이지 않은 채로 이루어지도록 함에 비하면 이 부분은 동리(桐里)만이 보여주는 사설의 특이함이 있다. 그리고 그 특이함의 성격은 그 앞부분의 상황맥락에서 일탈하고 있으면서 특히 심봉사의 성격에 파탄을 보일 정도로 심한 것이어서 삽화 자체가 터무니없음의 표본이 된다.
　「토별가」에서도 비슷한 예를 찾을 수 있다. 자라가 토끼를 구하러 육지로 떠나면서 이별을 하는 대목에,

　　천만 뜻밖 해구(海狗)란 놈 옆에 와 앉었거든. 주부가 물어, 어찌 예 왔느냐? 척질(戚姪)이 먼 데 가니 하직차로 왔지. 주부가 분을 내어 우리집 내외척이 다 내력이 있느니라. 고동 소라 우렁들이 내 목과 같아서 들랑날랑하는 고로 촌수가 있거니와 네가 어찌 척분 있노? 해구가 웃어, 내 자지도 네 목 같아 서면 들어가고 앉으면 나오기로 주부에게 척숙 되지.

라는 에피소드가 삽입되어 있다. 이 대목을 다른 사설들은 대개 "한갓 못 잇난 일이 재넘어 남성이가 내 집을 자조 단기니 내 간 새이에 남성이 색기 배럿다"(이선유 『오가전집』)라든지, "저 우리 집 뒷 진털밭 남생이란 놈이 제조에 덧붓침 사촌이라고 생김생김이 꼭 나와 방사하니 생겨가지고 나 없는 기색만 보면 볼곰볼곰 자주 다니는 게 암만해도 내 구망에 수상허단 말이여 혹시 어둠컴컴헐 때 그놈 오드래도 임자는 냄새를 맡아 보소……"(박초월 창본)라는 이야기로 구성하고 있다. 이별의 비

장함이라는 문맥에서 아내 단속으로 이어지는 것 또한 상황 맥락의 일
탈이라는 점에서는 동일하다 하겠으나 신재효의 해구(海狗) 이야기가
추구하는 바와는 그 엉뚱함을 구성하는 힘의 크기에서 차이가 난다고
할 수 있다.

신재효의 사설에서 에피소드 단위의 터무니없음은 이 밖에도 「박타
령」의 흥부집 형상이 극도로 확대되어 있는 것이나 「화한단타령」에서
화한단의 폭이 넓음을 두고 꾸며대는 휘황한 거짓말 등에서 볼 수 있
고, 「적벽가」의 경우에는 이것이 더욱 심하여 「군사점고」 대목의 극에
달한 확대와 젖은 나무로 불붙이는 대목에서 두드러진다. 이런 대목들
의 터무니없음에 관련된 사설이 다른 이본들에서는 보이지 않는 점을
일단 지적해 두기로 하자.

3. 터무니없음의 본질

판소리의 이중성과 터무니없음

지금까지 우리가 알아낸 사실은 이렇게 요약된다. ─신재효의 사설
에서는 어법의 터무니없음만이 아니라 에피소드 단위의 터무니없음이
추구되었고, 그것이 다른 이본들에서 보이지 않음에 비추어 볼 때 이
것은 신재효의 개작에서 계산된 의도의 표현이었다고 할 수 있다. 이
제 그 의도가 뜻하는 바가 무엇인가를 생각할 차례가 되었다.

사실 신재효는 그의 「광대가」가 기록하고 있듯이 '울게 하고 웃게'
하는 너름새와 '새눈 뜨고 웃게' 하는 사설치레를 강조한 바 있다. 그
리고 그는 많은 웃음 유발의 방식을 동원하여 그 의도를 구현하려고
하였으며, 그 가운데서 두드러진 방식이 터무니없음의 기제였음을 방

금 확인하였다.

그러나 신재효의 개작 의도가 자기 나름의 터무니없음을 통한 웃음의 추구였다고 해서 동리만이 홀로 그러했다는 뜻은 아니다. 신재효 이전에도 이후에도 판소리는 터무니없음을 통한 이야기의 전개를 매우 중요한 자질로 하고 있음이 여러 이본들에서 드러난다.

그 한 예로 「춘향가」의 상당 부분을 차지하는 사랑놀음을 두고 생각해 보자. 이도령과 춘향과의 만남에서 초야(初夜)에 이르는 시간의 급속함이며 요조숙녀(窈窕淑女)로 그려진 춘향의 인물상과의 괴리 등은 그 사랑놀음이 지나칠 정도로 걸쩍함을 설명하는 데 옹색함을 느끼게 하는데, 이른바 일관성의 논리 위에 설 때 그 옹색함은 더욱 더 가중된다.

따라서 이 대목을 이해하기 위해서는 '장면극대화'의 원리와 '판짜기의 이중성'이라는 개념이 도입되어야 한다. 그 장면의 의도에 충실하기 위해서는 다른 부분과의 일관성을 떠남으로써 그 부분의 충실한 형상화가 가능하다는 것이 장면극대화의 원리이고, 판짜기의 구조는 스토리 전개에 중핵적 역할을 하는 정보 전달이 중시되는 부분과 판소리 창자의 성악적 재능을 발휘하고 놀이적 재미를 고조시키기 위한 부분이 공존한다는 것이 판짜기의 이중성 원리다.

「사랑가」는 그러한 극대화와 이중성을 구현하는 대목으로서의 기능을 십분 구현하고 있는 부분이다. 이를 또다른 관점에서 설명하는 실사＋풍자(정병헌, 『신재효 판소리 사설의 연구』, 평민사, 1986, pp.53~54) 혹은 사실＋희극(정병헌, 『판소리문학론』, 새문사, 1993)의 구조라는 관점으로 접근할 수도 있다.

그러나 그러한 구조적 설명과는 별개로 이 「사랑가」가 보여주는 자질은 터무니없음 바로 그것이다. 장면극대화나 판짜기의 이원성은 이 터무니없음을 설명해 주는 장치라 할 수 있다. 「사랑가」 대목이 놀이적 흥미의 고조 말고는 정보적 관심이나 스토리 전개의 중요한 구실이라고 하기는 어렵기 때문이다. 판소리의 중요한 더늠들은 이러한 놀이적 관심의 집중도를 동력으로 하여 형성되는 것이라고 할 수 있고, 그런 관점에서 놀이적 관심은 판소리의 본질 가운데 하나이며, 그것을 뒷받침하는 중요 자질의 하나가 터무니없음이라고 할 수 있다.

여타의 판소리 사설을 살피면 이 점은 더욱 명확해진다. 「심청가」에서 황성 가는 길에 심봉사가 벌이는 「방아타령」이라든가, 「수궁가」의 「모족회의」 대목, 「흥보가」의 「밥타령」에 이은 「황룡 승천」의 에피소드, 「적벽가」의 「군사 설움 타령」이나 「점고 대목」 등은 모두가 앞에서 살핀 바 터무니없음을 통한 웃음의 유발이다. 이것이 판소리의 본질이고 동리는 그 나름의 개산(改刪)을 통하여 특색 있게 그것을 새롭게 구현하려고 했음이 여러 이본들과의 차이에서 드러난다.

부조화의 조화 – 판소리의 본질

판소리의 자질이 본디 이러함은 판소리가 참으로 인간적인 장르라는 설명을 가능하게 한다. "인간의 삶은 전아한 것만도 아니고 비속하기만 한 것도 아니기 때문이다."(정병헌, 『신재효 판소리 사설의 연구』, 평민사, 1986, p.162) 인간의 삶이 그러하므로 그것을 예술로 구현하는 것은 어쩌면 예술의 이상이라고 해도 좋을 것이다. 그리고 판소리의 기본적인 미학이 비장이라면 거기서 생겨나는 갈등과 긴장으로부터의 해방은 웃음으로서 가능한 것이며, 그러한 기제가 문맥에서 구현되는 양상은 터무니없음이 가장 중핵적인 자리를 차지할 것이다.

동리의 개작 의식을 이런 측면에서 살핀다면 그가 아정(雅正)과 비속(卑俗)의 전형을 추구하려 했던 것임을 짐작할 수 있다. 그가 합리적으로 개작했다 해서 비판을 받는(김홍규, 신재효 개작 춘향가의 판소리사적 위치, 『한국학보』 10, 일지사, 1978) 대목은 아정의 추구에 기울어진 부분을 논거로 한 것이며, 반대로 합리적이라 해서 칭찬을 받는(정병헌, 앞책, p.162) 대목은 아정과 비속의 대응적 조화를 논거로 한 것이다.

판소리의 이원적 성격은 흔히 하는 말이지만, 판소리는 그러한 이원성이 이원성으로 존재한다기보다는 그 이원성이 하나로 융합되어 결정된 입체성을 지닌다고 할 때 그 진상이 파악되는 양식이라 할 수 있다. 슬픔도 기쁨도 모두 다 삶의 몫이며 그 조화 속에 한 삶이 이루어진다는 이치와 흡사하다.

이것을 일러 부조화(不調和)의 조화(調和)라 할 수 있다. 슬픔과 기쁨 그 자체는 각기 별개의 것으로 부조화의 관계인 것처럼 보이지만 그 실제적 존재 양태는 그 둘의 어우러짐으로 현실화한다는 사실이 중요하다. 우리 전통 상가(喪家)에서 오히려 웃음이 낭자하도록 유도되는 민속들은 모두 이를 반영한다.

생각하건대, 판소리의 본질이 이러하므로 진지한 판소리라든가 골계적인 판소리라든가 하는 구분은 오히려 무의미하다. 오히려 이런 구분은 판소리의 본질을 왜곡하고 그 예술적 성취를 저해하는 요인이 될 우려도 없지 않다. 예컨대 「수궁가」의 「약성가(藥性歌)」 중에는 그 끝 부분에서 "사약으로 써 보리라 지렁이 굼뱅이 우렁탕 집사조 무가상 황금탕 오줌찌개 월경수 땅강아지 족재비며 오소리 가금 너구리 쓸개 빈대 암종 뱃대기 낯짝까지 먹어도 거저 죽겠네"(박동진 창본)로 개작된 사설도 있다. 이것도 자연스러운 부연이 뒤따른 변개라 할 수 있다. 판소리가 웃음을 지향한다는 본질에 철저하면 이런 변개가 자연스럽다고 할 수 있다.

문제의 핵심은 판소리의 본질이 비장이나 골계의 어느 한 쪽에 치우치지 않는 부조화의 조화에 있다는 점이다. 그리고 이러한 부조화의 조화는 적당한 타협이나 조율에 있는 것이 아니라 그 양극단에 철저할 때 오히려 효율적으로 성취될 것임은 물론이다. 따라서 창 혹은 아니리만으로 성취되는 판소리가 있을 수 없듯이 비장 혹은 골계 어느 한 쪽만으로 예술성이 구현되는 판소리 또한 있을 수 없음은 자명하다.

동리는 이러한 부조화의 조화를 추구하되 그 극점을 지향한 개작을 했다 할 만하다. 이 점이 비난을 받을 이유는 없을 것이다. 혹 그 대응이 지나치게 규칙적이 아니었나 하는 문제가 제기될 소지는 있겠으나 그것은 판소리의 본질과는 다른 차원에서 논의될 문제로 예술의 유연성에 관계되는 부분일 것이다.

4. 터무니없음의 문화론적 의미

전통적 발상법과 터무니없음

그렇다면 판소리의 중요한 미학적 기제라 할 수 있는 터무니없음의 소종래(所從來)는 어떻게 살필 수 있는가? 그것은 판소리 사설 창작자의 독특한 창안이라기보다는 우리 전통적인 발상법에 뿌리를 두고 있는 것으로 확인된다. 이러한 예를 다음과 같은 기사에서 본다.

（…전략…） 다음날 이야기하는 중에, 채기지(蔡耆之)가 천천히 김량일 (金亮一)에게 말하기를 "공의 눈은 고칠 수 있는데 다만 그대가 모르고 있다." 하니, 김은 속으로는 무척 불쾌하지만 고칠 수 있다는 말을 듣고는 혹시나 도움을 얻을까 하여 문득 말하기를, "그럼 말해 보라." 하니 채가 말하기를, "좋다, 좋아." 하였다. 김이 또 말하기를, "얘기해 보라." 하는 지라 채가 말하기를, "술을 마시고 무척 취하여 애꾸눈 속의 병든 눈동자

를 자르고 1년생 개의 눈알을 급히 끼워 두면 피가 식지 않고 근육이 합하여서 능히 볼 수 있다." 하니, 김도 과연 그렇겠다고 재차 수긍하는지라 채가 큰 소리로 말하기를, "그렇다면 썩 좋다. 그러나 사람의 버린 똥을 보면 모두가 고량진미(膏粱珍味)가 되어 보이리니 이것을 잘 알아 두어야 한다." 하니 앉아 있던 사람들이 모두 크게 웃었다.

이육(李陸), 『청파극담(靑坡劇談)』

이것은 터무니없음의 한 예가 된다. 터무니없음이 맥락의 흐름에서 힘의 크기와 방향에 돌연한 변화로 하여 형성된다는 앞의 분석에 비추어 보자. 이 대화에 참여한 사람들은 사대부들이라는 점, 그리고 신체적 불구가 개에 견주어짐으로써 극도로 비하되고 있다는 점에 근거하여 보면 기대와는 상반되는 방향으로 전개된 이야기의 맥락 급전과 그 충격 만큼의 크기가 짐작된다.

이러한 터무니없음은 우리의 전통적인 담화 가운데서 흔히 발견된다. 많은 사람들이 은밀한 즐거움을 느끼게 마련인 이른바 외설담은 운동의 방향에서 일탈을 보이는 전형적인 예가 될 것이다. 인용문에서 보듯이 사람을 개에 견주는 데서 느끼는 것과 같은 급전을 외설담은 맛보게 한다. 기대 밖의 상황 전개를 동반하는 것이 외설담의 통상적인 형식이라는 점이 이를 입증한다.

그 밖에 과도한 비속화나 우월화도 이러한 방향성의 축에 관계된 터무니없음을 형성한다. 음식을 먹는 것을 가리켜 "순대 채운다."고 함으로써 형성되는 터무니없음이 전자의 예라면 오늘날 평범한 부부 사이의 대화에서 "중전! 이리 가까이 오시오."라고 하는 것은 후자의 예가 된다.

그런가 하면 속담 가운데 많은 표현들이 힘의 크기에 관련된 터무니없음의 효과를 형성하는 것을 보게도 된다. "송곳 거꾸로 꽂아 놓고 발길질하기"라든가 "못난 일가 항렬만 높다" 혹은 "홍길동이가 합천 해

인사 털어먹듯" 등의 속담은 그 함축하는 바가 운동의 방향으로는 동질적이지만 그 힘의 크기에서 차이가 있어 터무니없음을 통한 인상의 강화를 얻어낸다. 속담이 적절한 비유로서 교훈적인 의도를 내포하면서도 웃음을 자아내게 되는 까닭은 바로 이 터무니없음의 효과에 기인한다.

전통성을 추구한 신재효의 개작

동리(桐里)의 사설 그리고 판소리의 속성으로서 거론한 터무니없음이 전통적 발상법에 뿌리를 두고 있다는 사실을 확인하는 것은 두 가지 의의를 지닌다.

하나는, 판소리가 우리에게 주는 느낌 가운데 이질적이 아니라 육화(肉化)된 것으로 다가오는 정감은 바로 이러한 전통적 발상법에 근거한 것이어서 그러하다는 점이다. 이 점으로 미루어 볼 때, 판소리의 이해는 우리 토착어 혹은 전통 어법과의 친숙을 의미하게 된다. 따라서 판소리 창자의 재담 능력은 그 개인의 독특한 창작 기능보다는 우리 문화의 전통성에 얼마나 깊이 침잠해 있는가가 관건이 된다.

다른 하나는, 전통적인 이야기 장르라 할 수 있는 판소리의 이야기 방식이 우리 담화 문화의 한 기준이 될 수 있다는 점과 관련된 암시다. 오늘날 우리가 사용하고 있는 공적(公的) 혹은 사적(私的) 담화가 뿌리를 알 수 없는 어법들의 조합이며, 그래서 표준화가 어려운 것이 현실이다. 이러한 담화 문화의 세련과 향상에 판소리의 이야기 방식 특히 그 가운데서도 터무니없음을 구사하는 이야기 방식은 의미 있는 방향을 제시할 수도 있을 것이다. 다시 말해서 터무니없음의 어법을 탐구하는 일은 판소리 자체의 이해를 넘어서서 언어문화의 틀을 세우고 다듬어 가는 전망이 되기도 할 것이다. 여기에 한국적인 웃음이 서양의 그것과는 다르다는 분별도 포함될 수 있을 것이다.

판소리의 터무니없음이 보여 주는 측면들은 이처럼 다양하고 의의가 크다. 그러나 우리의 애당초 관심이었던 신재효의 사설 문제로 돌아가 자. 결론은 신재효의 개작이 판소리의 문화적 본질을 극대화하고자 하는 노력이었던 것으로 요약될 수 있으며, 이것이 성과 있는 작업으로 판별될 수 있음은 그가 지닌 전통적 그리고 당대적 문화에 대한 깊이 있는 이해와 재창조의 역량을 지녔다는 사실을 입증한다.

그것은 판소리에 대해 깊이 있는 이해가 있으므로 가능했고, 그 실천은 우리의 전통적 발상법을 통해 이루어냈으며, 그 바탕에는 인간의 삶에 대한 천착과 투시가 깔려 있었기에 성취되었다는 말도 된다.

따라서 신재효가 구사한 터무니없음의 어법을 일별한 결론은 이렇게 요약될 수 있다. 전통에 깊은 이해가 있는 작가가 참으로 독창적이고 능력 있는 작가가 될 수 있다. 신재효는 그 전형의 하나라고 할 수 있다. 단, 신재효의 사설은 기록문학 차원의 창작이 아니라 구비문학인 판소리의 여러 이본들 가운데 하나임이 잊혀지지는 말아야 한다.

여기서 우리가 생각하게 되는 것은 구비문학과 기록문학의 지향을 단서로 삼아 문학이 추구하는 세계를 분별한 한 서양학자의 관찰이다. 그에 의하면 구비문학의 세계에서는 전통성과 보편성에 어떻게 적응하며 그 결과로서 공동성을 얼마나 구현하는가가 초점이 된다. 반면에 기록문학은 그 출현 자체가 계층의 분리에서 비롯되었듯이 개별성과 신기성을 얼마나 구축해내느냐에 관심이 집중된다. 이 점에서 기록문학은 어차피 분리적이요 차별적일 수밖에 없다(L.Gossman, *Between History and Literature*, Havard University Press, 1990, pp.26~29).

물론 그 논문에서도 기록문학이 오로지 개별성이나 차별성만을 추구하는 것이 아님을 주목하고는 있다. 참으로 개별적이기만한 작품은 존재할 수도 없고 이해될 수도 없기 때문이다. 이 점에서 기록문학도 어느 만큼은 보편적이요 전통적이라는 것이다. 그러나 그 추구의 궁극이 차별성의 부각에 있음은 분명하다.

민주주의는 보편성과 차별성 혹은 전통성과 신기성 아니면 일반성과 개별성 그 모두를 아우르고자 하는 이상을 가질 수밖에 없는 것이라는 그 논문의 결론에 우리는 일단 동의하자. 그러나 전통성과 일반성의 맥락에서 완전히 절연된 개별성 혹은 차별성이란 존재할 수도 없다는 사실은 계속해서 염두에 두어야 할 것이다. 이 점에서 엘리어트(T. S. Eliot)가 '전통과 개인의 재능'이라는 데서 말한 명제는 아직도 유효하다.

신재효를 보는 연구자의 시각
－신재효 연구사의 회고와 전망

1. 신재효 연구의 동향

연구 논저 목록

판소리에 대한 연구는 여러 방향으로 전개되어 그 양의 축적이 상당하다. 그러나 그 가운데서도 신재효만큼 활발하게 연구된 주제도 드물다. 비록 논쟁적인 부분이 없지는 않지만, 연구가 그만큼 많이 이루어진 것은 그만한 의미를 지니고 있었기에 그러했다는 데 의심의 여지가 없다.

신재효를 두고 이루어진 연구 업적을 일별하면 대략 다음과 같다.

(1) 강신구(1982) 신재효 창작 판소리 연구, 『민족문화』 3, 동아대 민족문화연구소
(2) 강한영(1965) 신재효, 『한국의 인간상』, 신구문화사
(3) 강한영(1969) 신재효 판소리 사설 연구, 『신재효 판소리 전

집』, 연대인문과학연구소

(4) 강한영(1971) 신재효 판소리에 관한 연구, 『동아문화』, 서울대 동아문화연구소

(5) 강한영(1984) 인간 신재효의 재조명, 『예술과 비평』 겨울호, 서울신문사

(6) 강한영(1984) 신재효의 생애, 『문학사상』 146, 문학사상사

(7) 권오만(1976) 판소리에 나타난 해학성, 『서울여대』 6, 서울여대

(8) 김기형(1991) 창본계 활자본 적벽가에 나타난 개작 양상과 그 의미-신재효본과의 비교를 통하여, 『어문논집』 30, 고려대

(9) 김기형(1995) 신재효작 가사체 작품의 장르 귀속 문제와 작가의식, 정재호 편, 『한국가사문학연구』, 태학사

(10) 김균태(1979) 신재효개작 토별가의 판소리사적 위치, 『국어교육』 34, 국어교육연구회

(11) 김대행(1986) 신재효에 대한 평가, 간행위원회 『한국문학사의 쟁점』, 집문당

(12) 김대행(1993) 동리의 웃음: 터무니없음, 그리고 판소리의 세계, 『동리연구』 창간호, 동리연구회

(13) 김동욱(1968) 판소리사 연구의 제문제, 『인문과학』 2, 연대인문과학연구소

(14) 김석배(1988) 신재효의 판소리 지원 활동과 그 한계: 춘향가를 중심으로, 『문학과 언어』 9, 문학과언어 연구회

(15) 김석배(1997) 심청가의 성격과 더늠, 서종문·정병헌 편, 『신재효연구』, 태학사

(16) 김상훈(1989) 신재효본 동창 춘향가의 한 연구, 『논문집』 6, 동남보건전문대

(17) 김재철(1930) 『조선연극사』, 학예사

(18) 김종철(1986) 19세기 판소리사와 변강쇠가, 『고전문학연구』 3, 한국고전문학연구회

(19) 김종철(1993) 변강쇠가의 미적 특질, 『판소리연구』 4, 판소

리학회

(20) 김태준(1965) 신재효의 춘향가 연구, 『동악어문론집』 1, 동대 동악어문학회

(21) 김현주(1992) 신재효 춘향가 연구, 수화자의 성격과 그 기능적 의미, 『서강어문』 8, 서강어문학회

(22) 김흥규(1974) 판소리의 이원성과 사회사적 배경, 『창작과 비평』 31, 창작과비평사

(23) 김흥규(1978) 신재효 개작 춘향가의 판소리사적 위치, 『한국학보』 10, 일지사

(24) 김흥규(1982) 판소리, 『한국민속대관』 VI, 고대 민족문화연구소

(25) 나명순(1978) 판소리에 나타난 해학, 고대 교육대학원 석사논문

(26) 박경신(1985) 무속 제의의 측면에서 본 변강쇠가, 서울대 대학원 석사논문

(27) 박도석(1977) 신재효 가사의 연구 서설, 부산대 교육대학원 석사논문

(28) 박명희(1977) 신재효본 판소리 사설에 나타난 작가의식, 이대 대학원 석사논문

(29) 박영주(2000) 『판소리 사설의 특성과 미학』, 보고사

(30) 박일용(1991) 변강쇠가의 사회적 성격, 『고전문학연구』 6, 한국고전문학회

(31) 박진태(1984) 변강쇠가의 희극적 구조, 『한국시가의 재조명』, 형설출판사

(32) 박헌봉(1966) 『창악대강』, 국악예술학교 출판부

(33) 박 황(1974) 『판소리 소사』, 신구문화사

(34) 박희병(1986) 판소리에 나타난 현실인식, 『한국문학사의 쟁점』, 집문당

(35) 백대웅(1985) 명창과 판소리의 미학, 『세계의 문학』 봄호, 민음사

(36) 변재열(1982) 판소리 춘향가의 해학성 연구, 숭전대 대학원

석사논문

(37) 서종문(1976) 신재효본 적벽가에 나타난 작가의식, 『국어국 문학』 72-3, 국어국문학회

(38) 서종문(1981) 신재효본 춘향가 동창남창 판의분화, 간행위 원회『한국고전산문연구』, 동화문화사

(39) 서종문(1983) 신재효론, 간행위원회, 『한국 판소리 고전문 학연구』, 아세아문화사

(40) 서종문(1984) 판소리 운동가 신재효의 삶, 『마당』 31, 마당 사

(41) 서종문(1984) 『신재효 판소리 사설 연구』, 형설출판사

(42) 서종문(1984) 신재효 판소리 사설의 성격, 『문학사상』 146, 문학사상사

(43) 서종문(1993) 판소리에 나타난 신재효의 세계 인식, 『동리 연구』 창간호, 동리연구회

(44) 서종문(1994) 신재효의 판소리 이론과 실제, 『동리연구』 2, 동리연구회

(45) 서종문(1995) 신재효의 세계 인식과 판소리 이론, 간행위원 회, 『소석 이기우선생 고희기념논총』, 한국문화사

(46) 서종문(1996) 심청가에 나타난 신재효의 세계 인식, 『동리 연구』 3, 동리연구회

(47) 서종문·정병헌 편(1997) 『신재효연구』, 태학사

(48) 설성경(1976) 동리의 판소리 사설과 동학란, 『국어국문학』 72-3

(49) 설성경(1979) 동리의 박타령사설 연구, 『한국학논집』 7, 계 명대 한국학연구소

(50) 설성경(1979) 남창 춘향가의 생성적 의미, 『동산신태식박사 고희기념논총』, 계명대

(51) 설성경(1980) 신재효 판소리 사설 연구, 『한국학논집』 8, 계명대 한국학연구소

(52) 설성경(1983) 판소리 사설의굴절과 근대로의이행, 『근대문 학의 형성과정』, 문학과지성사

(53) 설중환(1994)『판소리 사설연구–신재효본을 중심으로』, 국
    학자료원

(54) 성현경(1986) 심청은 효녀인가,『한국문학사의 쟁점』, 집문
    당

(55) 성현경(1989) 정현석과 신재효의 창우관 및 사법례,『정연
    찬선생 회갑기념논총』, 간행위원회

(56) 손낙범(1958) 신재효와 변강쇠전,『학술계』1권1호, 학술계
    사

(57) 송순강(1979) 완판본 열녀춘향수절가와 신재효본 춘향가와
    의 비교,『한국언어문학』17-18, 한국언어문학회

(58) 유영대(1990) 신재효본 박타령의 특징,『한글』210, 한극
    학회

(59) 윤용식(1982) 신재효 판소리 사설과 이해조 판소리계 작품
    과의 비교연구, 서울대 석사논문

(60) 윤용식(1983) 신재효 춘향가(남창)와 옥중화와의 비교 연
    구,『한국판소리 고전문학 연구』, 아세아문화사

(61) 이국자(1987) 광대가와 판소리,『판소리연구』, 정음사

(62) 이국자(1989) 중인문화로서의 판소리–신재효,『판소리 예술
    미학』, 나남

(63) 이병기(1939) 토별가와 신오위장,『문장』2권5호, 문장사

(64) 이병기(1959) 신오위장과 극가문학,『국문학전사』, 신구문
    화사

(65) 이보형(1984) 신재효의 음악이론, 신재효 백주기기념 판소
    리연구발표회 발표요지, 판소리학회

(66) 이성연(1978) 동리신재효의 생애와 작품의 한계성,『한국어
    문학』16, 한국언어문학회

(67) 이은희(1984) 춘향가의 역사적 변모와 그 의미, 이대 대학
    원 석사논문

(68) 인권환(1968) 토끼전 이본고,『아세아연구』29, 고대 아세
    아문화연구소

(69) 인권환(1984) 토별가에 나타난 신재효의 작가의식,『문학사

　　　상』146, 문학사상사

(70) 임진택(1981) 이야기와 판소리,『실천문학』2, 실천문학사

(71) 임형택(1984) 판소리사에서 신재효와 토끼전,『한국문학사
　　　의 시각』, 창작과비평사

(72) 장석규(1994) 신재효의 허두가에 나타난 문제의식,『문학과
　　　언어』15, 문학과언어연구회

(73) 장석규(1996) 신재효본 심청가의 서술시각과 서술방법,『동
　　　리연구』3, 동리연구회

(74) 전경욱(1990) 신재효 개작 춘향가 가요의 형성원리,『춘향
　　　전의 사설형성원리』, 고대 민족문화연구소

(75) 정노식(1940)『조선 창극사』, 조선일보사

(76) 정병욱(1981)『고전시가론』, 신구문화사

(77) 정병욱(1981)『한국의 판소리』, 집문당

(78) 정병헌(1979) 춘향가를 통해서 본 신재효의 작가의식, 서울
　　　대 대학원 석사논문

(79) 정병헌(1985) 신재효 판소리 사설의 형성배경과 작품세계,
　　　서울대 대학원 박사논문

(80) 정병헌(1986) 변강쇠가에 나타난 신재효의 현실인식,『한국
　　　언어문학』24, 한국언어문학회

(81) 정병헌(1986)『신재효 판소리 사설의 연구』, 평민사

(82) 정병헌(1990) 신재효본 토별가의 구조와 언어적 성격,『한
　　　글』210, 한글학회

(83) 정병헌(1991) 신재효의 판소리인식,『고전시가의 이념과 표
　　　상』, 최진원박사 정년기념논총 간행위원회

(84) 정병헌(1993) 도리화가의 관습과 일탈,『동리연구』창간호,
　　　동리연구회

(85) 정병헌(1995) 신재효의 오섬가와 판소리적 관습, 간행위원
　　　회,『소석 이기우선생 고희기념논총』, 한국문화사

(86) 정하영(1984) 신재효 개작 판소리 사설 심청가,『문학사상』
　　　146, 문학사상사

(87) 조동일(1985)『한국문학통사』Ⅲ,지식산업사

(88) 조동일(1986)『한국문학통사』Ⅳ, 지식산업사
(89) 황인완(1988) 변강쇠가의 줄거리 체계와 작중인물들의 성격
   과 작중 기능, 고대 대학원 석사논문

신재효 논의의 경과

신재효는 일찌기 김재철(17,) 이병기(63,) 정노식(75,) 등에 의해 주목되었다. 그리고 그것은 대체로 긍정적인 평가와 역사적 의의에 대한 조명을 겨냥하는 것이었다. 이처럼 비중이 큰 신재효에 대해서 새롭고 상이한 시각이 등장한 것은 1970년대가 아니었던가 한다. 긍정적 가치 부여로만 일관해 오던 신재효 논의가 전혀 다른 방향에서 이루어질 수 있음을 보여주었던 때가 바로 이 시기다.

그것이 어떤 요인에 의해서 그리 되었던가에 관해서는 쉽사리 단정해 말할 수가 없을 것이다. 판소리에 관한 연구가 어느 수준의 집적을 이루었기에 가능했던 것인지, 학문이란 항상 새로운 반론을 추구하도록 되어 있는 숙명 때문에 그리된 것인지, 우리 삶의 질이 전과는 많이 달라짐으로써 새로운 시각이 이루어지게 된 것인지, 혹은 세계관의 변화가 급격한 흐름을 이루고 있어서 그러했던 것인지는 따로 신중하게 생각해 볼 문제이기도 하다. 이 문제는 '학문이란 무엇인가' 혹은 '진리의 추구라는 것은 무엇인가' 하는 다소 환원적인 질문을 떠올리게도 한다.

여기서는 그러한 연구의 경과를 대충 줄거리 잡아보고 그런 회고의 토대 위에서 앞으로 우리가 무엇을 할 수 있으며 또 어떻게 해야 할 것인가를 전망하고자 한다. 신재효가 이룬 성과가 정당하고 상당했다고 보는 시각과 그와는 반대로 퇴행적이고 보잘것없다는 시각이 팽팽하게 맞서 있는 연구사를 돌아보면서 그 역사적 판단을 구해 보고자 한다.

그러나 그를 터무니없이 거룩하게 하고자 한다든가, 아니면 오히려 그 반동의 형성으로 나아가서 의도적으로 폄하하고자 하는 안목을 미리 앞세울 수는 없을 것이다. 혹은 그에 대한 어느 연구에 점수를 매긴다거나 승패를 갈라 주고자 하는 태도도 별 쓸 모가 없을 것이다. 우리가 우리의 문학사나 판소리 논의에서 신재효를 비켜가지 않는 것은, 그가 판소리에 관련된 인물이라는 점 때문임을 다시 한 번 생각하면 우리의 논의가 어떠해야 할 것인가는 스스로 규정된다고 본다.

판소리의 본질론을 벗어난 신재효 논의는 공허할 것이며, 판소리 이외의 가늠자로 그를 논의하는 것도 의도성의 산물로 떨어질 우려가 있다. 따라서 신재효 논의 그 자체가 판소리를 이해·규명·추구하는 척도가 되기를 희망한다.

2. 역할 논의의 시말

후원자인가 지도자인가

신재효가 판소리 연희자들에 대해 각별한 관심과 애정을 가지고 있었음을 추정하게 하는 증거는 많다. 그러나 그러한 애정과 관심이 어느 방향에서 어느 정도로 이루어졌는가에 대한 해석은 크게 두 갈래로 나뉜다. 하나는 그의 역할이 후원자로 머물렀다고 보는 것이고, 다른 하나는 판소리의 지도자로까지 나아갔다고 보는 것이다.

강한영(4,)은 신재효의 사설 중에서 「춘향가」의 「주안상」 대목 같은 것이 이날치 - 김창환 - 정창업 - 정정렬을 거쳐 정광수에 계승된 자취를 분석하는가 하면, 「사랑가」, 「십장가」, 「몽유가」, '신행길' 대목 등에서 부분적으로 현재까지도 계승된 사설의 흔적이 있다고 주장하면서 신재효는 창악을 지도했음이 확실하다고 본다. 또 박황(33,) 박헌봉(32,)은 아예 명창의 명단에 신재효를 포함시킴으로써 실제로 그가 창을 했을 가능성을 기정사실화하고 있다. 김재철(17,) 역시 신재효를 광대로 규정하고 있다.

그러나 근자에 들어서는 그 자신이 광대는 아니었을 것으로 보는 것이 널리 퍼진 경향인 것 같다. 사설에 관련된 논의가 앞서다보니 창자로서의 신재효가 논의되지 못하고 빛을 보지 못하는 점도 없지 않으나, 조동일(88,)은 아예 그 자신은 판소리를 부르지 않았다고 못 박아 말하고 있다. 백대웅(35,)은 신재효가 광대가 아니었다고 하면서, 그 증거로 그의 사설은 음악과는 거리가 멀고 연극이나 문학의 측면만 두드러진다고 주장한다.

신재효가 창을 했다는 기록은 아직 나타나지 않고 있으므로 광대가 아닌 사람이 창을 지도하는 것을 상정하기는 어렵다는 논의는 나름대로의 개연성을 가진다. 그러나 그가 비록 광대가 아니라 하더라도 실제로는 창법의 형성이나 전승에 미친 영향을 감안, 창악의 지도자로 보아야 한다는 견해도 나와 있다.

서종문(41,)은 신재효가 그의 판소리 이론을 적용하여 실습시킨 방증으로 진채선(陳彩仙)에 대한 창악(唱樂)의 교육 등을 들고, 그 자신은 판소리 창자가 아니지만 서편제의 변화, 여창의 분화 등 실제로 판소리 창에 남긴 영향이 지대한 지도자로 규정하고 있다. 정병헌(79,)은 동편제의 박만순과 김세종, 서편제의 정창업 등이 다 신재효의 지도 아래 있었던 것으로 보고, 양제의 조화로운 발전에 기여한, 이론과 실제를 겸한 교사로 평가하고 있다.

이런 경과를 볼 때, 신재효의 역할론 가운데 하나인 후원자였던가 지도자였던가 하는 문제는 그의 신분이 광대인가 아닌가 하는 규정으로 기울어진 느낌조차 없지 않다. 그리고 이 문제를 해결하자면 실기를 할 수 있는 사람만이 창을 지도할 수 있다는 전제가 가능한가 하는 논의를 심화함으로써 앞으로의 논거가 마련될 수 있지 않을까 한다.

문제의 성격이 이러하므로 이 논의를 위해서라도 판소리 향유자가 판소리 창자에 어떻게 관여하는가를 체계적으로 구명하는 일이 뒤따라야 할 것이다. 작가와 평론가의 관계를 참고로 하더라도 그러하고, 귀명창의 존재와 추임새를 강조하는 판의 특징이 좀더 명확해짐으로써 이를 통해 신재효의 역할이 규정될 수 있을 것이다. 그런 부분의 규명이 없이 신재효 자체만을 가지고 그가 지도자이기도 했느냐 후원자일 뿐이었느냐 하고 논의하는 것은 부질없는 호적 싸움으로 치달아갈 우려조차 없지 않을 것이다.

개작자인가 창작자인가

신재효는 판소리 사설의 개작자로 논의되는 것이 일반적이다. 이는 이병기(64.) 이래로 정병헌(79.)에 이르기까지의 일반적인 태도다. 즉, 저본이 있고, 그것을 신재효가 개작한 것이라고 보며, 그런 증거로 '다른 가객 몽중가는…… 운운'하는 표현을 들면서 이것이 이미 있었던 사설을 개작하고 있음을 구체적으로 보여주는 징표라고 본다.

그러나 김재철(17.)은 신재효가 「춘향전」, 「심청전」 등 영·정조 때 창작된 소설을 극화했으며, 그 전의 광대들은 단가로 부르다가 신재효 이후 「춘향가」, 「심청가」 등을 부르게 되었다고 함으로써 그가 판소리 사설을 창작한 것으로 본 바 있다. 그런가 하면, 정하영(86.)은 「심청전」을 예로 들어, 이는 구전문학이고 적층문학이어서 특정한 작가가 따로 있을 수 없는 것이므로 '신재효는 「심청가」의 작자이면서 「심청전」의 수많은 개작자들 가운데 한 사람이고 넓은 의미에서 「심청전」 작가군의 한사람'이라고 보고 있다.

이러한 논의들은 모두 판소리 또는 판소리계 소설의 성격에 대해서 각자가 가지고 있는 입장의 표명이라고 볼 수 있다. 판소리가 지금 보는 것과 같은 완결성과 장형성을 갖춘 것으로 한정할 때 단가의 형태로 소략했던 초기의 것은 제외된다는 범주화가 가능하고, 그래서 창작자로 논의될 빌미를 마련하게 된다.

또 신재효가 개작자라고 보는 관점은 판소리가 고정된 체계를 가지고 있는 것이라는 전제를 바탕에 깔고 있음을 보게 된다. 이 문제는 같은 「춘향가」라도 서로 다른 바디의 것을 독립된 한 편으로 보느냐 아니면 통합된 유형의 각편으로 보느냐 하는 관점의 차이를 불러오게 되기도 한다. '작가군'이라는 용어는 이런 생각의 표출일 것이다.

여기서 중요한 것은 개작자니 창작자니 하는 용어의 문제가 아니라고 본다. 판소리의 유형성을 유독 강조하게 되면 실체 없는 추상화로 나아가게 될 염려가 없지 않고, 한 편의 개체성을 지나치게 강조하다 보면 적층문학으로서의 본질을 놓칠 우려가 있다.

따라서 개작자냐 창작자냐 하는 용어 논의는 궁극적으로 판소리사의 시각과 관련시켜 논의가 전개되어야 하리라고 본다. 이 문제는 기록문학에서의 이본을 보는 시각과도 일맥상통하는 점이 있으리라고 본다. 판소리 하나 하나의 바디는 모두를 실체로 인정하면서 그것들의 사이에서 발견되는 역사적 맥락을 논의의 전면에 떠올리는 것이 실상에 근접하는 파악 태도가 아닐까 한다. 그런 사적 인식이 전제되지 않은 이 부분의 논의는 자칫하면 공허한 어휘 논쟁으로 달려갈 우려가 없지 않을 것이다.

3. 신재효에 대한 평가의 동향

판소리 이론에 대한 진단

신재효의 「광대가」와 판소리 여섯 작품의 사설 곳곳에서 산견(散見)되는 판소리 이론은 과연 적절한가 또는 우수한가 하는 데 대해서도 양론이 전개된 바 있다.

「광대가」에 나오는 인물, 사설, 득음, 너름새 순의 4대법례(四大法例)라는 것을 두고 강한영(4,)은 아리스토텔레스의 삼일치(三一致)에 맞먹는 사일치설(四一致說)이라고 평가한다. 그 밖에도 정병욱(76,), 김동욱(13,) 등에 의해 귀중한 판소리 이론으로 평가된 바 있고, 이런 관점은 상당히 널리 퍼져 있음이 사실이다.

판소리에 관한 이론적인 언급이라 할 것이 많지 않은 사정에 힘입어 이런 언급들이 최상급의 대우를 받았던 것도 부인할 수 없다. 특히 이보형(65,)은 음악의 측면에서 「광대가」를 평가하고, 광대라는 명칭이나 가객이라는 명칭, 시김새, 조, 장단론, 연기론 등 비교적 초기에 해당하는 이론이 나와 있다고 보면서 판소리 이론사 정립에 귀중한 자료인 것으로 평가하고 있다.

그러나 이국자(61,)에 의해 「광대가」는 허구라는 주장이 대두되었는가 하면, 백대웅(35,)에 의해 이 4대법례라는 것이 판소리의 실상과는 다르다고 주장되었다. 즉, 첫째로 꼽은 '인물'만 하더라도 인물이 좋지 않았던 광대가 상당수라는 것과, 발림도 동편제에서는 별로 중시되지 않는다는 점, 또 사설이 승한 광대를 아니리 광대라고 했던 점 등을 들어 판소리는 '일왈 창' 이상 아무것도 아님을 주장하고 신재효의 「광대가」는 판소리를 문학이자 연극의 관점에서 본 것이라고 부정적 평가를 내림과 동시에 기존 국문학 연구는 판소리의 실상에 어두웠던 한계를 내

보인다고 주장한다.

다음으로 유일무이한 판소리 이론으로 대접을 받던 「광대가」 이전에 정현석(鄭顯奭)의 '증동리신군서(贈桐里申君序)'에서 이미 판소리 이론이 나와 있으므로 그것도 신재효의 새로운 이론이 아니고, 정현석의 견해를 답습한 것이라는 주장이 이성연(66,)에 의해 나와 있다.

그리고 신재효의 사설에는 군데군데 사설을 짓는 이의 신분으로 판소리에 대한 논평을 하는 대목이 나온다. 이에 대해 정병헌(79,)은 '창법의 다양성을 제시한 것이고, 또 교육용 극본으로서' 그 중요성이 있는 것으로 본다. 반면 서종문(41,)은 이를 두고 판소리 사설이 화석화되어가는 과정을 보여주며, 그 자신 창자가 아니었던 데서 온 표현으로서 그 사설이 독서물로 전환하는 과정에 있음을 보여주는 것으로 해석한다.

이 문제에 대한 앞으로의 논의는 공연 예술로서의 판소리라는 측면이 치밀하게 분석되고 해석됨으로써만이 활로가 열리지 않을까 하는 느낌을 갖는다. 국문학 쪽과 음악학 쪽의 견해는 매우 상반된 것이고, 빈한한 자료 사정이라는 것이 이 부분의 논의에 어느 만큼의 영향을 끼침으로써 논의의 경과가 이렇게 전개되었으리라는 점을 부인하기는 어렵다.

그러나 이런 것은 본질적인 문제라고 하기 어렵다. 그보다는 오히려 그가 살았던 시기, 즉 19세기 후반이라는 시대의 공연문화가 어떤 지향을 보였던 것인가가 해명되는 것이 선결 과제가 아닐까 한다.

창작 단가의 성격을 보는 눈

신재효가 지은 단가가 「광대가」를 비롯하여 상당수에 이른다는 사실은 일찍부터 정노식(75,), 이병기(63,) 등에 의해 주목이 되어 왔으며, 강한영(3,)에 의해 한데 모아져 소개된 바 있다.

그러나 「광대가」를 제외한 나머지 단가들에 대해서는 논의가 별로 없어서 「치산가」 등이 근대적 경제의식을 보이고 있다는 서종문(41,)의 지적이 나온 정도이거나, 그의 제자인 진채선에 대한 애틋한 정을 노래 했다는 사실의 지적 정도로 「매화가」를 언급하는 정도가 고작이었다.

그런데 조동일(88,)은 그의 단가 작품들이 새로운 창작 의지(「오섬가」와 시대적 모습, 「괘씸한 서양 되놈」, 「십보가」)을 보여주는 것으로 극찬하고, 신재효의 중요성은 사설 개작에만 있는 것이 아니고 그의 단가 창작은 문학사적으로 중요하다고 주장한다. 그러나 백대웅(35,)은 이와 전혀 다른 평가를 내리고 있다. 즉, 그가 남긴 단가들이 실제 소리로서는 하나도 전승이 되지 않고 있다는 점에서 그의 단가들은 아무 의미가 없는 것으로 본다.

문학 연구자와 음악 연구자 사이에 이처럼 평가가 현저하게 다른 것은 대상을 바라보는 시각의 차이를 생각하게 한다. 문학 연구자가 문학 작품으로서의 가치에 주목했다면 음악 연구자는 그것이 언어구조물인 점보다는 연행과 전승의 측면에 눈을 던진다. 그것은 어쩌면 필연적인 귀결일 것이다.

그러나 그것이 자칫하면 분업화된 산업사회적 관행에 젖어서 대상을 바라본 것은 아닌가 하는 반성을 불러온다. 그러한 반성은, 「호남가」가 오늘날에도 왕성하게 전승되고 있다는 사실을 들어 전승 부재론을 반박하는 이상의 의미를 지닌다고 할 수 있다.

가령 우리가 시조 작품을 다룰 때, 오늘날 어느 작품의 전승이 끊겼다는 사실 때문에 언어 구조물 자체의 우수성을 도외시하지도 않고, 오늘날 음악적 전승이 화려하다는 사실만으로 그 작품이 문학적으로 우수하다고 보지도 않는다. 뒤집어 말한다면, 노랫말이 우수하다고 해서 음악적 우수성이 보장되지는 않는다고 할 수 있으며, 노랫말이 덜 우수하다고 해서 음악까지 열등하다는 인과 관계나 등식 관계는 상정하기 어려울 것이다.

바로 이 부분에 판소리 논의의 거대한 광야가 놓여 있는 것이 아닌가 한다. 판소리는 오랜 동안의 장르 논쟁이 보여주었듯이 어느 누구도 자신의 분업화된 관심의 기준으로 평면화하거나 일원화해서 논의할 수 없는 대상이다. 우리가 탐구하고자 하는 대상의 실상이 이러하다면 그 문학성과 음악성 그리고 공연성의 여러 측면들이 복합적으로 그리고 유기적으로 추구될 때에만 그 진정한 실상은 모습을 드러낼 것이다.

물론 이것은 말처럼 그렇게 단순한 일은 아니다. 그러나 그 일이 어렵다고 해서 포기될 성질의 것도 아니라고 본다. 이 점에서 판소리의 연구는, 보는 대로 있는 관찰을 벗어나서 있는 대로 보는 시각이 요구되고, 대상이 관점을 결정한다는 전제에 성실할 필요가 있다고 보며, 판소리 관련 학계가 해야 할 사명도 이런 부분과 관계될 것이다. 신재효의 단가 논의는 단가 논의 자체보다는 판소리라는 대상의 본질론이라는 근본적이고도 엄격한 성찰로 이어진다고 본다.

4. 사설 논의의 전개 양상

언어적 진술의 수준

신재효의 사설에서는 판소리가 본디 지니고 있던 육담이나 욕설 등이 사라지고 한문투의 표현으로 대폭 바뀌어 있다는 점을 「남창 춘향가」에서 지적하는 김흥규(23,)와 「토별가」를 대상으로 지적하는 인권환(69,)은, 이런 변화가 결국 판소리의 발랄성을 상실하게 만들었으며 따라서 이는 퇴행적 개작이라고 규정하고, 그 까닭은 그의 상층지향적 의식이 작용한 데 있다고 분석한다.

그러나 다른 작품인 「변강쇠가」를 대상으로 분석한 조동일(88,)에 의하면, 신재효는 유랑민의 삶을 비참하고 농도 짙게 묘사해서 평민의식을 잘 나타내고 있으며 상층적 윤리의식과는 거리가 멀다고 규정한다. 조동일도 신재효의 여섯 마당 가운데 「토별가」는 아전(衙前)으로서의 의식이, 「적벽가」는 평민적 의식이 다른 이본에 비해 확대되고 있다고 해서 일률적으로 말할 수 없다고 했는데, 이는 물론 언어 분석만을 가지고 내린 결론은 아니다.

그에 비해서 정병헌(79,)은 신재효의 여섯 작품은 그 여섯 작품 전체로 보나 각 편의 부분 부분의 관계를 보거나 아정(雅正)과 비속(卑俗)이, 그리고 비장(悲壯)과 골계(滑稽)가 균형 있게 섞여 있어서 긴장(緊張)과 이완(弛緩)의 기본 구조를 언어 구사에서도 드러내고 있다고 평가한다.

판소리는 원래 현장성·즉흥성에 강한 장르인데 신재효가 사설을 일단 정리함으로써 통일성과 균형성을 갖추었다고 보는 견해(강한영 4,)가 있는가 하면, 오히려 발랄성과 현장성을 상실(김흥규 23, 인권환 69,)하고 화석화되었다(서종문 41,)고 보는 견해가 있다. 그러나 이는 같은 동전의 앞뒤를 말하는 것이 아닌가 한다. 구비문학에서 벗어나서 일단 문자로 정착하여 기록문학이 되고 보면 통일성·균형성을 갖게 됨이 당연하고 그에 상대되는 현장성·발랄성은 거세될 것임이 자명하기 때문이다.

또 신재효가 「춘향가」를 남창과 동창으로 분화시킨 것은, 서종문(41,)에 의하면, 여자가 창을 할 수 없다던 관습에 도전하여 새로운 판소리 영역을 개척하려는 의욕적 태도의 표현으로 해석되고, 따라서 공연예술로서의 판소리를 잘 이해한 것으로 평가된다. 그러나 김흥규(23,)에 의하면 「남창 춘향가」는 양반 취향에 맞도록 개작한 것에 지나지 않고

「동창 춘향가」는 당대의 「춘향가」를 기록만 한 데 지나지 않는 것이 된다. 한편 설성경(51,)에 의하면, 이러한 판의 분화는 「오섬가」와 함께 단·중·장형의 「춘향가」를 이루고 있으며, 상하층의 양극적 의식을 최대한 포용·유화시키고 있는 것으로 이해되고 있다.

합리적 태도의 의미

신재효의 춘향가, 그 가운데서도 특히 「남창 춘향가」의 사설에서 인물의 성격을 정밀하게 분석한 김흥규(23,)는 방자형 인물이 많이 거세·약화된 사실에 주목하여 이는 상층지향적인 의식의 반영이라고 평가한다. 그러나 서종문(41,), 조동일(88,)은 적벽가에 나타나는 정욱의 존재를 논거로 그 반대되는 결론을 내릴 수 있다고 본다. 그런가 하면, 정병헌(78,)에 의해 그의 사설 속 인물들이 합리성을 띠어 가고 있다는 점이 지적되고, 박명희(28,)에 의하면 모순이 사라지고 신분에 맞는 행동을 하는 인물로 묘사가 됨으로써 사실성을 얻게 되는 것으로 해석된다.

신재효는 되도록 사리에 맞도록 내용을 개작한 흔적을 보이고 있음은 사실이다. 이를 두고 강한영(4,), 정병헌(79,) 등은 상황에 맞도록, 실현 가능하도록 고친 것으로 이른바 이면에 맞게 개작한 것으로 본다. 그러나 김흥규(23,), 인권환(69,) 등은 이 같은 서사적·윤리적 합리성은 상층 지향적 태도의 반영으로서 서민적인 발랄성을 포기하고 규범성을 지향한 것이며, 이는 그의 신분상승 욕구와 상황에서 연유한 것으로 본다.

합리적 태도 한 가지만을 두고 논의되는 것은 아니지만 신재효의 사설을 두고 광범위하게 이루어진 논의 가운데 하나는 그의 계층 의식에 관련된 것이다.

김흥규(23,) 인권환(69,)은 신재효의 사설이 드러내는 성격이 여러 면에서 상층지향적인 것으로 본다. 따라서 근대의식의 산물로 볼 수 있는 판소리를 오히려 봉건적 질서와 중세적 가치로 퇴행시키고 말았다는 것이다. 이 같은 평가는 신재효가 대원군에게 원납전(願納錢)을 바치고 신분상승을 꾀했던 사실과 관련하여 논의된다.

이 점에 대해 임진택(70,)도 역시 같은 입장의 평가를 내리고 있으며, "판소리에 양반층의 보수적·봉건적 가치의식을 매개하여 판소리 본래의 근대적·평민적 현실의식을 교묘히 왜곡 호도한다."고 비판하고 있다. 임형택(71,)은 「토별가」가 '충(忠)'을 표방한 쪽으로 개작된 점에서 같은 판단을 내린다.

그러나 정병헌(79,)은 그의 사설이 양면성을 지니고 있으며 이는 판소리가 지니는 양면성과 같이 대응을 이루고 있는 것으로 본다. 서종문(41,), 정하영(86,), 박명희(28,) 등에 의해서도 확인되고 있는 양면성의 문제는 한 작품 내부, 그리고 여섯 마당 전체의 양면성으로 나눠 생각할 수 있다.

가령 박명희에 의하면, 「적벽가」와 「수궁가」는 서민성을 획득하지만 나머지 작품들에서는 전체적으로는 서민성을 상실하는 쪽으로 기운다. 그런가 하면, 같은 「적벽가」에서도 공명의 묘사는 양반성에 「자탄 사설」은 하층성에 기울어 있는 것으로 서종문(41,)은 분석하고 있다. 한편 정하영은 신재효의 사설에 양반지향적 요소가 있음을 시인하면서 서민예술이 상층문화권까지 끌어들임으로써 민족 예술의 위치로까지 격상된 것이라고 평가하고 있다. 김균태(8,)도 이 같은 논조를 유지하면서 한편으로는 현실 비판이 날카로움을 지적하고 있다.

신재효 사설의 계층성 문제는 앞으로도 상당 기간 여러 측면에서 더 논의될 것임을 예측할 수 있다. 우리의 삶에서 크게 부각되어 떠오르는 문제가 바로 이 대목이기 때문이다. 그것이 그토록 크게 문제가 된다는 자체가 어쩌면 우리가 계층성 자체를 아직도 극복하지 못했다고 하는 반증이 될는지도 모른다. 만약에 그렇다고 한다면 판소리 자체의 중층성이라고 하든, 신재효의 상층지향성이라고 하든, 계층성이라고 하는 것을 어떻게 보아야 할 것인가 하는 점이 문제로 떠오른다. 이른바 계층성 그리고 그것의 표출을 어떻게 적출해 낼 것이며 그 기준은 어떠해야 할 것인가 등의 문제가 선결 과제가 될 것이다.

이 점에서 색다른 고려할 만한 시사를 하고 있는 것이 박희병(34)이다. 그 또한 신재효의 사설에서, 특히 「남창 춘향가」에서 양반의식의 강화 쪽으로 구조 변환이 현저한 점을 지적하고는 있지만, 이른바 계층성을 생각하는 하나의 틀을 새로이 보여주고 있다.

주로 김흥규의 이원성론을 비판하기 위하여 전개된 이 논의에서는, 이른바 서민의식이라고 하는 것을 양반의식과 완전히 대립되는 어떤 것으로 보는 태도는 '추상적이자 비역사적인 이해'라고 지적하고, 역사적 실체로서의 서민의식이란 '상부구조의 이데올로기를 의식과 무의식의 영역에서 모순으로 포지한 채로 보다 높은 통일성과 세계관적 순수성을 향해 역사적 운동을 전개하는 것'으로 규정한다.

비록 똑같은 뜻은 아니더라도, 이른바 계층성이라고 하는 문제를 대립적 구도로만 파악하는 것은 실상에 부합하지 않는다는 말은 타당하다. 계층성이라는 것을 전면에 내세울 때, 두 계층의 인간을 전혀 별종의 것으로 구분하는 태도는 인간의 삶이라는 실상을 바로 본 것인가 하는 반성을 요구하기도 한다.

우리의 삶은 그 어느 계층에 속하건 모순되는 요소들을 지니면서 그 역동적 구조화에 의해서 영위된다는 점을 간과한 채로 진행되는 계층의 배타적 이분법은 문화의 도식화를 넘어서서 실상을 왜곡하는 데로 나아갈 우려가 없지 않다. 신재효의 사설 분석에서 이런 이분법을 앞세우기보다는, 그런 이원성이 있다면, 그것이 어떤 양태로 역동적 구조를 취하고 있는가를 분석하려고 노력하는 것이 삶의 진실과 판소리의 실상에 근접하는 연구가 되지 않을까 전망한다.

5. 남은 문제들

신재효를 둘러싼 연구의 성과는 이 밖에도 상당하다. 그의 사설은 남창·동창의 분화에서부터 연창을 시켰던 것에 이르기까지 소리판에 대한 고려가 신중하게 행해졌다는 것이 서종문(41,)의 견해이고, 각종 민속 연예를 다 수용함으로써 음악적 다양성을 기하고 있음에 주목한 것이 정병헌(79,)의 견해다. 그러나 백대웅은, 그의 사설이 오늘날 하나도 전하지 않고 있다고 하면서 그의 사설은 음악적 고려에 일단 실패했다고 본다. 그의 사설이 '세서' 부르기 어렵다는 김흥규(24,)의 논의도 여기 논거로 원용된다.

이런 모든 점을 종합하면서 신재효의 사설은 판소리 사설에서 통일 정본의 수립에 해당한다고 보는 것이 정병욱(76,), 김재철(17,)의 입장이며, 구비 가창물에서 독서물로 가는 과정에 있다고 보아 판소리계 소설로 가는 교량 단계에 속한다고 보는 것이 서종문(41,), 정하영(86,), 박명희(28,)의 견해다.

이제 이런 연구 성과를 회고하고 앞으로를 전망하는 자리에서 앞에 전제했던 말을 다시 반복하고자 한다. 우리는 그를 터무니없이 위대하게 하거나 깎아내리기 위해서 이런 일을 하는 것은 아니다. 또 누구의 견해에 박수를 보내고 그 반대를 질타하기 위해서 연구를 수행하는 것도 아니다.

우리가 무엇이라고 하든 신재효는 있고 그의 작품은 있다. 그리고 부정되고 부인되면서도 다시 또 부정과 부인의 길을 찾아나서는 연구의 길은 계속될 것이다. 이 사실들은 우리로 하여금 대상의 실상에 충실하지 않는 한 진실을 뒤틀어 놓는 결과를 낳게 되리라는 것을 생각하라고 강조한다.

그러므로 앞으로 우리가 할 일은 자명해진다. 인간의 실상에 대하여, 그리고 우리가 대상으로 하는 삶의 실상에 대하여, 그리고 무엇보다도 판소리의 실상에 대하여, 그 본질에 대한 성찰이 없이 우리가 할 수 있는 일은 아무것도 없으리라는 점에 대한 인식이 선행해야 한다. 판소리는 실로 거대한 실체이며, 그 거대성 때문에 우리는 피차 서로 관심이 다른 영역의 사람들임에도 같은 대상을 연구하는 것이다.

이런 점에서 플라톤이 이미 남겨준 다음의 한 마디는 우리가 해야 할 일에 대해서 많은 말을 줄이게 해 줄 것이다. ─"여러분 한 가지 도구만을 지닌 사람을 경계하십시오. 그는 문제 지향적이라기보다는 방법 지향적인 사람이 되기 쉽기 때문입니다."

IV

창극의 문화적 자리매김

창극문화의 정체와 향방
－창극의 판소리문화적 정체성을 위하여

1. 창극의 본질과 기반

창극은 한국의 음악극

창극(唱劇)이란 여러 사람의 성악가가 배우가 되어 극중의 역할에 따라 한국의 민속음악인 판소리를 무대 위에서 노래함으로써 극의 줄거리가 진행되는 한국의 음악극이다. '창극'이라는 말은 '창(唱)'이라는 말과 '극(劇)'이라는 말이 합해서 이루어진 것이다. 여기서 '창'은 '노래'라는 뜻이지만 일반적인 노래 모두보다는 특히 판소리를 노래하는 것을 가리킬 때 흔히 쓰는 말이고, '극'은 '연극'을 가리키는 말이다. 따라서 창극은 판소리극이라 할 수 있다.

판소리는 한국의 전통 민속음악이고, 이것을 무대 위에서 연극의 모습으로 공연하는 것은 한국만이 지닌 독특한 문화이며, 한국적 음악 전통에 뿌리를 둔 하나의 음악극 양식이라 할 수 있다. 이런 점에서 보면, 창극은 일본의 가부키[歌舞伎]나 중국의 경극(京劇)에 비견할 만하다.

▶ 1990년대 「춘향가」 공연 장면. 창극에서는 가무단이 등장하여 극의 진행을 돕기도 한다. (국립극장 사진)

　배우인 가수는 특별한 수련을 거쳐 판소리를 노래할 수 있는 성악가만이 될 수 있으며, 극의 내용에 따라 남녀 주연과 조연들로 나뉘는데, 그 수는 극의 내용에 따라 다르지만 대체로 20~30명 정도가 중심이 되고, 그 밖에 다수의 인원이 등장할 수도 있다. 음악 연주는 한국의 전통 악기로 구성된 30~50여명의 국악 연주단이 담당하며, 극의 내용에 따라 춤을 담당하는 다수로 구성된 가무단(歌舞團)이 등장하기도 한다.

　공연 작품은 판소리로 전승되어 온 「춘향가」, 「심청가」, 「흥보가」, 「수궁가」 등이 주가 되며, 때로는 한국의 고전소설 작품 가운데서 인기 있는 것을 골라 각색하여 공연하기도 하고, 새로운 이야기를 창작하여 공연하기도 한다. 이 가운데서 가장 인기가 있는 것은 판소리라는 음악으로 전승되어 온 작품들을 공연하는 창극인데, 그 까닭은 이들 작품이 음악으로서 뿌리 깊은 전통을 갖고 있어 음악적 공감성을 지니고 있을 뿐더러 고전소설 작품으로 널리 유통되어 많은 독자들을 지니고 있는 전통성을 지니고 있기 때문이다.

　「구운몽」, 「박씨전」, 「이춘풍전」 등 국문소설 작품이 새롭게 창극으로 번안되어 공연된바 있고, 「이생규장전」처럼 한문소설을 창극으로 꾸며 내기도 한 바 있다. 그런가 하면 아예 새로운 이야기를 창작하여 신재효, 임방울 등 판소리에 관계된 인물의 이야기를 창극으로 공연하기도 하였다.

이러한 공연은 주로 국립 창극단에 의하여 이루어진 것이 특색이다. 이와 흡사한 것으로 국극(國劇)이라는 것도 있으나 창극은 판소리 음악만을 모태로 하는 데 반해 국극은 판소리도 사용하지만 그 밖에 다른 음악도 사용한다는 점에서 차이가 있다.

▶ 김시습의 「금오신화」에 있는 「이생규장전」을 창극으로 공연한 포스터. 이 밖에도 「구운몽」 「박씨전」 등 고전 소설을 창극화 하거나 신재효, 김구 등 실존 인물의 이야기나 동학혁명 등 역사적 사실을 창극으로 꾸며 공연하기도 하였다.

감정이입의 문화

창극은 판소리라는 음악으로 공연되는 연극이다. 판소리는 17세기경에 발생하여 18세기에는 유명한 명창이 배출되고 오늘날에 이르기까지 인기를 얻고 있는 한국의 민속음악이다.

판소리는 한 사람의 성악가와 한 사람의 북 연주자에 의해 공연되는데, 이 성악가를 가리켜 광대(廣大)라고 하고 북 연주자를 가리켜 고수(鼓手)라고 하였다. 광대는 노래하고 고수는 노래에 따라 반주를 한다. 광대는 통상 부채 하나만 손에 들고 노래하는데, 노래 전체는 다양한 선율과 박자에 맞추어 노래하는 '소리'와 일상적인 말로 하는 '아니리'를 뒤바꿔 섞어 가며 이루어진다.

광대는 노래의 내용에 맞추어 적절한 동작과 표정으로 내용에 걸맞는 몸짓을 보이기도 하고, 손에 든 부채를 펴기도 하고 접기도 하여 노래의 내용을 상징적으로 암시하여 흥을 돕기도 한다. 손에 든 부채는 내용에 따라 여러 가지 소도구를 대신하기도 한다. 이러한 몸짓 전체를 가리켜 '발림'이라고 한다.

광대는 「춘향가」나 「심청가」 등 긴 줄거리를 가진 작품을 혼자서 노래하는데 한 작품을 모두 다 노래하려면 4~5시간의 긴 시간이 필요하다. 따라서 한 자리에서 한 작품 전체를 모두 노래하는 경우는 별로 많지 않고 전체 내용 가운데 어느 한 부분을 독립적으로 노래하는 것이 보통이었다.

▶ 오래 전의 북과 북채. 고졸(古拙)스러운 모습에 오히려 정이 간다. (국립극장 사진)

고수는 한국의 고유한 악기인 북을 두드려 광대의 '소리'에 반주를 하는데, 북은 지름 50cm 정도 폭 20cm 정도의 나무를 둥글게 매어 지름이 50cm 정도가 되게 하고 양쪽에 소가죽을 대어 만들며, 한 편은 손바닥으로 두들기고 반대편은 짤막한 나무 막대인 '북채'를 두들겨 연주한다. 고수는 반주만 하는 것이 아니라 광대의 가창 능력에 대한 칭찬, 내용에 대한 동의의 표시, 광대와의 대화 등 다양한 방식으로 공연의 분위기를 돋우는 역할도 한다.

이처럼 판소리 공연의 분위기를 돋구는 것을 가리켜 '추임새'라고 하는데, 청중들도 고수와 마찬가지로 추임새를 함으로써 흥을 돋우었다. 따라서 판소리의 공연은 가수, 고수, 청중이 모두 한데 참여함으로써 공연이 이루어지는 유기적 장(場)이라는 점이 특색이다. 이 점은 가수의 노래가 진행되는 동안에는 숨을 죽이고 듣다가 끝나면 박수를 치는 것이 고작인 서양의 공연 관습과는 매우 판이하며, 이런 점에서 판소리는 그 판에 참여하는 모든 사람이 공동으로 이루어내는 음악이라는 점에 특색이 있다.

창극이 연기자와 관객 모두의 동참에 의해 전개된다는 특성은 여타의 공연문화에서 보기 드문 점이다. 그리고 이런 특성 때문에 창극은 공감(共感)하고 일체(一體)가 되는 문화의 장(場)이며, 이를 일러 감정이입(感情移入)의 기제를 기반으로 하여 형성되는 문화라고도 할 수 있다.

판소리가 기반인 음악극

판소리 음악은 박자를 가리키는 '장단', 가락의 짜임새에 따라 형성되는 '조', 가수의 음질에 따라 달라지는 '성', 발성법에 따라 구분되는 '목' 등의 다채로운 음악적 장치가 있어 음악적 표현성은 물론 세련미와 다양성을 동시에 보여준다.

판소리의 장단은 크게 나누어 진양조, 중모리, 중중모리, 자진모리, 휘모리 등이 있다. 이 장단들은 박자, 빠르기, 북 치는 법이 서로 다른데, 진양이 가장 느리며 휘몰이가 가장 빠른 장단이다. 노래말의 내용에 따라 한가하거나 비장한 데서는 느리게, 긴박하고 격정적인 데서는 빠른 장단이 서로 어울려 조화를 이룬다. 이상의 다섯 가지 장단 이외에도 엇몰이, 엇중몰이 등의 장단도 널리 사용되는데, 같은 빠르기의 장단이라 할지라도 노래의 시작과 중간 그리고 끝에 따라, 노래말의 내용과 분위기에 어울리게 북을 치는 세기와 방법에 여러 가지 변화를 구사하여 조화를 이룬다.

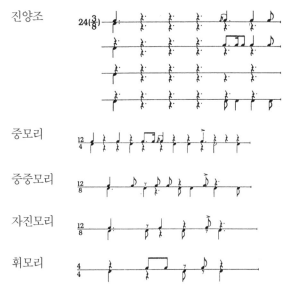

　'조'는 구성음, 선율의 짜임, 악상(mood) 등 여러 가지 요소에 의해 결정되는데, 우조(羽調), 평조(平調), 계면조(界面調) 등이 대표적이다. 서양 음악에 장조(長調)와 단조(短調)가 서로 다른 것처럼 평조는 화평하고 편안하며, 우조는 맑고 씩씩하며 거세고, 계면조는 매우 슬프다. 따라서 계면조는 슬픈 장면이나 여자의 거동을 묘사할 때, 우조는 장엄하고 유유하거나 남성적인 것을 묘사할 때, 평조는 기쁘고 흥겨운 장면에 주로 어울린다.

　'성'은 '성음'이라고도 하는데 '목'과 함께 목소리의 특질을 여러 가지로 분류하여 가리킨다. 강약(强弱)이나 명암(明暗)의 변화 없이 마구 지르는 소리인 '통성', 쉰 목소리처럼 컬컬한 목소리인 '수리성', 튀어 나오는 듯한 목소리인 '천구성' 등이 있다. 또 발성법에 따라 목청을 좌우로 젖혀 가면서 힘차게 내는 소리인 '아귀성', 느긋하게 스르르 푸는 목소리인 '푸는 목', 서서히 몰아들이는 소리인 '감는 목', 소리의 어떤 요점을 맛이 있게 찍어 내는 목소리인 '찍는 목' 등 40여 종의 목을 구분하기도 한다.

판소리의 성악가는 이러한 창법, 표현 기교, 음질, 발성법 등을 공들여 수련하여 판소리의 음악을 습득하였으며, 여기에 전승의 계보에 따라 음악적 특성을 달리하는 동편제(東便制), 서편제(西便制), 중고제(中古制) 등이 있어 이러한 모든 요소들을 습득하여 능력을 가져야만 능력 있는 성악가인 '명창'이 될 수 있었다. 판소리의 음악적 요소가 이처럼 수준이 높고 다양하기 때문에 옛날의 광대들은 대체로 20~30년의 수련을 쌓아야 비로소 명창이 될 수 있었다고 한다.

이처럼 수준 높은 판소리의 음악성은 한국의 음악적 우수성을 보여줌과 동시에 한국의 민중들이 음악 문화에 깊은 소양을 가지고 있었음을 보여 준다. 이러한 소양과 전통에 힘입어 판소리는 전승·발전하여 왔으며, 창극은 그러한 판소리의 전통 위에서 연극적 구조를 갖추었다고 할 수 있다.

전하는 바에 의하면 예전에는 판소리 곡목이 열둘이었다고 하지만 지금까지 노래가 남아 전하는 것은 「춘향가」, 「심청가」, 「흥보가」, 「수궁가」, 「적벽가」의 다섯이다. 이 가운데서 「적벽가」는 창극으로 공연되지 않았으며 나머지 네 편이 주로 공연되었다.

창극의 문학적 기반

창극의 모태인 판소리가 한국의 민중들로부터 많은 공감과 인기를 얻을 수 있었던 기반은 판소리를 이루고 있는 노래말이 전통에 깊은 뿌리를 내리고 있었기 때문이다.

창극으로 공연되는 네 편의 판소리는 모두 한국의 고대설화를 기반으로 형성되었다. 따라서 한국의 민중들은 그들의 생활 속에서 맛보는 기쁨과 슬픔을 형상화한 이야기를 노래로 들으면서 친숙감과 공감을 느낄 수 있었다.

더구나 창극으로 공연되는 네 작품의 주제는 「춘향가」가 남녀간의 진실한 애정(愛情) 문제를, 「심청가」가 부모에 대한 효(孝)의 문제를, 「흥보가」가 형제간의 우애(友愛) 문제를, 「수궁가」가 임금에 대한 신하의 충성(忠誠) 문제를 다루고 있어 전통적인 윤리 의식을 환기해 주므로 더욱 더 가치 있는 이야기들로 여기게 되기도 하였다. 이 밖에 「적벽가」는 중국의 소설인 「삼국지연의(三國志演義)」의 한 부분을 떼어 판소리로 각색한 것이다.

판소리의 노래말은 한국 고유어의 독특한 맛을 느낄 수 있도록 표현한 부분이 있는가 하면, 중국의 고사성어나 한문 구절을 빌어다 표현한 것이 많아서 판소리가 형성된 조선조 후기의 문화가 한문을 통하여 문자 생활을 했던 옛모습을 보여 주기도 한다. 이처럼 고유어와 한자어의 교묘한 뒤섞임과 어울림이 판소리 어법의 한 특징이라고도 할 수 있다.

예로부터 전해 온 설화를 바탕으로 판소리가 이루어지고, 이 판소리가 널리 민중들의 사랑을 받으면서 이것이 소설로 발전하였으므로 한국 고대소설 가운데서 이러한 작품들을 가리켜 판소리계 소설이라고도 한다. 판소리계 소설은 특히 18~19세기 들어 나무판에 글자를 새겨 이것을 가지고 인쇄한 목판본(木板本)의 출판이 왕성해지면서 널리 보급되기도 하였다. 따라서 판소리가 모태가 되어 이루어진 판소리계 소설은 한국 고대소설의 대명사처럼 여길 정도가 되었다.

창극이 판소리를 모태로 이루어질 수 있었던 까닭은 이처럼 민중들에 널리 알려지고 친숙해진 소설의 보급도 한 몫을 하였다. 판소리의 내용이 소설과 비슷할 정도로 서사적(敍事的) 특징이 두드러졌기에 창극은 이를 극의 형식으로 각색만 하면 무대에 올릴 수가 있었다.

연극으로서의 창극

판소리는 한 사람의 성악가가 혼자서 노래하는 것이었으나 이를 여러 사람의 성악가에게 나누어 노래하도록 엮어 이를 무대에서 공연하는 것이 창극이다. 창극은 20세기 초에 비로소 시작이 되었으며, 그 뒤로 널리 사랑을 받으면서 발전하여 왔다.

본래 한국의 연극에는 탈춤 또는 가면극(假面劇)이라고 하는 전통적인 양식이 있었는데, 창극은 이러한 전통극과는 또 다른 특색을 지닌 음악극으로서 20세기에 유입된 서양 무대극의 영향을 상당 부분 받은 것도 사실이다. 전통극은 주로 야외에서 공연을 하였음에 비하여 창극은 서양식의 무대를 만들어 공연하게 된 것도 그러한 영향 때문이다.

초기의 창극은 간단한 무대 배경을 두고 진행되었으며, 때로는 그냥 포장만 친 앞에서 공연을 하기도 하였다. 음악 반주도 판소리처럼 한 사람의 고수(鼓手)가 극 전체의 반주를 담당하기도 하였다. 이처럼 단순한 무대 구성에도 불구하고 창극이 인기를 얻을 수 있었던 것은 배우로 나오는 성악가들이 음악적으로

▶1990년대 창극 공연. 창극 「심청가」 중 동냥 젖 얻어 먹이는 장면. (국립극장 사진)

우수하였고 이야기의 내용도 친숙했기 때문이었다고 할 수 있다.

그러던 것이 현대로 오면서 차츰 세련된 무대 배경을 갖추게 되었는가 하면, 반주도 고수만이 아니라 국악을 연주하는 관현악단이 연주를

하고 새로운 음악을 작곡하기도 하여 다양한 변화를 보이게 되었다.

오늘날 창극을 공연하는 단체는 전통 창극의 보존과 발전을 위하여 한국 정부가 지원하는 국립창극단이 국립극장 산하 단체로 활동하고 있으며, 매년 2회 정도의 공연을 하고 있다. 이 밖에 민간 단체에서도 전통 혹은 창작 창극을 공연하고 있으나 그 정도가 활발하지는 못한 형편이다.

또 창극의 공연이 끝난 뒤에는 창극 공연의 구성원들과 이 방면의 학자들이 모여 공연의 성과를 평가하고 창극의 발전을 위한 모색도 활발하게 하고 있다. 이러한 활동에 힘입어 창극은 한국의 고유한 음악극으로서 발전을 거듭해 나아갈 것이다.

2. 창극문화를 위한 제도적 장치

창극을 위한 역할 분담 논리

창극은 국립극장(國立劇場)의 국립창극단(國立唱劇團)을 중심으로 공연이 이루어져 왔다. 말하자면 국가적 지원을 바탕으로 창극이 공연된 것이다. 그러기에 그 흥행의 성패에 무관하게 창극은 지원을 받았고 그에 힘입어 계속적으로 공연이 가능해 왔다. 그런데 국립극장과는 별개로 국립국악원(國立國樂院)이 있어서 창극과 관련한 어떤 역할을 담당해야 하지 않을까 하는 문제가 논의되기도 한다.

그렇다면 창극 보존의 영역에서 국립국악원이 맡을 역할이 무엇인가 하는 문제가 떠오르게 된다. 이 문제는 창극의 보존이 논의되는 근거가 무엇인가 하는 문제와 맞물려 있어서 보존의 성격을 규정하는 문제가 되리라고 본다. 세상만사가 모두 그러하듯이 목적이 방향을 규정하고 그 방향이 다시 실천을 규정하게 된다는 점을 생각하면 역할의 분담을 논의하기 앞서서 이 문제를 분명하게 해야 할 것이다.

국립극장이나 국립국악원이나 다 국가가 제도로 이 방면의 진흥을 담당하게 하려는 의지의 실체라 할 수 있다. 따라서 국립국악원은 국립극장과는 다른 역할을 담당하게 하는바, 그 역할이 창극의 보존이라는 주장이 있다. 그렇게 해야 할 근거로 창극을 공연하는 자생적(自生的)인 창극단이 존재하지 않는 사실을 들기도 한다. 그러니까 전통으로 계승되어 온 창극은 보존되어야 하며, 그 일을 국립국악원이 맡아야 한다는 것이다.

이러한 전제를 바탕으로 하면서 제시하는 방안은 상당히 구체적이기도 하다. 즉, 전통성의 보존이라는 방향과 목적을 위해서는 창극을 위한 무대의 확보와 인력 확보의 필요성을 주장하기도 한다. 이는 매우 적절하고 필요한 방향의 제시가 아닌가 한다. 창극을 위해 적절하고 유용하며 효율성이 있는 무대를 확보한다는 것은 외형적 조건 또는 여건을 마련하는 일이며, 그에 필요한 인력을 확보하는 것은 그 방향을 구체적으로 실천할 수 있는 능력의 확보에 해당하기 때문이다.

특히, 창극의 대본을 소리, 아니리, 춤 등을 고루 구사할 수 있도록 만들어 낼 수 있는 천재적 능력을 지닌 작가의 확보라든가, 이를 작곡하고 연출하며 또 연기해낼 수 있는 작곡가, 연출가, 연기자의 확보가 우선적으로 필요하며, 이러한 작업들은 단연코 창극의 전통성을 보존하는 쪽으로 나아가기 위해서도 창우(倡優)의 공연문화에 뿌리를 박고 이루어져야 한다는 점을 지적하고 있다. 그것이 보존으로서의 개발이라고 하는 관점에도 그 나름의 타당성이 있다.

창극은 보존되어야 하는가

그러나 거기에도 문제가 없는 것은 아니다. 창극의 문화적 본질을 어떻게 보는가, 삶과 문화의 관계를 어떻게 보는가, 문화를 육성한다는 것은 어떻게 하는 것이라고 보는가에 따라 논의의 방향은 달라질 수 있기 때문이다.

우선, 그것이 어떤 기관이건 그 역할이 창극의 전통성을 보존하는 데만 모아져야 한다는 목표가 말처럼 쉽지는 않으리라는 생각이 든다. 잘 알려진 바와 같이, 문화란 언제나 이중적인 성격을 지니고 있다. 언제 어느 시대건 문화는 모방(模倣)과 창조(創造)라고 하는 모순된 속성을 내재적 본질로 한다는 점이 그것이다.

창극이라는 실체를 두고 생각한다 해도 그것이 금세기 초에 새로이 등장한 양식임을 부인하기는 어려울 것이며, 창극의 저층(底層)을 이루고 있는 판소리라는 예술 양식만 하더라도 조선조 후기 사회에 와서 등장한 것임을 우리는 알고 있다. 말하자면 창극의 등장 자체가 변화로 서의 문화라는 측면을 강하게 시사하고 있는 것이면서 그 바탕에는 이미 있던 질서로서의 문화를 모방한다는 속성을 내포하고 있는 것으로 보아야 할 것이다.

그렇다면 이러한 이중성의 본질을 외면하기 어려운 창극문화에서 그 이중성의 한 측면인 모방 또는 보존만을 겨냥하는 일이 꼭 필요할 것 인가? 혹은 보존이라는 유일한 방향에 목표를 내걸고 거기에만 매달리 는 일이 실천적으로 과연 가능할 것인가에 대해서는 심사숙고할 필요 가 있지 않을까 한다.

더구나 보존을 추구하는 기관의 목표가 우리 음악의 박물관적 기능 에 한정되어 있는 것인지에 대해서는 아는 바가 없다. 그러나 상식적으 로 생각해 본다면, 우리 음악 문화의 보존과 창달은 필연적으로 병행되어야 할 일이 아닌가 한다. 우리 음악은 우리 사회 구성원들의 것일 때 비로소 그 값어치가 있을 것이라는 일반론을 생각할 때 이 문제가 분명해진다.

문화적 시각의 정립과 실천

다소 흐릿하게 보일 수도 있는 이런 식의 진술을 하는 것은 문화의 창달을 논하는 데 거시적(巨視的) 안목과 미시적(微視的) 안목이 공존할 수 있기 때문이다. 전자의 입장에서 본다면 투철하고 명명백백한 전문성의 집단이 사회 각처에 산재함으로써만 민족 문화 전체의 종합성을 이룰 수 있다는 논리가 가능하다. 이런 입장에서 본다면 창극의 경우도 보존하는 집단 따로, 창조하는 집단 따로, 각기 그 전문성을 극대화할 때 우리 사회 총체적인 문화로서의 보존과 창조라고 하는 속성을 확보할 수 있다는 주장이 가능할 것이다.

그러나 후자의 관점에서 본다면 어떠한 문화 형태든지 그 속성상 고정 불변의 실체란 있을 수 없다는 점이 강조될 것이다. 특히 음악문화처럼 무형(無形)의 유기체인 경우는 이런 속성이 더욱 강조되기 때문에 순수한 의미의 보존이란 있을 수 없다는 주장으로까지 나아가기도 할 것이다. 죽어버린 문화가 아닌 한 고정된 문화란 있을 수 없다는 본질을 도외시할 수가 없다는 생각에 입각해서 보면 이런 미시적 입장에 동의할 수밖에 없다.

보존을 주장하는 사람들도 보존을 강조하기는 하되 그러면서 동시에 개발(開發)이라는 용어를 사용하는 것을 흔히 보게 된다. 이로 미루어 짐작컨대는 보존을 강조하는 사람도 고정 불변의 답습(踏襲)이라는 개념으로 전통성 또는 보존을 논의하고 있는 것 같지는 않다. 보존에도 변화가 수반될 수밖에 없다는 점은 문화의 속성상 불가피한 것이기도 하기 때문에 그 어느 쪽에 더 중점을 두느냐 하는 것은 오히려 비중의 문제로 생각하는 것이 옳을 듯하다.

다음으로, 창극은 제도가 공연하는 것이 아니라 사람이 하는 일이라는 점에 대해서 주목할 필요가 있다. 필연적으로 생각해야 할 문제가 창극의 소프트웨어라고 할 수 있는 인력의 확보라고 할 수 있다. 창극의 보존이건 개발 또는 창조건 가장 중요한 것이 인력의 확보라는 것은 재론의 여지가 없을 것이다. 더구나 문화를 이루어나가는 주체가 사람이라는 점을 생각하면 그 필요성이 더욱 분명해진다.

그러나 다 같은 말이긴 하지만 인력의 '확보(確保)'라는 말을 인력의 '양성(養成)'으로 바꾸어 표현하는 것은 어떨까 한다. 필요한 인력을 길러내야 한다는 점을 강조하고자 하는 뜻에서다. 판소리문화를 담당할 능력을 갖춘 인력을 연수 교육시키는 부서가 필요하며 바로 이 부분이 창극에 관계된 정책의 최고 최대 목표로 강조되어야 한다고 생각한다. 그리고 이러한 역할을 어떤 기관이 맡는다면 앞서 논의한 보존 지향의 문제도 그 성격을 명백히 할 수 있으리라고 생각한다.

우리 사회의 곳곳에 넘쳐나는 근심스러운 풍조 가운데 하나가 성급함이라는 점을 생각한다면, 인력의 확보라는 말 대신에 '양성'이라는 말을 앞세울 필요성은 자명해진다. 명창 한 사람을 길러내는 데 얼마만한 세월이 필요한지를 모르지 않는 우리 사회가 문화에 관해서 논의할 때도 최단기간에 성과를 거두어내기를 소망한다면 그것은 참으로 염려할 만한 일이다. 눈앞에 보이는 성과만을 겨냥하는 태도를 지양(止揚)해야 한다는 결론이 여기서 재강조되고 음미되어야 하리라 믿는다.

판소리는 전통적으로 구전심수(口傳心授)의 교육 방식을 바탕으로 사사(私事)의 형식으로 교육과 전승이 이루어져 왔다. 그러기에 그 성과는 미미할 수밖에 없었다. 이 시점에서 중요한 것은 교육방법의 쇄신과 교육적 장치의 활성화라 할 수 있다. 따라서 창극의 기반이 되는 판소리의 습득과 연행, 그리고 창극으로 형상화해 낼 수 있는 능력의 함양 등을 위한 교육의 과정과 방법이 고안되는 것은 보존의 맨처음 단계에서 진지하게 고려되어야 한다.

3. 창극의 미래를 위한 제언

연구가 있어야 발전한다

이와 아울러 국립국악원이 고려해야 할 사항은 연구의 기능이 아닌가 한다. 이는 인력의 양성 과정에서 자연스럽게 성취될 수 있는 부분이기도 하지만, 특히 창극에서의 대본 작성이나 작곡 그리고 연출의 우수성이 더욱 요청된다는 점을 감안한다면, 연구의 기능에 중점을 둠으로써 그 목적을 효과적으로 수행할 수가 있지 않을까 한다.

이는 창극의 저층을 이루고 있는 판소리가 갖고 있는 양식적 특성과도 부합되는 측면이 아닌가 한다. 판소리를 문학적으로 규정할 때 '적층문학(積層文學)'이라는 말을 쓰는 것은 더늠이 모이고 바디가 모여서 작품의 각편을 이루고 있다는 사실에 기반하고 있다. 따라서 한 사람의 천재적인 작가나 작곡가 또는 연출가에 못지않게 이를 뒷받침하고 개발해 나아갈 집단적 사고가 필요하리라고 본다.

특히 창극에 관한 한 대학이나 연구기관이 따로 특별한 관심을 표명하지 않는 현실을 감안할 때, 국가 기관이 이런 역할을 맡을 필요성은 더욱 증대된다 하겠다. 특히 그것은 지속적이고도 장구한 계획 아래 실천됨으로써 효과를 거둘 수 있지 않을까 한다. 이러한 공동참여가 제도적으로 마련된다면 예술가의 천재성과 이론가의 분석력이 조화를 이룰 수 있지 않을까 한다.

그 구체적인 사례로 공연장의 문제를 생각해 볼 수도 있겠다. 여러 차례 많은 사람에 의해 지적된 바이지만 창극을 위한 무대의 필요성은 재론의 여지가 없을 것이다. 그러나 그 무대가 어떠한 모습이어야 할 것인가에 대해서는 분명한 전망이 서 있다고 하기 어렵다.

물론 창극이라는 것이 형성된 자체가 서양의 근대극(近代劇)이나 신파극(新派劇)의 도입과 무관하지 않기는 하지만, 그렇게 수입된 무대의 형식이 판소리를 바탕으로 한 창극에 꼭 적절한 형태인가에 대해서는 누구도 자신 있게 말하기가 어려울 것이다. 특히 '제4의 벽'의 원리에 입각한 서구식의 무대가 협동성을 필요로 하는 창극과 어떻게 연합할 수 있겠는가 하는 점도 따져져야 한다.

그러면서도 창극이 상업성(商業性)이라는 측면과 밀접한 연관을 가질 수밖에 없는 공연예술이라는 점도 고려되어야 한다. 이 두 가지는 이론적으로 충돌을 일으키는데, 그렇다면 창극 공연장의 형태 문제는 치밀한 이론적 분석과 창조적 실험을 요하는 부분이 아닐 수 없다.

이를 위해서도 막연히 기존 관념의 극장을 하나 더 갖는 것보다는 지속적이고 실천적인 연구와 실험을 통해서 형태의 모색이 선행해야 할 것이며, 그 중대한 역할의 수행은 연수와 연구의 두 기능을 아우를 수 있는 쪽에서만 성취할 수가 있으리라고 보는 것이다.

문화적 공동성의 확보가 필연

이제 이 논의를 마감하면서 우리가 맨처음에 생각해 본 문화의 속성과 관련된 문제 하나를 제기하고자 한다. 오늘날 창극을 공연하는 자생적(自生的) 극단(劇團) 하나가 없다는 현실이 여러 사람에 의해 지적된 바 있지만, 창극의 창달을 위해서라면 창극의 저층을 이루고 있는 판소리적 소양의 일반화 또는 대중화가 무엇보다도 선행되어야 하지 않을까 하는 생각이 든다.

흔히 말하듯이 소리 명창이 있기 위해서는 귀명창이 있어야 한다는 대전제가 사상(捨象)된 채로 창극이 홀로 우뚝 서기를 기대하기는 어렵다는 점이다. 특히 서양음악을 '음악(音樂)'이라고 하고 우리 음악을 '국악(國樂)'이라고 하는 현실을 생각할 때, 그렇다면 창극의 관객은 주로 어떤 사람들인가에 대한 분석에 기초하여 그 미래에 대한 계획을 수립할 필요가 있지 않은가 한다.

이러한 문제는 북한이 이미 판소리를 제거한 채로 나름대로의 창극문화를 형성해내고 있다는 점과 관련해서도 의미심장하다고 생각한다. 미구에 올 통일을 위해서도 그리고 그 통일을 앞당기기 위해서도 판소리문화를 바탕에 둔 창극의 개발은 민족문화 창달의 이름으로 꼭 필요하고, 그 일만은 우리가 담당할 수밖에 없는 현실에 서 있다는 사명감도 여기에 첨가해야 할 것이다.

모든 문화가 그러하지만 창극은 판소리문화에 뿌리를 둔 것이기 때문에 판소리문화의 일반화를 전제로 할 때 창극도 창달될 수 있다는 인식이 필요할 것이며, 나아가 동적(動的)이고 촉박한 나날의 삶을 이어갈 수밖에 없는 현대인 또는 미래인들의 발목을 어떻게 붙들어서 이에 주목하게 할 것인가에 대한 천재적이고 분석적인 천착이 매우 중요한 몫을 하리라고 본다.

이를 위해서는 정말로 지속적이고 장기적인 노력이 필요할 것임을 다시 한 번 강조해도 망발은 아닐 것이다.

4. 창극 세계화의 한 길

창극 번역의 어려움

국립극장이 전통 창극의 보존과 발전을 위한 사업의 일환으로 널리 펴기 위하여 창극의 대본을 번역 보급한 바 있다. 영어, 불어, 일본어로 번역된 사업은 창극의 이해를 세계로 넓힌다는 점에서 매우 의의 있는 일이었다. 그 일을 맡아서 추진하면서 생각할 수밖에 없는 여러 가지 문제가 있었다.

창극의 대본을 세계에 소개하는 일의 취지는 백 번 훌륭하지만 실제로 번역 하는 일에는 많은 어려움이 있었다. 외국어로 번역하는 일은 어느 것이나 쉽지가 않지만, 창극처럼 한국의 고유하고 독특한 표현들을 옮기는 일은 더 더욱 어려움이 많을 수밖에 없었다. 언어의 차이는 곧 문화의 차이이기 때문에 창극이 지닌 언어의 아름다움을 그대로 전하기는 어려운 것도 사실이다. 그러나 외국인들로 하여금 한국의 창극을 이해할 수 있게 하려면 몇 가지 원칙을 세울 필요가 있다.

▶ 창극 「춘향가」, 「흥보가」, 「심청가」, 「수궁가」 네 작품의 대본을 영어로 번역하여 국립극장이 1995년에 펴낸 영역본의 표지. 뒤이어 일어판, 불어판이 간행되었다.

첫째, 한국의 고유한 창극을 외국어로 이해하기는 매우 어렵기 때문에 이해를 도울 수 있도록 다양한 설명과 자료를 내용으로 수록하는 일이 필요하다. 이를 위하여 책의 한

면에서 1/3 가량은 그러한 설명을 위한 자리로 남겨 두어 여기에 필요한 설명이나 그림 또는 사진 등을 곁들여 이해에 도움이 되도록 하는 것이 효과적이다. 언어의 차이는 곧 문물의 차이이기도 하므로 글과 그림으로 충분한 설명을 하여 그 문물 자체를 이해시킬 수 있을 때 번역된 내용이 효과적으로 전달될 수 있다.

둘째, 고유명사나 특별한 용어는 그대로 옮기되 이태리체로 표기하고, 그에 대한 설명을 그 옆에 배열하여 얼른 이해할 수 있도록 할 필요가 있다. '춘향(春香)'은 한자로 표기되면 그 나름의 뜻을 지니지만 일단 로마자로 표기되면 뜻을 잃은 소리로 둔갑해 버린다. 이런 점을 고려하여 그 한자어가 지닌 뜻을 풀이해 주는 것은 이야기의 지향과 분위기를 이해하는 데 도움이 될 것이다.

셋째, 창극은 노래로 이루어짐과 동시에 필요한 만큼의 대사도 사용된다. 따라서 창극을 구성하는 노래 부분과 말 부분은 구분할 수 있도록 노래 부분은 판소리의 장단을 표시할 필요가 있다. 오늘날 필사본으로 전해지는 판소리 창본의 대부분이 아니리

▶ 창극 영역본 중 「심청가」 시작 부분 (국립극장 간행)

와 창의 장단을 명기(明記)하지 않음으로써 자료로서의 가치를 많이 상실하고 있음을 고려하면 이러한 일의 필요성이 드러난다. 또한 창극은 판소리 음악으로 진행된다는 기본 골격을 이해하는 데도 명료한 표기

가 도움을 줄 것이다.

넷째, 창극에는 판소리에 사용되는 여러 가지의 한국 고유어들이 등장한다. 이 중에는 한국어의 음과 뜻을 교묘하게 이용하여 이중적인 의미를 나타내는 표현도 있고, 민중들이 사용하는 비속어(卑俗語)나 욕설 등도 있다. 이러한 표현들을 그 의미와 느낌이 그대로 전해지도록 번역을 하는 일은 거의 불가능에 가까운 일이라 할 수 있다. 따라서 이러한 표현들도 그 맥락에 따라 표현 의도와 느낌을 살리는 데 중점을 두어야 한다. 또 필요한 경우에는 별도의 설명을 마련하여 이해를 도울 때 효과가 높아진다.

다섯째, 한자로 된 숙어(熟語)나 한문 고전(古典)의 인용은 한자문화권에서는 통용될 수 있으나 서구어로 번역하기 어려운 부분이다. 따라서 그 의미의 전달에 중점을 두어 번역하되 표현 의도와 특질을 이해할 수 있는 설명을 하도록 배려할 필요가 있다. 그 설명에는 그 말이 사용되는 범위나 맥락적 의미 등 이해에 도움을 줄 수 있는 요소를 모두 포함하는 것이 바람직할 것이다.

세계화의 의의와 방향

이처럼 여러 가지로 노력을 하더라도 창극이 지닌 여러 요소와 특질이 번역의 과정을 거치는 동안에 희석되고 약화될 것만은 분명하다. 특히 창극이 한국의 문화로서 고유한 특색을 지니고 있다는 점에서 그 문화적 특성까지를 그대로 살린 번역이 현실적으로 불가능하다는 것도 이러한 일에 큰 부담이 될 수밖에 없다.

이처럼 문제가 많기는 해도 그 일은 필요하다. 창극 대본을 외국어로 번역하는 뜻은 외국인들로 하여금 한국 고유문화로서의 창극을 이해하는 데 앞서서 관심부터 갖게 하려는 것이라고 생각할 필요가 있다.

관심이 생기고 나면 이해는 그 뒤를 따르게 된다. 우리가 외국 문화에 관심을 갖는 계기가 완전한 이해보다는 이국적(異國的)이라는 느낌에서 출발한다는 점을 생각하면 이 점이 이해가 된다.

문화의 세계화는 저절로 오는 것이 아니라 우리가 세계로 발돋움하려는 노력이 뒷받침될 때 길이 열릴 수 있다. 창극의 번역 작업을 그래서 필요한 일이며 그 일을 제대로 하는 일에 대한 궁리와 논의도 이 방면에 관여하는 모든 사람의 일이 될 것이다.

창극문화의 초점
-창극 무대에 거는 기대

1. 「박씨전」의 변신과 창극의 변신

박씨와 고난의 삶

「박씨전」은 풍요로운 상상력의 산물이다. 대부분의 고전소설이 그러하듯이 「박씨전」도 지은이가 누구인지를 알 수 없다는 점에서 우리 민족이 함께 창작하고 함께 지녔던 보편적 상상력의 산물이다.

우선 주인공인 박씨(朴氏)의 용모부터가 그렇다. 그는 금강산에 사는 박처사(朴處士)의 딸이다. 그런데 하늘에 죄를 지은 결과로 쳐다보기 어려울 정도의 박색(薄色)에다가 어깨 위에 두 혹이 매달려 있을뿐더러 몸에서 견디기 어려운 악취까지 나는 인물이다.

여인이, 그것도 젊은 여인이 이토록 추악한 용모를 하고 있다는 것은 질곡(桎梏)이다. 욕망은 억제되어야 하고, 권리는 유보되어야 하며, 한 인간으로서의 역할조차 제한된다. 소유할 수 있는 것이라고는 오로지 가혹한 의무와 운명의 시련뿐이다.

그러나 이 이야기는 실제로 있었거나 있을 사실이 아니라 상징일 따름이다. 그 흉한 용모에서 비롯되는 온갖 장애와 시련은 우리 삶이 지니고 있는 고난과 갈등의 변형된 상징이라고 봄이 옳다. 길 가는 사람들을 막고 물어보자. 이 세상에 괴로움이 없는 자가 누구이며, 시련에 처하지 않은 자가 누구인지를! 우리 모두가 불완전한 인간이기에 정도의 차이는 있을망정 '박씨'와 똑같은 고난 속에 사는 존재들이다. 그래서 「박씨전」은 이런 삶의 진리를 일러주는 상징이다.

그래도 박씨는 좌절하지 않고 그 삶을 누려간다. 강원도 관찰사와 이조판서를 역임하는 이득춘의 아들 이시백과 혼인을 하되 그 용모 때문에 아내로서의 역할도 거부당하지만, 박씨는 절망하지 않는다.

절망하기보다는 오히려 신통력을 발휘하기 시작하여 종이에 글을 써서 그것이 금자(金字)로 된 현판(懸板)이 되게 하고, 비루먹은 말을 사다 길러 준마(駿馬)를 만들어서 엄청난 값에 파는가 하면, 남편인 이시백을 장원급제하게 만들기도 한다. 이런 연후에 박씨는 전생의 죄를 면하여 그 흉한 용모의 허물을 벗고 천하일색(天下一色)의 여인으로 모습을 되찾는다.

박씨는 우리 삶의 상징

생각해 보자. 우리 모두가 박씨와 같은 삶을 살아가고 있지 아니한가! 용모거나 재력(財力)이거나 지위(地位)거나 간에 남이 우리를 어떻게 평하고 어떻게 대하는가에 상관없이, 어느 날 박씨가 그러했듯이 남이 우러러보는 모습이 될 것을 꿈꾸면서 살아가는 우리들이 아닌가! 불행의 무게가 우리 삶을 짓누르면 짓누를수록 우리의 꿈과 희망도 용솟음치는 것은 이런 이치다. 이런 점에서 「박씨전」은 우리 삶의 진리를 일러주는 공감의 상징이다.

「박씨전」은 더 많은 진리를 담고 있다. 용모가 일변하여 현모양처가 된 다음 호왕(胡王)이 남편을 해치고자 변장시켜 보낸 여자를 신통력으로 알아내 본색을 탄로나게 하고, 조선을 침략한 용골대(龍骨大)와 용홀대(龍忽大) 형제를 혼내 준 다음, 임경업(林慶業)장군을 인도하여 난리를 무사히 넘기게 만들기도 한다.

여자가 신통력으로 나라의 앞날을 인도한다는 것도 그러하거니와 하늘을 날고 도술을 부린다는 데 이르면 허황하다는 느낌을 받기도 할 것이다. 그러나 조금만 더 깊이 생각해 보자. 힘으로는 도저히 넘을 수 없는 저 산을 새처럼 훨훨 날아 넘어가는 꿈을 꿔 보지 않은 사람도 있는가. 헤어날 수 없는 가난 속에 살면서 홍부의 박씨와 같은 행운이 있어 주기를 행여 바라는 마음은 없는 것인가.

이런 뜻에서도 「박씨전」은 사람마다의 꿈과 소망이 모이고 다져져서 이룬 희망의 문학이다. 그래서 이 이야기는 현실적으로 처참했던 병자호란(丙子胡亂)을 문학적으로 보상할 수 있었던 것이다.

그런 점에서 「박씨전」은 「임경업전」의 자매편이며 「온달이야기」 또는 「임진록」을 비롯하여 「유충렬전」에서 「홍길동전」에 이르는 영웅의 이야기와 형제벌이 된다. 그들은 모두 고난 속에서 성취한다는 점에서 우리 삶의 상징이며 꿈이다. 삶이 고난의 연속이라는 진리를 일러주면서 동시에 꿈을 잃지 말라고 타이르는 이야기이기도 하다.

그러면서도 유독 「박씨전」은 여자가 주인공이라는 점이 특이하다. 조선시대 여자의 삶을 말하라고 하면 칠거지악(七去之惡)을 떠올리면서 굴종(屈從)뿐인 여자의 삶을 말하기도 하지만, 고난의 극복을 통한 삶의 가치 구현이라는 참된 삶의 의미를 보여줌으로써 꿈과 희망인 이상의 여인 박씨를 그려내고 있다. 그 점에서 「박씨전」은 '바리공주'며 '춘향'이나 '심청'과 같은 영웅이다. 그러므로 그것은 우리 삶에서 여성이 맡고 있는 역할을 문학으로 형상화한 것이다. 그것은 진리이며 상징이며 꿈이다.

창극의 변신을 기대하며

이런 「박씨전」을 국립창극단이 창극으로 꾸며 1991년 7월 무대에 올린 바 있다. 이 땅에서 판소리를 바탕으로 한 창극의 역사가 상당함에도 불구하고 그 진전된 모습을 보기 어려웠던 것은 누구나 다 아는 사실이다. 그 이유를 여기서 살필 겨를은 없다. 그러나 우선 전승 5가를 중심으로 되풀이되었던 창극이 작품의 선정부터 그 전과는 달라졌다는 점이 중요하다. 그 점만으로도 종래의 답습을 탈피한 셈이다.

하지만 만만치는 않은 일이었다. 창극에서 고질적인 문제가 되어 왔던 공간의 변화며 인물의 변화가 「박씨전」에서는 더욱 심각하게 고려되어야 했다. 「박씨전」의 이야기를 누구나 다 아는 것 같으면서도 실은 잘 모르고들 있다. 그러니 들려주는 이야기(narrative)로 되어 있는 소설을 보여주는 극의 양식으로 바꾸어 놓는 일은 물론, 소설 그 자체인 작품을 판소리 특유의 어법으로 전환시키는 데도 남다른 역량이 요구되었다. 그 모든 것이 공연의 성패를 가름할 수도 있는 문제들이다.

그래도 기대해 볼 만한 일이고 의의가 컸다. 「박씨전」의 변신 이야기가 어디서 왔는가? 누에고치에서 나방이가 날고, 매미가 허물을 벗고 비상하는 자연의 이법을 알기 때문이 아니었던가. 창극이 새롭게 발전해야 한다는 것도 너무나 지당한 자연의 이치다. 그 일을 위해서 변신의 이야기를 다룬 「박씨전」을 택한 것은 우연일까, 필연일까? 이러한 공연이 '박씨의 변신'에 못지않게 '창극의 변신'으로 나아가는 계기라고 평가할 수도 있다.

이런 뜻을 가진 「박씨전」을 창극으로 무대에 올린다는 것이 갖는 의

미도 생각해 보았다. 창극이라면 전
승되어 오던 5가를 중심으로만 공
연이 이루어지던 것과 다르다는 점
도 생각해 보았고, 이야기로만 듣던
소설을 판소리를 바탕으로 한 연극
으로 꾸미는 점에 어려움이 없지
않을 것도 걱정해 보았다. 이런 일
을 하는 데는 남다른 역량과 고충
이 필요할 것이라는 염려도 해 보
았다.

그러나 「박씨전」에 참여한 모든
분들이 그 일을 일단 성공적으로
해 냈다는 평이 있었던 것은 흐뭇

▶ 국립창극단 제75회 정기 공연 「박씨전」 포스터
(1991년 7월)

하고 기쁜 일이 아닐 수 없었다. 웅장한 무대를 짜임새 있게 운영한 연
출가와 출연진의 열정이 한 편의 드라마를 밀도 있게 이끌어 간 것이
아닌가 한다. 예술은 정열의 산물이라는 말도 되새기게 한 일이었다.

그에 힘입어 「박씨전」은 앵콜 공연도 가졌다. 거듭 박수를 받는다는
자랑을 넘어서서 우리 창극에 의미 있는 한 금을 긋는 계기로 기록될
것이다. 예술은 그것이 무엇을 뜻하건 재미가 있어야 가능하다는 것도
다시 한 번 되새기는 기회가 되었으면 한다. 그 재미의 무게가 어디에
있으며 어떤 성격의 것인가는 별개의 문제일 것이다. 「박씨전」에 나오
는 박씨처럼 추악한 용모로도 이야기를 끌고 가는 매력이 어디에 있는
것인가도 생각하는 기회가 되었기를 바란다.

2. 심청 이야기와 우리 삶의 모습

악인이 없는 슬픈 이야기

‘심청’을 누가 모르랴. 그리고 「심청가」의 내용을 다시 이야기할 필요가 있으랴. 심봉사와 심청이 겪는 고난 그리고 비운, 그로하여 죽음을 무릅쓰는 비현실적인 희생과 그 뒤에 이어지는 광명(光明)의 회복 - 이 간단한 줄거리를 따라 눈물과 웃음이 교차하는 뒤얽힘이 심청 이야기의 전부다. 이것을 모르는 사람이 있다면 아마도 한국인이 아니라 딴 나라 사람일 것이다.

심청 이야기를 두고 우리는 많은 이야기를 할 수 있다. 효성이 인류으로서 얼마나 중요한 것인가를 말할 수도 있고, 지극한 정성은 천지귀신을 감동시킬 수도 있다는 믿음을 확인할 수도 있다. 고진감래(苦盡甘來)라는 만고불변의 진리를 다시 음미할 수도 있고, 윤회전생(輪廻轉生)의 섭리와 ‘버리는 자가 얻을 것’이라는 예언적 가르침의 길을 신봉할 수도 있다.

그러나 그 뿐일까? 심청 이야기가 이런 진리로서의 가치 때문에만 우리의 심금을 울리면서 그토록 오랜 세월을 우리와 함께했던 것일까? 아니다, 그렇지 않다. 그보다는 더 근원적이면서 보편타당한 생각이 이 이야기 속에 담겨 있어 우리가 그토록 친숙하고 감동하게 됨을 알아차릴 필요가 있다.

심청의 일대기라고 할 수 있는 이 이야기를 찬찬히 살펴보자. 이 이야기 속에는 한 사람의 악인(惡人)도 없다. 심청과 심봉사는 인간으로서 차마 견디기 어려운 환난(患難) 속에 있으되 그들이 그리 되도록 만드는 악인은 존재하지 않는다. 강보(襁褓)에 싸인 어린 것을 두고 세상을 떠난 곽씨부인도 악인이라 할 수 없고, 공양미 삼백석을 발설하여 심청이 몸을 팔게 만든 화주승도 악인은 아니다. 심청을 사다가 제수(祭需)로 쓴 남경(南京) 선인(船人)들도 악인이 아니며, 심봉사를 고생시키는 뺑덕어미도 악인과는 거리가 멀다.

이 이야기 속에 악인이 등장하지 않는다는 말은 작품 속에 대립이 없다는 말도 된다. 대립의 부재(不在)—이 점이 서양 사람들이 그들의 인식과 사고방식으로 구축해 놓은 서사 양식의 틀과 어긋나는 부분이다. 그리고 어떤 문화적 틀은 그 틀을 만든 사람들의 사고방식을 반영한다는 점에서 본다면 심청 이야기는 서양의 서사양식이 담고 있는 그들의 세계 인식과 많이 다르다고 할 수 있다.

서양의 비극은 흔히 주동인물(主動人物)과 반동인물(反動人物)이 있어 그 부딪침에 의해 필연적으로 갈등이 야기된다. 갈등과 대립에 의해서 이야기가 전개되는 것은 그들이 삶을 그렇게 보았음을 뜻한다. 그러나 심청 이야기에는 인간적인 대립과 갈등이 보이지 않는다. 그러면서도 이 이야기는 슬프고, 슬프면서도 행복하다. 주인공의 철저한 몰락이나 죽음으로 끝내버리는 서양식의 비극과는 이야기 전개부터가 판이하다. 가해자가 없이도 불행해질 수 있으며, 반목과 갈

▶국립창극단 제76회 정기 공연 「심청가」(1991년 10월) 포스터

등이 없이도 우리의 삶은 고난의 연속일 수 있음을 이 이야기는 보여

준다.

그런 점에서 이 이야기는 세상을 천사(天使)와 악마(惡魔), 선인(善人)과 악인(惡人), 적(敵)과 동지(同志) 혹은 이편과 저편 또는 좌(左)와 우(右)로 철저히 양분하는 인식과는 뿌리를 달리하고 있다. 우리는 모두 더불어 사는 사람들이며 가해자 없이도 얼마든지 불행해질 수 있는 인간이기에 공동운명체적인 동지애를 기반으로 한 것이 이 이야기인 셈이다. 심청의 슬픈 이야기가 오래도록 우리를 감동시킨 이유도 이런 근원적인 공감에 바탕을 두고 있다. 그러기에 심청 이야기는 슬프면서도 행복한 공감을 자아낸다.

철저히 슬프되 웃기는 창극

심청 이야기는 이야기를 엮어가는 방식도 다르다. 이 이야기는 슬프면서도 웃긴다. 이 점도 서양의 비극과 다른 점이다. 심봉사도 이상하다. 처음에는 점잖던 사람이 뺑덕어미를 만나고서는 아주 잡스럽기까지하다. 서양식의 서사양식에 익숙한 사람들이 일관성(一貫性)의 결여(缺如)라고 지적하는 대목이다. 그러나 바로 이런 점이 판소리의 특성이라는 점은 반드시 기억되어야 할 것이다.

판소리가 슬픈 이야기조차 웃음으로 엮어 던져 주는 것은 우리 삶의 모습이 그러하기 때문이기도 하다. 생각해 보자. 우리가 언제 한 가지 얼굴로만 인생을 살아왔던가? 웃다가도 울고, 울다가도 웃는 것이 우리 인생이 아니던가.

세상을 많이 산 할머니들의 이야기를 듣노라면 자신이 살아온 이야기를 하면서 금방 웃다가 금세 눈물짓기도 하고, 눈물이 그렁그렁한 눈으로 이야기하다가 깔깔 웃기도 하는 것을 목격할 수가 있다. 그것이 우리 삶이다. 눈물로만 60~70년을 엮어내리는 인생도 없고, 웃음으로만 삼백 예순 날을 지탱하는 삶도 있을 리 만무하다. 그런 점에서 이 이야기를 비롯한 판소리양식 전체는 인간답다.

국립창극단이 1991년 10월에 「심청가」를 무대에 올렸다. 이듬해 6월에는 앵콜 공연도 가졌다. 창극은 판소리와 무대극의 결합이다. 판소리가 우리 것이라면 불을 끄고 휘장을 친 실내에서 보는 무대극은 본디 남의 것이었다. 뿌리가 다른 이 두 가지를 단순히 결합하는 차원을 넘어서서 어떻게 조화하고 융합해낼 것인가가 창극의 미진한 숙

▶ 국립창극단의 제78회(1992년 6월) 「심청가」 앵콜공연 포스터

제지만, 그러기에 창극은 가능성이 있다는 역설도 성립한다. 문화는 고여 있는 결정체가 아니라 꾸준히 생성되는 가변적 실체이기 때문이다. 그러나 그 길이 쉽기만 할 까닭은 없다.

개인적으로 바라건대는, 창극은 판소리가 본디 그러했듯이 인간다웠으면 한다. 우리 삶이 그러하듯이, 그리고 어느 시인의 말처럼 '기쁨과 슬픔이 섞여 피는' 그 실상을 추구함으로써만 창극은 창극다울 수 있을 것이다.

판소리는 이 땅에서 살아온 사람들이 삶을 규정하고 세계를 바라본 이야기이기 때문이다. 창극을 굳이 오페라와 구분하려 하고, 그 차이를 단순히 음악적 상이성을 넘어선 것으로 분간하여 지니고 키우고자 하는 이유도 여기에 있다.

3. 춘향의 참모습 찾기

사람 사는 이야기

창극은 이야기다. 그것도 사람 사는 이야기다. 설화는 말로, 소설은 글로, 판소리는 노래로 사람 사는 이야기를 하는데 창극은 무대 위에서 노래와 함께 그 모습을 보여 준다는 점에 차이가 있다. 그러니까 설화며 소설 그리고 판소리는 그 표현 방식이 다를 뿐, 사람 사는 이야기라는 점에서는 창극과 동일하다. 그러니 창극이 진정으로 하고자 하는 것은 사람 사는 이야기고, 그것을 제대로 할 때 재미가 있게 마련이다. 그렇다고 한다면, 창극이 첫째로 주목해야 할 것은 그 이야기가 재미있어야 한다는 점이다.

이야기가 재미있자면 어떻게 해야 할까? 이 문제를 둘러싸고 이루어진 것이 그 동안의 문학 또는 공연의 연구사라고 해도 지나친 말은 아니다. 어떤 이야기라야 재미가 있는가 하는 문제를 주제, 인물, 배경 사상 ─이렇게 여러 측면으로 나누어서 연구가 이루어졌다. 또 어떻게 이야기해야 재미있는가를 중심으로 구성, 말하기, 연기 등 여러 방면에서 논의가 전개되었다.

그러나 이런 관심과 논의에도 불구하고 가장 근본적인 물음에 대한 대답은 쉽지가 않다. 여기서 가장 근본적인 물음이라 함은 "사람들이 왜 춘향 이야기를 좋아하는가?"와 관련되는 것이다. 전승되는 판소리 다섯 이야기 가운데서도 가장 인기 있는 것이 춘향 이야기라면 그 점을 해명해야 한다.

그 해명을 춘향이라는 인물이 사는 이야기를 중심으로 생각해 보자는 것이다. 이 점이 먼저 드러나면 춘향 이야기는 이러이러해서 재미를 느끼니까 춘향 이야기를 하려면 그 점을 생각해서 저러저러하게 해야 한다는 처방이 마련될 것으로 보인다. 창극 「춘향가」가 좋은 창극이 되려면 무엇보다 먼저 고려해야 할 점이 바로 이 부분일 것이다.

춘향은 예뻤는가로 시작

춘향이 과연 어떤 사람인가, 그가 세상을 산 이야기를 어떻게 보아야 할 것인가에 대한 관심은 일찍부터 있어 왔다. 그리고 그 어느 것이 더 합당한 해석인가에 대해서도 아직 논란의 여지를 남기고 있는 셈이다. 그런 논의의 궤적을 더듬어 본다.

1930년대에 이미 '풍류랑(風流郎)'이라는 필명을 가진 이가 쓴 「춘향이는 정말 미인이었더냐?」(『별건곤』 47, 1932)라는 글이 나오는데, 이것은 춘향 이야기의 근원설화가 미인 이야기가 아니라 오히려 '박색 춘향'의 설화에서 비롯했을 것이라는 가정을 가지고 본 것이다. 따라서 인물을 보되 외모를 문제삼은 경우요, 성격론보다는 근원 설화를 찾아보려는 데 더 중점이 있었다.

그 한참 후인 1950년대 후반에 김우종이 「항거 없는 성춘향」(『현대문학』 30, 1957)이라는 글을 발표해서 논란이 분분해지게 되었다. 그 글은 춘향의 사랑과 수청 거부에 대한 회의를, 그리고 이도령의 진실에 대한 의문을 제기함으로써 그러니까 춘향 이야기는 현실 사회에 대한 비판 의식이 결여되어 있다고 진단했다.

이런 주장이 타당한가를 놓고 많은 설왕설래가 있었다. 그 중 어떤 견해가 옳으냐를 판단해 내는 것은 이 자리의 소임도 아니고 쉽지도 않은 일이지만, 이런 논의가 있음으로 해서 새로이 얻은 소득이 컸다.

말하자면 춘향 이야기만이 아니라 다른 것까지를 포함해서, 이야기란 인물이 살아가는 일과 또 사람들에 뒤얽혀서 엮어 내는 것이라는 본질을 새삼스럽게 확인하게 되었고, 이를 바탕으로 그런 측면에 관심

을 기울이는 계기가 되었다. 또 세상 사람을 보는 눈이 한결같지가 않
듯이 이야기 속의 인물을 보는 눈도 또한 얼마든지 달라질 수 있음을
보여 주기 시작했다는 데 그 뜻이 있다.

이런 논의가 낳은 결과이겠지만, 1960년대에 들어서서 춘향 이야기의
인물론은 좀더 활발해지기 시작했다. 오세하의 「춘향전 인물고 – 고대본
을 중심으로」(『국문학』 7, 고려대, 1963)가 나왔는가 하면, 이상택의 「춘향전
연구 – 춘향의 성격 분석을 중심으로」(서울대 석사논문, 1966)가 나왔다.

이 중 후자는 그 부제(副題)가 시사하는 바와 같이 춘향이라는 인물을
심리학과 사회학의 방법으로 분석해 낸 논문이다. 춘향의 수절은 그 인
물의 수단적 가치였으며, 심리적 방어기제로서의 행동이라는 점을 밝
혀내었고, 독일의 사회학자 퇸니스(F. Tönnis)가 분류한 바 있는 본질 의
지(Wesenwille)에 따라 행동하는 게마인샤프트(Gemeinschaft)적인 인간과 선택
의지(Kürwille)에 따라 행동하는 게젤샤프트(Gesellschaft)적인 인간에 비추어
볼 때 춘향은 후자에 속하는 인물이라고 결론지었다. 한 마디로 춘향은
타산가였다는 시각이다. 이 논문은 인물을 보는 시각 자체와 방법론의
신선함으로써 우리 문학 연구사에 신선한 충격을 던져 주었다.

▶ 창극 「춘향가」 공연. 춘향과 이도령의 만남이 시작되는 광한루 장면 (국립극장 사진)

인물보다 행동에 주목

1970년대에 들어 인물을 보는 눈은 그 방법과 대상이 다양해지는가 하면 양적으로도 풍성해진다. 70년대 초에 김홍규의 평론 「춘향, 천의 얼굴」(『현대시학』 3-4, 1971)이 인물을 보는 시각을 새로이 함으로써 이런 쪽 논의의 물꼬를 텄다. 또 김병국은 「문학적 관습에서 본 춘향전의 인물고」(『고전문학연구』 별집 1, 1975)를 발표해서 춘향 이야기와 문학 보편의 인물 유형을 대비시키면서 그 성격을 분석하였다.

이로 해서 춘향 이야기에 나오는 인물은 우리만이 지닌 것이라기보다는 문학 일반의 보편성 위에서 그 설명이 가능하다는 것을 논의하였고, 또 춘향만이 아닌 여타의 인물들에 대한 논의가 중요하다는 인식을 심게 되었다. 한 사람이 세상을 살아가는 이야기는 궁극적으로는 사람과 세상의 도전과 갈등을 헤쳐 나가는 일이므로 그 인물들의 성격을 해명하는 것은 이야기를 바로 이해하는 가장 핵심적인 요소라는 점을 새삼 분명하게 해 준 논문이었다.

이어 오세영의 「춘향의 성격 변화」(『국어국문학』 70, 1976)가 춘향을 원형적 인물(round character)로 보는 견해를 내놓았으며, 김대행의 「춘향의 성격 문제」(『선청어문』 8, 서울대, 1977)는 춘향의 행위가 인간 보편의 심리적 이중성에 해당한다는 견해를 제시하였다. 한편 권두환·서종문의 「방자형 인물고」(『한국소설문학의 탐구』, 일조각, 1978)는 춘향 이야기에 나오는 방자를 중심으로 하면서 여타의 소설에 등장하는 비슷한 성격과 기능의 인물을 유형화함으로써 새로운 시각을 보여준 바 있다.

1980년대에 들어 정하영의 「월매의 성격과 기능」(『한국 고전소설 연구의 방향』, 새문사, 1985)은 춘향 이야기에 등장하는 월매를 어떻게 볼 것인가 하는 문제에 초점을 맞추었다. 이 논문은 춘향의 주변 인물이라 할 수 있는 월매의 성격이 「춘향전」의 이본에 따라 어떻게 변모하는가와 그런 변모가 작품 속에서 어떤 기능을 하는가를 구명하였다. 그 결과로 월매는 춘향의 신분을 규정하고 춘향의 인물상을 부각시키는 등의 관련적 기능을 지녔다고 해석하였고, 이어서 월매의 독자적 기능으로는 희극적이면서 비극적인 성격을 형상화함을 분석하였다.

이어 박종섭은 「춘향전 방자의 성격연구」(계명대 석사논문, 1987)를 설중환은 「춘향전의 인물 구조로 본 사회적 성격」(『문리대논문집』 5, 고려대, 1987)을 발표하여 시각의 다양화에 더욱 박차를 가하게 되었다.

1990년대에 들어 유정상은 「춘향전에 나타난 인물 비교 연구」(인하대 석사논문, 1990)를, 윤용식은 「춘향전」에 대한 작품론(『한국고전소설작품론』, 집문당, 1990)을 펴는 가운데서 인물론을 펴면서 각각의 인물이 지닌 특성을 언급하였다.

김대행은 「인간의 두 얼굴과 문학적 흥미 – 춘향의 이중성에 관한 판소리적 해명」(『시가시학연구』, 이대출판부, 1990)을 통하여 춘향의 행위가 모순된 것처럼 보이는 것은 인간이 지니고 있는 두 얼굴이라는 관점에서 설명된다는 것과 판소리가 본디 정보 전달과 흥미 지향의 두 성향으로 나누어 판짜기를 하는 경향이 있다는 점을 전제함으로써 그 이중성이 흥미 지향이라는 점으로 설명된다는 견해를 제시하였다.

왜 춘향인가

이처럼 다양하게 전개된 춘향의 연구사는 춘향이 '천의 얼굴'로 보인다는 말로 압축할 수 있을 듯하다. 그렇다면 이처럼 보기에 따라 춘향의 얼굴이 달리 보이는데도 춘향이 오랜 세월에 걸쳐 그처럼 많은 사랑을 받았다는 것은 무엇을 뜻하는가가 중요하다. 춘향은 실제 현실에서 우리가 손을 잡거나 만나서 정을 나눌 수 있는 존재가 아닌데도 왜 이처럼 사랑을 받게 되었을까?

그 이유를 '사람들의 바람'이라는 측면에서 생각해 볼 수 있다. 말하자면 춘향 이야기가 그토록 사랑을 받았고, 그 이야기가 춘향이 살아가는 이야기라면, 춘향이 살아가는 그 모습은 바로 사람들이 살고픈 삶이었기에 그 이야기가 그렇게 되었으리라는 뜻이다. 흥행성(興行性)이 매우 강하게 요청되었을 것으로 짐작되는 판소리 중에서도 춘향 이야기가 많은 사랑을 받았다는 말은 춘향이처럼 사는 삶을 그 중 더 좋아하고 바랐다는 뜻도 되기 때문이다.

그렇다면 춘향이처럼 산다는 것은 춘향 이야기의 어떤 요소를 가리키는 것인가가 중요해진다. 그 답의 한 가닥을 춘향이 그토록 추구했던 사랑에서 찾아 볼 수 있다. 흥부 이야기는 형제의 우애(友愛)를, 심청 이야기는 효도(孝道)를 강조하는 삶을 이야기하고 있다. 그러나 춘향은 사랑 이야기다. 사랑하며 살아가는 삶이 더 사랑을 받았다는 것은 효도나 우애보다 더 근본적이고 간절하게 바라는 것이 사랑이었다는 뜻이 된다.

이 점은 우리 개개인의 삶이 지닌 일반성에 비추어 보더라도 확인이 가능할 듯하다. 효도나 우애의 문제는 사람이 살아가는 도리와 관계가 된다. 그리고 그런 일은 문제가 있는 상황에서만 중요한 관심사가 된다. 또 이것을 다른 측면에서 말한다면 효도나 우애는 사람다움에 대한 일종의 이념적 과제라고도 할 수 있다. 그만큼 이야기의 화제가 제한적인 셈이다.

춘향 이야기가 말하는 사랑은 그처럼 부분적인 문제가 아니라 모든 사람에게 공통되고 일반적인 화제라 할 수 있다. 특수한 예외가 없지는 않다고 하더라도, 사람이면 누구나 태어나서 누군가를 사랑하고 그 성취에서 오는 행복과 그 반대로 빚어지는 괴로움을 맛보면서 살아간다. 이것은 누구에게나 공통되고 또 기본적인 과정이라 할 수 있다. 이런 보편성이 춘향 이야기를 사람마다 귀담아 듣고 눈여겨보게 만든 것이라 할 수 있다.

이처럼 춘향 이야기를 사랑 이야기로 규정함으로써 그 인기의 원천이 인간의 보편적 삶에 있다는 점을 받아들인다면, 춘향 이야기는 결국 우리 모두의 이야기가 된다. 심청이 아주 특수하고 지극한 효녀이고, 흥부가 매우 착한 아우라는 것과 다른 특수성이 바로 이 점이 다. 그러므로 춘향 이야기는 우리 모두의 이야기가 된다는 뜻이기도 하다.

그런 이야기를 창극으로 무대에 올린다면, 그리고 흔히 지적되는 것이지만 판소리 한 편이 지닌 이야기를 어차피 무대에 시시콜콜히 다 올려놓지 못하는 것이라면, 창극 춘향 이야기가 지향할 바가 무엇인가에 대한 대답은 수월해진다. 춘향 이야기를 좋아하는 이유가 바로 사랑이라는 보편성에 있는 것이므로 창극화하는 초점은 사랑 이야기에 두어야 하리라는 점이다.

이를 위해서 이도령과 춘향의 「사랑가」 대목은 흥겹고 유쾌한 모습으로, 그리고 「십장가」나 「쑥대머리」로 대표되는 고난 대목은 강렬한 인상의 고통으로 형상화해 내야 할 것이다. 신나는 사랑에서 흥겨움을 느끼고, 강렬한 고통에서 자신의 고난을 감정 이입적으로 음미할 수 있을 때 춘향 이야기는 자신의 이야기로 받아들여질 수 있을 것이다.

이야기가 사람 사는 것을 말로 나타낸 것이라면, 그 사람이 어떻게 세상을 살아가는가를 결정하는 것은 그 사람의 됨됨이일 것이고, 그 됨됨이에 대해서 우리는 공감하기도 하고 비판하기도 할 것이다. 춘향 이야기가 오랜 세월에 걸쳐서 우리의 관심을 끌고 사랑을 받았던 것은 그 인물의 됨됨이나 그 뒤얽힘이 참으로 흥미롭다는 말도 된다. 그리고 그 흥미로움이야말로 그것을 보는 시각의 다양성을 스스로 입증해 주는 것이라고 할 수 있다.

춘향이 사랑을 받는 이유가 바로 사랑이라는 인간 보편의 삶을 형상한 것이므로 춘향은 결국 우리 자신이며, 따라서 춘향 이야기를 바라보는 재미 역시 자신의 삶을 돌아보고 또 내다보게 하는, 이른바 '동일시(同一視)'에 있는 셈이다. 그러니 춘향 이야기를 무대에 올리는 창극 역시 이와 같은 미적 태도를 갖추도록 하는 것일 때 그 창극은 사랑받는 사랑 이야기가 될 수 있을 것이다.

4. 창극 「수궁가」를 위한 제언

알아듣지 못하는 사설

창극 「수궁가」를 구경하고 온 대학원생 수준의 관객이 평하는 말 가운데 가장 두드러진 것이 "무슨 소린지 모르겠다."는 것이다. 「수궁가」 전편을 통해서 알아들은 소리라고는 토끼가 농담하던 이야기밖에 없다는 것이다.

이 문제는 매우 심각한 상황에 있으며 반드시 해결되어야 할 일이라고 본다. 이 방면에 관계하는 사람들이 이구동성으로 하는 말이지만, 창극의 대사가 되는 사설을 아는 사람은 알아도 모르는 사람에게는 거의 전달이 되지 않는다. 그러니 전승되는 판소리라 해도 대강의 줄거리만 아는 사람이 대부분인 상황에서 창극이 사람들에게 다가서기 위해서는 이 문제가 해결되지 않으면 안된다.

특히 대학원 과정에 있는 학생들이 알아들을 수 없다는 것은 문제의 심각성을 더해 준다. 학사과정의 학생들도 국문학에 관련된 학과라면 이 방면에 어느 수준의 호기심은 갖고 있다고 보아야 한다. 그러나 그들이 전승 판소리의 사설에 대하여 어느 정도의 이해력을 갖고 있는가는 의문시될 수 있다. 그렇다 하더라도 학사과정의 대학생이 알아듣지 못하는 대사를 알아들을 수 있는 일반인을 생각할 수 있는지는 의문이다.

더구나 대학원 수준이라면 이 방면에 상당한 이해를 가지고 있다고 보아야 한다. 비록 판소리를 자신의 전공으로 하지 않는다 할지라도 그 관심과 소양의 정도가 여타 관객의 판소리 이해 수준을 훨씬 뛰어 넘는다고 할 수 있다. 그런 사람들이 창극의 대사인 사설을 알아듣지 못한다면 나머지 관객이 사설을 알아듣기를 기대한다는 것은 거의 무망한 노릇이다.

일반적인 연극의 관점에서 보더라도 이 문제는 심각하다. 극의 사건은 행위로도 전개되지만 사건을 구체적으로 이루어 내고 그 전개에 구체성을 부여하는 것은 언어라고 할 수 있다. 그런데 그 언어가 전달되지 않는다면 이는 무언극(無言劇)이나 외국어로 하는 오페라를 보는 것과 다름이 없게 된다.

더구나 창극을 창극답게 하는 특성적 본질은 창에 있는데, 그 창의 멜로디와 박자만 감지될 뿐이고 전언의 내용을 알 수가 없다면 창극은 이미 관객의 애정에서 멀어져 있다고 할 수밖에 없다. 그렇다면 창극을 창극답게 지탱하고 사람들의 관심을 일으키고 사랑을 받는 일은 기대하기 어렵게 된다.

판소리 「수궁가」를 보면 용왕(龍王) 득병(得病) 이후에 그 병을 치료하기 위한 약을 짓는 대목에서 「약성가(藥性歌)」를 부른다. 그런데 창극에서는 이 사설을 여러 사람이 나누어 맡아서 바삐 움직여 가며 그 한 대목씩을 노래하는 것으로 처리한 것은 효과적인 방법이라 할 수 없다. 그것을 보는 관객들은 동네 청년들이 무슨 의견 충돌이 있어서 싸움을 하려는 것인가 하고 고개를 갸우뚱하는 일도 생긴다. 이 모두가 창극의 대사 전달을 어렵게 하는 상황들이다.

▶ 1990년대 국립창극단 공연. 창극「수궁가」에서 도사가 용왕의 병을 설명하는 대목. (국립
극장 사진)

장면극대화에 주목

이처럼 사설이 제대로 전달되지 못하는 문제를 해결하는 방법으로
'장면극대화'(김대행, 한국시가구조연구, 삼영사, 1976, pp.205~207)의 원리를 도
입할 것을 제안하고자 한다.「약성가」를 예로 해서도 충분히 알 수 있
는 것이지만, 이 대목은 '간경맥이 어쩌고……'하면서 진맥에 해당하는
내용과 그에 상응하는 약의 명칭이 길게 이어져 나온다. 이것이 장면극
대화 원리에 따라 이루어진 사설 구성이다.

판소리 사설의 구성 원리인 장면극대화는 그 장면의 효과를 극대화
하기 위하여 전언(傳言)을 최대한 확대하는 원리다. 그러기 위해서는 같
은 내용의 말을 병렬적으로 나열해서 강조하여 강렬한 인상을 주기도
하고, 인물의 특성을 형상화하는 대목이라면 그 특성을 최대한 강조하
는 사설로 꾸며 낸다.

이것을 연극의 리얼리티라는 관점에 기준을 두어 극적 상황으로 처
리하려는 데서 문제가 생겨난다. 오늘날 생활환경에서 판소리의「약성

가」가 필요한 대목과 같은 상황이 있다면 의사는 결코 그렇게 말하지 않는다. 당신은 혈압이 얼마고 맥박이 어떠니까 어디가 어떻다, 어디 가서 주사 몇 대 맞아라……. 이렇게 처방하고 끝낸다.

그러나 판소리는 그렇게 말하지 않는다. 판소리는 말한 것을 또 말하고, 그것을 약간 변형해서 다시 되풀이하는 특성을 지니고 있으며, 이런 되풀이를 통해서 사설이 전하고자 하는 바를 강하게 각인(刻印)시키는 데 판소리다움이 있다. 이것이 판소리만이 지닌 메시지 전달의 원리다.

그런데 창극은 판소리를 모태로 한 노래극이라면서도 판소리 사설이 지니고 있던 본디의 자질을 도외시한 채로 사설의 요지만을 전하려고 한다. 그래서 본디의 사설을 토막 내고 압축하고 함으로써 창극의 대사는 매우 낯설고 어색한 것이 되고 만다. 더구나 판소리 음악이 대다수의 관객에게는 낯선 것이라는 점까지 첨가되어 흥미를 반감시키게 된다.

따라서 창극의 사설은 부연, 반복, 과장, 나열, 수식 등의 장식적 문체를 사용하는 수사적 방법을 고려해야 한다. 그 장식적 수사가 지향하는 방향은 주어진 장면의 상황을 최대화하는 장면극대화의 원리에 따라 이루어지는 것이 바람직하다. 장면극대화는 지향이 이러하기 때문에 전체적 일관성을 넘어서는 사설 엮기의 원리라는 점에 유념할 필요가 있다.

결국 판소리는 전체의 일관성(一貫性)이나 삼일치(三一致)와 같은 특성과는 상이한 장면극대화를 바탕으로 이루어진 것이므로 창극의 사설 또한 이 자질에 바탕을 두어야 한다는 점을 강조하고자 한다. 전승 판소리를 창극화할 때에는 기존의 판소리 사설이 이 원리에 근거를 두고 있기에 그 특성을 제대로 살리면 될 것이다.

다만 문제는 새로운 창극을 창작할 때다. 이 때도 사실주의 연극의 질서보다는 판소리의 질서에 기반을 두어야만 대사의 전달이 가능하고 그래야 창극다울 것임을 강조하고자 한다.

오락 지향의 무대화

판소리 「수궁가」를 완창하자면 짧게 해도 서너 시간이 걸리고, 제대로 길게 하면 일곱 시간까지도 걸린다. 그런데 이것을 창극으로 공연하게 되면 대체로 두 시간 안에 끝내는 것으로 설계를 하게 된다. 창극의 문제는 여기서도 생겨난다. 시간에 쫓겨 줄거리의 전달에 급급한 나머지 재미 없는 창극이라는 말을 듣게 되는 것이다.

창극 공연이 두 시간을 넘기기가 어려워지는 제한성은 관객의 조건, 연극의 조건이라는 현실적 문제들 때문에 그리 된 것으로 볼 수 있다. 두 시간 이상을 구경하려는 한가한 관객도 드물거니와 생리적 조건도 또한 두 시간 이상을 객석에 앉아 있을 수 없게 만든다. 따라서 창극을 두 시간이 넘게 진행하는 일은 현실적으로 어려운 것도 사실이다.

그러므로 제한된 시간 조건 속에서 이루어지는 창극이 줄거리의 전달에 초점을 맞출 것인가 아니면 판소리극다운 재미에 초점을 맞출 것인가를 진지하게 고려할 필요가 있다. 짐작컨대 창극 공연을 보러 오는 사람이 전승 판소리의 줄거리가 혹 다를지도 모른다는 기대를 갖고 있지는 않을 것으로 보인다. 「수궁가」는 언제 보아도 그 이야기지 다른 이야기일 수는 없기 때문이다.

그렇다면 줄거리는 그대로 유지하면서 번번이 다른 창극 「수궁가」를 어떻게 만들어 낼 수 있는가? 이는 판소리의 여러 창본(唱本)이 어떤 점에서 차이를 보이는가 하는 데서 단서를 얻어 낼 수 있다고 본다.

판소리 창본은 여러 이본(異本)이 있고, 더늠들이 각기 다르다. 그러나 줄거리만은 한결같이 유지한다. 이것이 판소리의 특징이라고 본다면,

판소리는 부분이 달라지는 부분적 유동성(流動性)의 문화라고 할 수 있을 것이다. 따라서 창극도 새로운 공연을 한다면 그 부분에서 유동성을 보이는 특징을 갖추는 것이 바람직하다고 본다.

또 이와 연관하여 판소리 사설을 엮는 중요한 원리 가운데 후반부의 놀이 지향 원리가 있다. 대체로 판소리의 전반부는 그 이야기를 이루는 사건의 전개에 중점을 두어 사설이 엮어지지만 후반부로 갈수록 사건의 전개는 반복적이거나 확장적으로 머물고 사건을 맴돌게 하면서 웃음과 재미를 추구하는 경향을 보인다. 이를 일러 판짜기의 '놀이 지향' 원리라고 한다.

「수궁가」의 「모족회의」 대목은 그 대표적 예로서 사실 이 부분은 오락적 흥미를 추구하는 목적 밖에 없다. 그래서 이 이야기의 플롯과는 무관하다. 그렇다면 이 대목이야말로 사건 전개와 무관하게 추구되는 놀이 지향의 원리와 관계되는 내용이 된다. 이처럼 놀이 지향의 부분성과 같이 창극에서도 특징적인 놀이 지향의 부분적 특성을 갖출 때 공연이 새로운 감각을 가지고 태어날 수 있을 것이고, 흥미를 줄 수 있을 것이다.

이처럼 이야기와 무관하게 부분을 특성화하고 놀이 지향의 특성을 갖추는 것은 창극이 판소리의 자질을 기반으로 발전하는 것이 바람직하다는 전제와 깊은 관련이 있다. 예술에서는 가장 특수한 것이 가장 보편적인 것이라는 모순어법을 종종 쓴다. 창극도 가장 판소리다워서 다른 극과는 상이한 특색을 갖출 때 보편성을 널리 획득할 수 있을 것으로 본다.

아리아가 풍성한 무대

「수궁가」 공연에서 용궁 장면을 연출하면서 첨단 전자 기기를 이용하여 환상적인 무대를 꾸미려고 상당히 고심한 흔적을 발견할 수 있다. 그러나 그 무대에 대한 관객의 평은 의도와는 달리 나타난다. "마치 엑스포 구경을 한 것 같다."가 그 평이다. 기계의 작동으로 전개되는 기술적 모습이 신기하기는 하지만 창극에 그 일이 꼭 필요한 것인가가 의문시된다는 뜻이다.

그 대신 이런 것에 주목할 필요가 있다. 「수궁가」를 구경한 대학원생 관객들의 평 가운데서 '웃은 것은 기억에 남는다'고 한 말이 특히 인상적이다. 이러한 평에 비추어 본다면 창극은 반드시 풍요로운 웃음을 갖추어야 한다고 할 수 있다. 그리고 창극이 풍부한 웃음을 갖추는 것은 판소리의 본질을 제대로 살려 내는 일도 된다는 점에서 매우 중요한 극작의 요소가 된다.

관점을 이렇게 옮겨 놓고 생각해 보는 것도 도움이 된다. 말하자면, 창극을 보러 가는 사람이 어떤 기대를 가지고 가겠는가를 생각해 보자는 것이다. 창극 「수궁가」에서 사실주의 연극과 같은 리얼리티를 '제4의 벽'으로 들여다보듯이 삶의 비밀을 엿보고 깨닫기 위해서 창극을 공연하는 극장을 찾을까?

창극에 거는 기대는 그런 것은 아니라고 생각한다. 창극은 판소리를 모태로 한 것이므로 판소리다운 미적 쾌감의 추구가 일차적 목표가 될 것이다. 그 판소리다운 미의 가장 으뜸되는 것은 배우들의 '소리' 역량일 것이다. 창극이 소리의 역량에 의해서 이루어져야 한다는 것은 그 무엇보다도 당연한 요소가 된다.

그러니까 창극이 갖추어야 할 것은 공연 때마다 사람들이 감동을 받은 나머지 다시 또 듣고 싶은 독립곡을 만들어 내는 일이다. 서양의 많은 음악극이 그러한 노래들을 만들어 내서 사람들의 입에 오르내리는 애창곡이 된 사실을 우리는 기억할 필요가 있다. 창극을 구경하고 그 노래 참 기억에 남는다고 할 만한 것이 없다면 그 창극은 무엇으로 창극이 될 것인가를 다시 생각하게 한다.

풍요로운 웃음의 무대

그 다음으로 관객은 무엇을 기대할 것인가? 창극 공연을 보고 인생을 다시 생각하게 된다든가, 무대 위에 제시된 삶의 모습이 워낙 무거워서 고개를 떨구고 생각에 잠기는 것도 기대 밖의 일이리라고 본다. 판소리는 결과적으로 인생에 교훈을 주는 것이 사실이라 할지라도 기본적으로는 재미가 있어야 하는 것을 조건으로 하고 있고, 그 재미는 웃음의 추구를 통해서 확보되는 양식으로 인식되어 왔다.

그렇다면 창극도 웃음판이라야 한다. 전승 판소리가 웃음을 멀리한 적이 없음은 여러 작품에서 두루 입증되며, 심지어 눈물이 필요한 장면에서조차 웃음을 추구함으로써 판소리의 미적 장치가 '웃는 즐거움'의 추구에 있음을 밝혀 낸 바도 있다.(김대행, 즐거운 웃음과 웃는 즐거움, 『시가시학연구』, 이대출판부, 1990) 따라서 창극이 판소리다움을 바탕으로 하는 연극으로 발전하기 위해서도 웃음의 추구는 필연적이다.

판소리 창을 할 때는 웃음을 유발하는 사설을 대거 동원하는 판소리 전승자도 창극 무대에 서면 딱딱하게 사건의 전개만을 이끌어 가는 배우로 탈바꿈해 버리는 것은 매우 아쉬운 일이다. 이런 현상은 창극이 극이기 때문에 극적 구성을 강하게 의식하는 데서 빚어진 것으로 보인다. 중요한 것은 극적 긴밀성이나 줄거리의 전달이라고 하는 강박감에서 벗어날 필요가 있다는 점이다.

그리하여 새로이 무대에 올려진 창극 「수궁가」는 그 때마다 새로운 이야기가 될 수도 있을 것이다. 예를 들면 용왕이 득병하여 자라가 육지로 떠나는 용궁에서의 사건들로 한 편의 창극이 만들어질 수도 있을 것이다.

그렇게 하면 줄거리 전달에 급급하지 않으면서 판소리의 본질이라 할 장면극대화를 통한 아리아의 개발도 가능할 것이고, 또 웃음의 추구를 통한 흥미의 증대도 가능할 것이다. 그런 다음 다시 자라가 토끼를 꾀어 용궁까지 가는 이야기로 한 편의 창극을 만들 수도 있을 것이다.

이렇게 하면 뻔한 이야기이고 우리의 전승을 그대로 살리는 것이면서도 번번이 새롭고 판소리의 자질을 십분 살리는 창극이 될 수 있지 않을까 한다. 이 모든 것을 감싸 안을 만한 중요한 관점은 창극이 판소리의 판소리다움을 기반으로 할 때 창극은 창극으로서 사랑을 받을 수 있으리라는 시각이다.

새로운 자라, 새로운 토끼가 판소리의 모습으로 태어나는 창극 「수궁가」를 기대해 본다.

창극과 판소리의 화해를 위하여
-창극문화의 미래를 위한 구상

1. 창극과 판소리의 관계 재인식

신재효의 창극작가적 면모

다소 엉뚱한 생각을 해 본다. 오늘날 신재효(申在孝)가 있어서 창극(唱劇)의 대본을 쓴다면 그것은 어떤 모습을 할까-이런 생각은 다소 엉뚱해 보이지만 그저 맹랑한 노릇만은 아니라고 본다. 그 까닭은 그가 창극작가(唱劇作家)로서의 면모를 다분히 내보이고 있기 때문이다.

신재효의 창극작가적 가능성을 살펴보자. 그가 남긴 작품들에서 우리는 그러한 면모를 확인하게 된다.

우선 그의 「광대가」는 일종의 연기자론이라고 할 수 있다. 이 작품은 광대의 조건을 인물, 사설, 득음, 너름새의 순으로 제시함으로써 그가 판소리를 공연물로 인식하는 데 얼마나 철저했는지를 보여 준다. 특히 득음보다는 인물이 첫째라고 한 부분에서 그러한 인식은 더욱 두드러진다 하겠다.

그런가 하면 신재효는 그의 판소리 사설을 개작하는 과정에서 관객에 대한 고려를 강하게 베풀었음도 널리 알려져 있다. 예를 들어, 「춘향가」에서 "다른 가객 몽중가는 황릉묘에 갔다는데 이 사설 짓는 이는 다를 데를 갔다 하니 좌상 처분 어떨는지"라고 함으로써 관객의 반응에 대한 배려를 보인다.

'신재효 자신의 직접적 발언'이요 그 결과로서 '합리성의 추구'로 해석되는 이런 류의 발언들은 그가 개작한 사설 도처에서 확인된다. 주석적인 관점에서 서술된 이런 내용들은 스토리의 전개에 관계된다기보다는 공연물의 성과에 대한 기대를 담고 있다는 점이 주목된다.

이러한 부분적인 자료를 통해서도 신재효의 창극작가적 면모는 확인되지만 더욱더 확연한 창극작가적 성격은 그가 판소리 여섯 작품을 개작했다는 사실에서 분명하게 부각된다. 개작이라는 작업 자체가 작가의 역할이기 때문이다.

물론 판소리가 창자들에 의해서 다듬어지기도 하는 것은 충분히 짐작이 간다. 다음 대담은 그런 사정을 짐작하게 한다.

정광수 : 나는 지금 오 바탕 소리를, 내가 특별히 잘 헌 건 없어도, 책에
　　　　라도 유성준씨제라든지 김창환씨제라든지 그렇게 지금 자나
　　　　깨나 그런 생각을 허지요, 다른 자작은 못하겠습디다. 자작을
　　　　해서는 소리가 안 돼요. 장단을 조금 한 발을 늘여서 하는거,
　　　　그런 거는 있을지 몰라도 조에 대해서는 고칠 수 없어요.
이보형 : 동초(김연수)선생 같은 경우는 새로 사설을 많이 넣어 가지고
　　　　소리 바탕을 다시 짰잖아요. 선생님은 그런 경우 없습니까?
정광수 : 우리는 그렇게 사설을 넣어 가지고 해 본 적이 없습니다.

판소리 인간문화재 증언자료, 『판소리연구』 제2집,
판소리학회, 1991, pp.219~220

김연수(金演洙)의 사설을 여타의 전승 사설과 비교하면 알 수 있는 사실이지만, 김연수의 사설은 상당 부분이 개작된 것이 분명하며, 이는 사설에 대한 그의 태도와 의지에 관계되는 것이다. 고로 정광수의 증언에서 보듯이 대부분의 창자들은 사설과 창곡을 크게 바꾸지 않고 배운 대로 연창(演唱)하게 됨을 알 수 있다.

따라서 신재효의 사설은 그 특이한 만큼의 의지를 바탕으로 하여 새로운 의도로 쓰인 것이며, 이 과정과 결과는 창극작가가 무대에 올리는 준비 과정으로서의 여러 가지 고려 위에서 개작하는 일과 동종(同種)의 것이라 할 수 있다.

그러므로 이렇게 생각할 수 있다. 신재효가 오늘날에 살아서 창극을 쓴다면 어떤 고려를 했을 것인가 – 다시 말하자면 그의 작품에서 발견되는 창극작가의 면모를 통하여 오늘날의 창극이 창극으로서의 진가를 확보하기 위해서 지녀야 할 조건들을 살필 수가 있으리라는 생각이다.

사실 이인직(李人稙)의 협률사(協律社)에서 비롯된 창극의 형성 이래 오늘에 이르기까지 그 흐름은 면면히 계속되어 왔다 하지만 지금에 와서는 그 전망이 분명하다고 하기 어렵고, 또 중흥을 외치는 목소리나 필연성은 강조되지만 그 길이 어디에 있는가를 꼭 집어 말하기는 쉽지 않음도 사실이다. 그러나 창극의 미래지향적 발전을 당위로 설정하면서 그 길이 어디에 있는가를 모색해 볼 필요는 있고, 그 길을 찾는 생각의 푯대를 신재효로 삼아 진행해 보려는 것이다.

창극과 판소리의 관계 정립

창극의 발전 방향이 모색되기 위해서는 창극이 무엇인가 하는 정체성(正體性)부터 명확해야 한다.

창극을 말 그대로 뜻풀이하면 '노래로 하는 연극'이라는 설명도 가능하다. 그러나 지금 통용되는 창극이라는 말은 그런 일반적 용어가 아니라 '창으로 하는 극'이라는 인식이 정착되어 있으며, 여기서 '창'이라는 것도 일반적인 노래를 뜻하는 것이 아니라 판소리를 뜻한다는 것은 분명하다. 다시 말해서 창극은 판소리로 하는 연극이라는 뜻이다. 국어사전에서도 창극을 민속극의 하나라고 설명하는 까닭이 여기에 있다 하겠다.

사정이 이러하므로 창극과 판소리의 관계가 긴밀함은 재론의 여지가 없는 것처럼 보인다. 그러나 실제 형편은 그렇지 못한 데서 문제는 생겨난다. 창극의 공연이 있고 나면 흔히 목격되는 일로 공연된 창극과 판소리의 본질 사이에 괴리가 있다고 하는 논의가 일어난다. 그 자세한 세목은 다음에 검토가 되겠지만 이런 논란이 있다는 사실 자체만으로도 문제가 아닐 수 없다.

그런데 창극은 가면극(假面劇)과 분명히 다르며 마당놀이와도 다르고 오페라와는 더더욱 다르다. 그 가장 근원적인 차이는 창극이 판소리를 바탕으로 이루어지는 연극이라는 점에 있다. 창극의 미래를 전망하기 위해서는 이 점이 지속적으로 확인되고 강조되어야 한다. 물론 사정이 이러하다 해서 창극 「구운몽」이라 하지 말고 창극 「구운가」라고 함이 옳다는 식으로 말하고자 하지는 않는다.

그렇다면 창극과 판소리의 관계를 분명히 인식하는 일은 추상적인 관계망을 알아차리는 데서 끝날 수 없다. 그 인식은 창극의 공연 전반에 판소리의 본질이 구현되는 방향으로 작용하는 역동적 힘으로 승화되어야만 한다. 그것이 창극을 창극답게 하는 길이 될 것이다. 따라서 이를 위하여 판소리의 본질에 대한 이해가 선행되어야 함은 물론이다.

그러나 판소리의 본질이라는 것이 단순한 것도 아니고, 또 오늘날 판소리의 본질로 일컫는 어떤 자질들이 영원한 정형으로 고정불변의 모습을 하리라는 예측도 불가능하다. 그렇기는 하지만, 우리가 논의하는 바가 미래를 지향하는 것이라 할지라도 그 미래라는 것의 전망은 현재를 통해서만 가능하다.

판소리는 고정된 모습으로 존재하는 것이 아니라 동태적(動態的)인 것이기는 하지만 논의를 위한 관찰은 대상을 어느 시점에 고정시킬 때 비로소 가능하다. 그 시점은 현재다. 그러나 그 현재가 과거로부터 유리된 현재가 아니라 과거의 집적(集積) 위에서 조감되는 현재임은 물론이다.

판소리의 추상성과 창극의 구체성

따라서 여기서는 오늘날 우리가 알아차릴 수 있는 판소리의 본질 가운데서 공연물인 창극이 기저 자질로 해야만 할 두 가지 자질에 대해서만 언급하기로 한다.

첫째, 판소리는 본디 추상적(抽象的)이요 간접화(間接化)된 공연물(公演物)로서의 본질을 지니고 있다는 점이다.

판소리의 사설은 언어라는 기호를 빌어서 이룩된다. 기호는 본디 간접물로서의 본질을 지니고 있다. '물'이라는 언어를 말하거나 듣는다고 해서 사막에서 물이 솟아나거나 목마른 사람이 갈증을 해소할 수 있는 것은 아니다. 이 점에서 언어를 통한 인지(認知) 결과는 시각을 통해 인지되는 것보다 훨씬 더 간접적이다. 소설을 읽어 얻는 자극이 비디오를 보는 것과는 비교도 되지 못할 만큼 간접적이라는 것은 쉽게 이해된다.

또 판소리가 그 자체로서 공연물이기는 하지만 그 서사의 성격에 비추어 보면 창자도 간접적이고 이른바 연기(演技)에 해당하는 너름새도 간접적이다. 한 창자(唱者)가 「춘향가」를 부르면 춘향의 말과 이도령의 말을 말하기는 하되 이를 옮기는 창자는 춘향도 아니고 이도령도 아니다.

너름새도 마찬가지다. 말을 달리는 장면이라 하여 직접 말을 타 보이지도 않고, 오리정 이별 대목에서도 이도령의 소매를 붙잡을 수는 없다. 이 점이 사실주의 연극에서 추구하는 구체성과는 사뭇 다르다.

창자의 소도구는 기껏해야 부채 정도이며 이 부채는 때로 지팡이도 되고 칼도 되며 붓대도 된다. 부채가 상징물로 간접화된다는 점에서 일본의 낙어(落語)에서 사용되는 수건이나 강담(講談)에서의 부채와 동일한 기능을 가진다. 창자가 손에 든 부채는 현실적 사물이라기보다 상징물이다.

판소리의 본질이 이처럼 간접화의 원리를 추구하고 있는 점에 대하여 신재효의 「광대가」는 다음과 같이 명시한 바 있다.

> 너름새라 하는 것이 구성지고 맵시 있고 경각에 천태만상 위선위귀
> 천변만화 좌상의 풍류호걸 구경하는 노소남녀 울게 하고 웃게 하는 이
> 구성 이 맵시가 어찌 아니 어려우며…….

'경각(頃刻)에 천태만상(千態萬象)'을 연출하고 '위선위귀(爲仙爲鬼)'하고 '천변만화(千變萬化)'하되 그것이 '구성져'야 한다는 조건을 제시하고 있다. '구성지다'는 말은 천연스럽고 멋지다는 말이어서 그 상징이 적절해야 한다는 것을 뜻하므로 여기서 판소리의 간접적이고 추상적인 상징성에 대한 인식을 본다.

바로 이 점이 연극의 구체성과 충돌을 일으키는 부분이다. 판소리 창자들의 말을 들으면 요즘에 두 팔을 위로 치켜드는 너름새가 어디서 온 것인지 모르겠으나 예전에는 없던 것이라 한다. 그만큼 절제된 동작으로 상징의 효과를 달성해야 하는 은근함까지 요구되었던 것이 판소리의 본질이다. 그런데 연극은 무대 위에 사실을 가시화(可視化)하여 실행해야 하는 것이므로 판소리의 본질과 연극의 본질의 충돌은 그 양자

가운데 선택(選擇)이냐 조화(調和)냐의 판단을 요구하게 된다.

판소리의 이중성과 창극의 일관성

두 번째로 지적할 수 있는 판소리의 본질은 본디 판소리가 이중적(二重的)이라는 점이다. 판소리의 이중성은 사설의 수사(修辭)에서 한문투(漢文套)와 비속어(卑俗語)로 대극적인 양상을 보이는 점이 널리 알려져 있고, 그런가 하면 그 진술방식에서도 이중성이 나타나고, 인물의 성격에서도 이른바 양면성(兩面性)으로 지칭될 만큼 대비가 현저하며, 심지어 주제까지도 그러하다.

신재효의 경우를 살피면 더욱 두드러지는 이중성이 비장과 골계의 대응으로 나타난다. 여기에 아정(雅正)과 비속(卑俗)의 대응까지 추가하여 이중성을 이루고 있는 신재효 개작 사설에 대하여 "인간의 삶은 전아(典雅)한 것만도 아니고 비속한 것만도 아니다. 그는 이러한 삶의 실상을 자신의 개작 사설에서 드러내고자 하였다."(정병헌, 『신재효 판소리 사설의 연구』, 평민사, 1986, p.162)고 설명한 것은 적절한 지적이라 할 수 있다.

사실 신재효 이전이나 이후에나 판소리는 비장과 골계가 뒤섞여 있음이 분명하고, 또 전아(典雅)와 비속(卑俗)이 혼재(混在)하는 것도 사실이다. 바로 이러한 이중성에 판소리의 본질이 있는 것이고, 신재효는 그것을 매우 정치한 대응구조로 개작했던 것이다. 이를 두고 현장적 발랄성을 잃었다는 지적은 일면 타당할 수도 있겠으나 그것은 공연물로 구체화될 때의 변형성과 탄력성을 고려하지 않은 논평으로 생각된다.

사실 판소리는 한 가지 미의 범주에 함몰되기 위해서 즐기는 것이 아니다. 그것을 긴장(緊張)과 이완(弛緩)으로 설명하건, 아니면 '웃음으로 눈물 닦기'로 설명하건 간에 판소리의 자질이 서로 상반되는 성향을 이중적으로 지니고 있다는 점만은 움직일 수 없는 사실이다.

판소리의 이러한 본질이 오늘날 흔히 말하는 일관성의 개념 혹은 일치의 법칙과 만날 때 거기서 충돌이 생기며 따라서 그 어느 것을 조건화하는 선택이 필요해진다. 지금까지의 창극은 이 점에 분명한 판단을 유보한 채로 진행되었고, 그리 됨으로써 창극의 성격 자체가 무성격으로 낙착되기도 하였고, 혹은 기저 자질이 지닌 미적 기반과는 어긋남으로 나아가게 되었다고도 할 수 있다.

결국 창극의 조건을 논의하는 핵은 간접성과 이중성의 두 명제로 요약되는데, 이제 이 점과 관련하여 창극의 구체적 국면에서 그 조건의 선택 문제를 살피기로 한다.

2. 창극 사설이 갖추어야 할 조건

일관성이라는 미신에서 벗어나기

창극의 사설이 판소리의 문법과 괴리된 채로 진행되고 있다는 지적이 여러 차례 거듭되었다. 그럼에도 불구하고 안심하고 참조할 만큼의 이른바 판소리의 공연문법이라는 것이 분명하게 체계화되어 있는 것은 물론 아니다. 창극의 대본을 쓰는 사람이나 연출을 맡은 사람이 느끼는 어려움은 바로 여기에 있을 것이다.

사실 판소리의 문법은 하나씩 둘씩 그 실상이 드러나는 중에 있으며 그 전체적 체계는 연구의 성과가 좀더 풍성해지기를 기다려서나 정립될 수 있을 것이다. 그렇기는 하나 지금까지의 성과만으로도 이 방면의 체계가 어느 만큼의 윤곽은 드러나게 된 것도 사실이다. 그 성과를 바탕으로 창극의 사설이 선택해야 할 조건들에 대하여 살피기로 하자.

판소리의 문법이라 할 수 있는 여러 자질 가운데서 이른바 '말놓기'

혹은 '말버슴새'라고 하는 조사법(措辭法)에 관련된 것은 오히려 사소한 문제일 수도 있으므로 여기서는 논외로 하고자 한다. 판소리 자체가 공연물로서의 현장적 탄력성을 생명력을 하고 있음은 물론이고, 또 그 음악적 자질 자체가 산문까지도 수용할 수 있는 개방성을 지니고 있음도 사실이므로 한정된 조사법(措辭法)을 지나치게 강조하여 판소리의 문체로 전형화하는 것도 바람직하지 않을 것이다. 이럴 경우 오히려 사설이 탄력성을 잃게 되는 또다른 문제를 노출하게 될 것이 우려된다.

판소리 사설의 특질 가운데 하나는 장면극대화라는 점을 이미 지적한 바 있다. 이는 어느 장면의 주된 화제 혹은 중심 대상에 대하여 과도할 정도의 확장적 서술을 함으로써 장면마다 서술의 초점이 극대화되는 현상을 가리킨다. 「수궁가」의 토끼가 자라에게 속을 때는 속는 것을 극대화하기 위하여 바보가 되고, 또 용왕을 속일 때는 속이는 것을 극대화하기 위하여 출중한 꾀를 가진 자로 형상화되는 것이 그 예다.

이런 현상 때문에 어느 판소리 전편을 일관성이라는 측면에서 보게 되면 파탄을 보인다고 해서 일관성의 결여라고 하는가 하면, 그렇게 된 연유가 전편을 창하는 것이 아니라 부분 부분을 떼서 도막소리로 하기 때문에 전편에 관심을 갖지 않아 그리된 것이라는 설명도 제시된 바 있다. 그러나 다음의 증언을 보면 그러한 추론이 사실과 다른 것임을 알게 된다.

이보형 : 그럼 이 「적벽가」를 하더라도 그 초두부터 하라 그러나요, 아니면 자룡 활쏘는 대목에서 한다든가, 군사소리만 한다든가 이렇게 중간까지도 정해 주기도 합니까, 아니면 소리 허시는 분이 중간을 허던지 합니까?
박동진 : 옛날에는요, 소리 한바탕을 듣는다 그러잖아요. 한바탕을 들을 때는 초다듬부터 시작허는 겁니다. 열 시간이 걸리고 스무 시간이 걸리더라 할지라도요. 그러나 도막 소리로 어디서

부터 어디까지 해라, 가령 불지르는 대목에서 조조 화룡도 들
어가는 데 끄트머리 해 보소, 이러며는 그 때까지 허는거요.
판소리 인간문화재 증언자료, 『판소리연구』 제2집,
판소리학회, 1991, p.228

이 증언에서 보듯이 판소리 창자는 처음부터 끝까지 완결된 한 편을
공부하고 연희하였다. 따라서 부분들이 각각 독립된 집합으로 인식되
는 것이 아니라 전편의 구도가 잡혀 있었던 것이다.

이 점에서 판소리는 부분의 짜깁기가 아니라 유기적인 하나의 완결
체로 창작된 것임이 확인된다. 따라서 부분의 독자성이라는 개념은 형
성의 원리라기보다 연행의 방식을 설명하는 용어로서 의의를 지니는
데 그치는 것이 되고 만다.

창극답기와 판소리답기

판소리의 사설이 일관성의 결여로 지칭되는 성격을 불합리성이라기
보다는 민중집단이 지닌 의식의 진실성이라는 점에서 보아 발랄성이라
고 해야 한다는 견해(최진원, 춘향전의 합리성과 불합리성, 『국문학과 자연』, 성
대출판부, 1981, pp.211~252)도 제시된 바 있고, 한 인간이 부정적으로만 혹
은 긍정적으로만 존재하는 것은 아니라는 판소리적 세계 인식을 함의
한다(정병헌, 『판소리문학론』, 새문사, 1993, pp.199~207)는 설명도 제시되어 있
다. 또 봉건사회가 해체되어 가고 있으면서도 아직 완전히 해체되지는
않고 있었던 데서 비롯된 갈등구조와 괴리된 서술자의 관념적인 목소
리(박일용, 『조선시대의 애정소설 — 사실과 낭만의 소설사적 전개양상』, 집문당,
1993, p.279)라는 설명도 나와 있다.

이런 설명들은 각기 눈을 주는 지점이 다르기는 하지만 판소리 사설
의 이중적 성격을 해명하고자 함이고, 그 이중성이 사설로 구현되는 가

장 직접적인 문법은 장면극대화의 구조로 집약된다. 따라서 판소리의 본질을 창극의 기저자질로 하기를 포기하지 않는 한 장면극대화의 원리는 결코 비켜갈 수가 없는 요체이기도 하다.

이 조건은 공연물로서의 창극이라는 점을 고려할 때에도 더욱 강조되어야 한다. 오페라의 경우 우리는 그 전편을 다 기억하기보다는 회자되는 아리아에 의해서 어떤 작품을 기억하는 경우가 흔하다. 마찬가지로 임방울의 「쑥대머리」는 판소리에 대해 깊은 이해가 없는 경우라도 낯설지 않다. 실제로 판소리는 그처럼 장면극대화된 더늠들의 결정이라고 해도 지나친 말이 아니다.

그러나 그 동안에 공연된 대부분의 창극은 오페라의 아리아에 비견될 만한 더늠들을 만들어내지 못하고 있다. 그 까닭은 공연 시간이며 플롯의 전개 등 연극적 조건에 구속을 받기 때문일 것으로 짐작된다. 그러나 음악에 감동되지 못하는 음악극이 무슨 쾌감을 줄 것인지는 한 번쯤 자성(自省)을 요하는 부분이다. 그 동안의 창극이 여러 배역자들의 현란한 등장은 가능케 했지만 유명해진 더늠이나 명창을 배출해내는 데는 이르지 못한 것을 되돌아 볼 필요가 있다.

3. 공연문화로서 창극다운 판짜기

줄거리 중심의 창극 판

최근의 창극이 관객에게 주는 인상은 한마디로 말해 숨가쁘다는 것이다. 그 까닭은 스토리를 충실하게 전달하고 기승전결적 플롯의 원리에 충실하고자 하는 데 있지 않은가 싶다. 한 예로 최근에 공연된 창극 「구운몽」의 대본 가운데서 한 대목을 본다.

정사도 : 네 어디 사는 누구더냐

소 유 : (창)남해에 계신 홀어머니 두고 과거길 오른 장차 장원급제할
       양소유라 하옵니다

정사도 : (창)풍류남아 풍류재자 기개 한 번 좋을씨구 그 옛날 왕 유학
       사악공의 옷을 입고 태평공주 집에 들어 장원급제 구했거늘
       내용 타고 오르는 기쁨을 그대에게 구할 거니 염려 말고 반드
       시 장원급제토록 하라

소 유 : (창)하해같은 은혜 어사화 꽂은 사위 되어 갚아 드리리(어두워
       지며 백란 나타난다)

백 란 : (창)객사로 돌아와 과거공부를 하는데 공부를 한다 과시를 한다
       벼락치기로 한다 논어 맹자 중용 대학 시경 서경 주역 예기
       춘추 사마천의 사기에서 온갖 괴물 다 나오는 산해경 남아의
       필독서 소녀경까지 주루루 꾀고 하루밤 사이에 싹 외워버린
       다 그래도 걱정이 되는지 하늘에 대고 외쳐 보는데 아이고 어
       머니 꿈에라도 오셔서 시제 좀 가르쳐 주시오 어머니의 정성
       인지 조상님의 음덕인지 본인의 실력인지 남해도 양소유 장
       원급제

신원을 묻는 정사도에 대답하는 양소유의 말은 판소리의 문법을 벗
어나 있다. 예컨대 「심청가」는 이렇게 대답한다.

[중머리] 애 소맹이 알외리다 알외리다 소맹이 사옵기는 황주 도화동
이옵고 성명은 심학규요 을축년 정월달에 산후경으로 상처허고 어미 잃
은 딸자식을 강보에다 싸서 안고 이 집 저 집을 다니면서 동냥젖 얻어 먹
여 겨우겨우 길러내어 십오세가 되였난듸 효성이 출천허여 애비눈을 띄
인다고 남경장사 선인들게 삼백석의 몸이 팔려 인당수 제수로 죽은 지가
우금 수삼년이오 눈도 뜨지를 못허고 자식만 죽었으니 자식 팔아먹은 놈
을 살려 두어 쓸 데 있오 당장의 목숨을 끊어 주오

은희진, 『국립극장 완창 판소리 대본』, 1986. 6. 28.

여기서 우리는 장면극대화의 사설을 보게 된다. 심봉사가 하는 이

말은 극중에서 이미 보았거나 들었거나 해서 익히 알고 있는 내용이다. 흔히 긴박감이 떨어진다고 해서 삭제할 수도 있는 내용을 이처럼 장황하게 주워섬긴다.

이것이 판소리의 문법임에 반해 창극의 그것은 지나치게 소략함을 확인할 수 있다. 연극적 전개가 느슨해지지 않도록 하기 위해서, 그리고 주제의 전개에 관련된 정보를 전하기에 치중하다 보니 그리되었으리라는 점은 짐작이 가지만 판소리의 본질로부터 멀어졌다는 것만은 분명하다.

도창의 천편일률성

창극이 그 멧시지의 전달에 주력하는 나머지 채택하는 방식이 도창(導唱)의 설정 또는 서술자적 인물의 설정이다. 도창은 종전에 흔히 쓰던 방식이고, 최근에는 그 대신에 극중인물의 하나이면서 서술자와 같은 역할을 하는 인물을 극중에 도입하는 경향이 보인다. 국립창극단의 제81회 공연인 「이생규장전(李生窺墻傳)」에 나오는 청의동자(靑衣童子)나 제82회 공연의 「구운몽」에서 적경홍이 남장으로 변복하여 등장하는 적백란이 여기 해당한다.

이런 인물들이 주로 담당하는 역할은 스토리의 전개를 요약하는 일이다. 앞의 인용문에 나오는 적백란의 창이 그 예가 된다. 양소유가 공부하는 상황을 제시하는 데서는 이른바 치레사설이라 할 수 있는 장면 제시적인 구조를 보이지만 그 뒤에 이어지는 사설은 사건의 요약적 제시로 되어 있다.

▶ 1990년 국립창극단 제 81회 정기공연. 김시습의 「금오신화」 가운데 한 편을 창극으로 무대에 올린 「이생규장전」의 한 장면. (국립극장 사진)

이처럼 등장인물로 설정된 역할을 통해서 서술자의 역할과 인물의 역할을 이중적으로 수행하는 것은 바람직한 기법이라 할 수 있다. 판소리의 서술 방식 가운데 작자 및 작중인물의 이중시점적 서술이 양식화되어 있기 때문이다.

이러한 이중시점적 제시방식은 해설적 기능을 보이는 서술자의 존재를 약화시키면서 대상을 그려내기 때문에 사실적 효과를 거두기도 한다. 도창이 등장하여 사건을 서술하는 것에 비하면 진일보한 기법임이 분명하다. 또 우리 서사물에서 방자형 인물의 존재가 극적 전개를 다채롭게 하는 예를 흔히 볼 수 있다는 점에서도 제3자적 인물의 방법은 서사 전통에 합당한 방법이라 할 수 있다.

정보와 놀이의 양면 장치

그러나 판소리의 판짜기 원리에 관련된 조건에 비추어 보면 이 부분도 또 다른 관점에서 생각할 필요가 있다. 판소리 가운데 전승되는 다섯 마당에서 보는 바이지만 판소리의 판짜기에는 두 가지 원리가 역동적으로 작용하고 있다. 하나는 정보 전달의 원리이고 하나는 놀이 지향의 원리다(이 책 제Ⅱ부 '정보와 놀이를 섞어 엮는 판짜기' 참조).

예컨대, 「흥부가」의 흥부박이나 놀부박 대목에 이르면 플롯적 전개는 정지되고 오로지 흥미를 위한 에피소드가 확장적으로 전개된다. 복을 주기 위해서나 징치(懲治)를 위해서나 사람이고 물건이고 박에서 나오는 것이 너무 오랫동안 또 너무 많이 나온다. 「수궁가」의 모족회의(毛族會議)도 그러하고, 「춘향가」의 초야(初夜) 대목이 그러하며, 「심청가」의 심봉사 황성 가는 대목, 「적벽가」의 군사설움대목과 점고 대목, 「변강쇠가」의 여러 패거리 출현 대목이 모두 그러하다.

이는 정보보다는 판의 흥미를 고조시키기 위한 장치로 이해된다. 판소리마다 판소리 아닌 민속음악이나 시조창 또는 시창(詩唱)이며 송서(誦書)의 가락 등 다양한 연예가 등장하는 것은 바로 판의 다채로움을 통한 흥미의 고양이 목적임을 이해할 수 있다. 이것이 놀이 지향의 원리다.

이것이 판짜기의 한 원리이므로 창극이 판소리적 자질에 기반하여 공연적 성격을 구현하고자 한다면 이것을 조건으로 할 필요가 있다고 본다. 플롯이나 스토리 전개적인 치밀성보다는 적당량의 정보를 제시함으로써 나머지는 암시가 가능할 것이고, 그보다는 흥미 지향의 원리를 충분히 구현함으로써 사설의 촉급성을 피하고 어느 창극이 낳은 유명한 더늠 몇 편을 얻을 수도 있을 것이다. 거기에서 진정으로 판소리에 기반한 창극의 자질도 구조화될 수 있을 것임은 두말할 나위도 없다.

4. 창극 공연의 조건

추상화의 조건

판소리도 공연물이고 창극도 공연물이라는 점에서는 동일하지만 그 구체적인 성격까지 완전히 동일한 것은 아니다. 따라서 창극의 실현에는 판소리와는 또다른 공연상의 조건들이 문제로 제기된다.

여기서도 판소리가 지닌 본질과의 관련을 어떻게 설정하느냐가 문제의 초점이 되는 것은 마찬가지다. 그리고 공연상의 여러 조건으로 그 구성요소인 음악, 연기자, 무대, 관객 등이 고려될 수 있다. 나는 음악이나 연기에 대해서는 말할 능력을 갖추지 못했으므로 무대와 관객의 두 조건에 대해서 살펴고자 한다.

판소리의 본질이 간접화의 원리에 있으며 일종의 상징적 자질을 지니고 있음은 앞에서 본 바 있다. 무대 위에서 공연되는 공연물인 창극에서는 이 상징성이 조건적 고려로 인식될 필요가 있다.

이런 판단에 시사를 주는 단서는 예전에 허름한 흰 포장만을 둘러친 가설무대에서도 창극은 공연되었다는 사실이다. 이는 창극이 창에 기반한 공연물을 지향함으로써 판소리와의 친연성(親緣性)을 확보할 수 있다는 것을 암시하며, 동시에 창극의 무대가 지나치게 구체적이고 사실적일 필요가 없음을 말해 준다. 오히려 추상적이고 상징적일 때 창극의 판소리적 기저는 더욱 부각될 것이다.

한 예로 국립창극단의 제82회 공연인 「구운몽」 가운데 제9장인 용궁(龍宮) 장면이 그 현란한 무대구성 때문에 메시지도 흥취도 얻지 못한 채로 끝나버린 데서 이 점이 확인된다. 그 장면에서 관객들은 괴물들의 싸움을 위하여 동원된 최첨단 장비의 신기성을 보면서 창극이 아니라 엑스포 전시관을 구경하는 착각을 일으키기조차 하였다. 그것은 창극이 지향해야 할 판소리의 본질과는 너무 멀어지는 일이었다.

판소리의 본질이 상징적 기호인 언어와 추상적 너름새로 이루어진다는 점을 고려한다면 무대가 추상화될 때 창극으로서의 효과가 강화될 것임은 분명하다. 「춘향가」의 '적성가'나 '방안치레' 사설을 비롯하여 모든 판소리의 사설이 일종의 연상 및 상상의 작용을 일으키는 것임을 주목하면 이 부분의 조건이 선택될 수 있다.

실제로 창극의 공연 무대를 보면 사실적이기보다는 추상적이고 상징적인 무대를 설정하는 것을 보게 된다. 그러나 어떤 경우는 지나치게 볼거리에 치중한 나머지 지나치게 강렬한 인상을 주는 무대에 압도되어버리는 경우도 없지 않다.

호화로움과 흥겨움의 관계

이와 관련하여 무대 위에서 펼쳐지는 화려하고 성대한 군무(群舞)가 꼭 필요할까도 생각할 필요가 있다. 물론 볼거리를 마련해야 관객이 본다는 점은 짐작이 가는 바이지만, 창극을 보는 느낌이 마치 중국의 경극(京劇)을 본 듯하다는 착각에 이르면 문제는 심각하다. 특히 최근에 들어서면서 마당놀이적 성향을 보이는 군무가 흔해진 것은 재고할 필요가 있을 것이다. 판소리는 본디 그토록 가볍고 화려한 율동을 자질로 하지 않는다는 것은 다음과 같은 증언에서 드러난다.

> 이보형 : 고수는 소리하는 사람에게서 눈을 떼서는 안 되겠죠. 소리하
> 는 사람도 옛날에는 발림할 때 손 하나 들려면 천금같이 무
> 겁게 하고, 부채도 펼 때가 있고 펴지 말 때도 있는데, 요새는
> 아무때나 부채 펴고…….
> 김소희 : 요새 부채 든 사람들은 다 양손에 이렇게 들고 하모니카를 불
> 던가 갈비를 뜯든가 해요.

이보형 : 옛날에 승무 같은 춤을 출 때 무겁게 하라고 그러잖아요? 발
　　　　림도 그것과 같은 것인데, 요새 판소리하는 분이 자꾸 발을
　　　　동당동당하는 경우가 있는데 그것은 어떻게 보세요?
김소희 : 저는 어렸을 때부터 말뚝같이 우뚝하니 서서 팔만 이렇게 내
　　　　미는 것은 절대로 안 된다고 배웠어요. 그 대신 팔을 한 번
　　　　내려면 다리가 먼저 반드시 떼집니다. 떼어 놓고 그러고 나서
　　　　팔이 따라 가거든요.

판소리 인간문화재 증언자료, 『판소리연구』 제2집,
판소리학회, 1991, p.252

▶ 창극 「흥보가」의 군무 장면. 창극은 무대 효과를 위해 현란한 군무를 동원하기도 한다. 사진은 흥부박에서 나온 비단을 상징하는 군무. (국립극장 사진)

　이 증언은 판소리의 발림이 춤사위의 응용임을 강조함으로써 동작의 사실성보다는 암시적 상징성을 강조하면서 이어지고 있음을 본다. 이 점을 창극의 조건으로 선택한다면 마당놀이와 같은 군무는 창극의 몫일 수가 없다. 그것이 아무리 눈요기거리가 된다 한들 판소리를 바탕으로 하는 극은 아닌 쪽으로 치달아 갈 것이 우려되기 때문이다.

추임새의 조건

　창극의 형성 자체가 도시사회의 형성에 기반하여 이루어진 것이고, 도시문화로서의 공연은 무대를 가진 극장에서 이루어질 수밖에 없을 것임은 과거에 그러했듯이 현재도 불가피하다. 앞으로도 사회는 점차

도시화할 것이라고 본다면 이러한 무대 공연의 조건이 그다지 크게 변할 것으로는 보이지 않는다.

그런데 이 무대라는 것은 농촌문화의 그것과 같은 개방적 공연장이 아니다. 오늘날의 무대는 폐쇄된 공간이고, 무대의 여러 조건들은 거기서 공연되는 극의 구조로 하여금 제4의 벽을 통해 들여다본다는 성격에 충실하도록 요구한다.

이 상황이 창극으로 하여금 판소리의 본질과는 더욱 멀어지게 하는 제한 요소로 작용한다. 판소리의 주된 특질도 그러하거니와 우리 전통문화의 공연 양식이 모두 관객과의 교감(交感)에 의한 개방과 참여의 구조 속에서 이루어진 것이기 때문이다.

제4의 벽이라는 원리와 개방과 참여의 원리는 이처럼 정면에서 충돌을 일으키는 데 그 대안의 제시는 용이하지 않다. 그러나 객석의 불을 끄는 대신 적당한 밝기를 유지하여 교감의 길을 열어 주는 등의 시도가 필요할 것이다.

이런 지향을 추임새의 조건이라 부르고자 한다. 관객이 동참하여 교감을 형성하고 고수도 이에 한 역할을 담당할 수 있다면 판소리 연창때의 창자와 고수 간에 이루어지는 추임새와 같은 교감을 확보할 수 있을 것이다.

관객에 대한 배려

공연물을 기획하고 공연하는 데 누가 관객을 도외시할 수 있겠는가? 와일더(Thornton Wilder)도 일찌기 지적한 바 있지만 연극은 집단을 향하여 말하는 예술(Some Thoughts on Playwrighting, James L. Calderwood & Harold E. Toliver ed., *Perspectives on Drama*, 1968, pp.9~10)이다. 그래서 연출자도 관객의 생각과 기호에 대해 많은 걱정을 함은 당연하다. 아무리 좋은 소리를 한다 해도, 전통의 계승이 아무리 당위라 해도, 오늘날의 관객과 호흡을 같이 하지 못한다면 모든 논의는 어디에 쓸 것인가 하는 의구가 있을 수밖에 없다.

그렇기는 하되 관객의 문제가 그처럼 단선적으로 처리될 만큼 단순한 것은 아니라고 본다. 우리의 창극 역사에서 논의의 단서를 찾아본다.

> 一篇(일편) 小說(소설)을 滋美(자미)잇게 지어닉되 我國(아국) 古來(고래) 貪官汚吏(탐관오리)의 政治(정치)도 包含(포함)ᄒ며 閨門內(규문내) 妻妾(처첩) 爭妬(쟁투)의 弊端(폐단)도 寓意(우의)ᄒ며 或(혹) 乙支文德(을지문덕)의 薩水大戰(살수대전)ᄒ든 形容(형용)이며 桂月香(계월향)의 賊將(적장) 謀斬(모참)ᄒ든 眞相(진상)을 這這(저저)히 活劇(활극)ᄒ면 一般(일반) 觀聽(관청)이 忠義勇敢(충의용감)의 大氣槪(대기개)롤 鼓發(고발)홀지며 古來(고래) 政俗(정속)의 不美(불미)ᄒ 것을 不得不(부득불) 改良(개량)홀 思想(사상)도 發現(발현)홀지니 演戲(연희)의 資料(자료)가 如此(여차)ᄒ면 웃지 今日(금일)과 갓치 淫女蕩子輩(음녀탕자배) 幾個式(기개식)만 入場觀光(입장관광)ᄒ리오

> 달관생(達觀生), 연극장 주인에게, 『서북학회월보』 1권 6호, 1909, p.33

이 글은 극장에 가서 잡가(雜歌)며 판소리 「춘향가」의 이별대목 연창(演唱)을 보고 그것이 음탕한 내용의 공연이라고 비난하면서 그 대안으로 제시한 대목이다. 판소리에 대한 애정이 그 공연의 흥행적 성립을 가능하게 했다면, 동시대인 가운데는 그에 강력히 반발하는 생각을 지닌 사람도 이렇듯이 있게 마련이라는 점을 우리는 유념해야 한다. 이 말에 대하여 판소리를 즐기는 대다수의 사람은 물론 침묵했을 것이다. 언제 어느 때나 반대되는 생각을 가진 사람은 있게 마련이기 때문이다.

그러나 이는 새마을 운동을 부르짖으면서 장승을 뽑아버린 1970년대의 우리 사회를 연상케 하는 대목이다. 지금은 그런 것을 보존하는 일이 민족정신을 부르짖는 일에 맞닿아 있다는 것을 상기할 필요가 있으

며, 그 때 그 사람이 지금 그 사람일 수 있다. 사실도 참조되어야 한다. 추임새의 원리도 추임새에 참여하는 사람의 몫이다. 극장 밖에는 여전히 냉담한 목소리가 건재할 것도 예상해야 한다.

비록 그렇다 하더라도 창극이 판소리의 연극인 한은 추임새의 조건은 어떤 형태로든지 지켜지고 충족되어야 그 본질을 유지할 수 있을 것이고, 또 그렇게 함으로써 발전적 문화 양식이 될 수 있을 것이다.

5. 창극의 미래에 거는 기대

이제 우리의 창극 논의에 결말을 짓기 위해 다음과 같은 견해를 주목하고자 한다.

판소리는 전환시대에 이르러 일인입창(一人立唱)의 전통적 형태를 묵수하는 방향과 배역을 나누어 분창하는 창극 형태로 양분되었다. 창극으로의 변모는 시대적 요청에 따른 당연한 결과였지만, 극적 요소의 확대와 관객의 기호에 영합하여야 한다는 제약 때문에 그 예술화는 한계를 지닐 수밖에 없었다.

관객의 인기를 바라고 예속자본과 타협하면서 민족 예술을 살리고자 한 것은 대상을 이용하여 후일을 기약하는 슬기일 수도 있다. 그러나 받는 것이 있으면 주는 것도 있는 것이 삶의 원리이다. 창극의 분창에 따라 연창자는 한 인물의 극적 성격 표출에만 관심을 가지고, 판소리 자체가 가지는 인간의 깊이 있는 성찰은 도외시하였다. 연기와 분장술 등은 그 자체로서는 물론 필요한 것이지만, 연창자가 가져야 하는 본질적 노력인 소리의 추구는 그만큼 등한시 되었다고 할 수 있다. 창극은 외면적으로는 확장되고 발전하였지만 내면적으로는 위축과 자기 상실을 초래할 수밖에 없었던 것이다.

정병헌, 『판소리문학론』, 새문사, 1993, p.52

20세기 전반기를 판소리의 전환시대로 규정한 이 글을 길게 인용한 까닭은 판소리의 본질에 연계되지 못하는 창극의 갈 길이 어디인가에 대한 시사와, 관객을 모을 수 있는 연극적 흥미에만 몰두할 때 그 결과가 어떠할 것인지에 대한 암시가 손등과 손바닥처럼 하나가 되어 여기에 담겨 있기 때문이다.

판소리가 생성되고 전개되어 온 조선 후기의 사회가 그러했듯이, 또 창극이 형성되고 변모해 온 20세기의 사회가 그러했듯이, 거기에는 언제나 이중적 대극(對極)이 공존하고 있음을 간과하는 것은 일의 핵심을 놓치는 일이 되기 쉽다. 그러한 이중적 대극은 조선 후기만이 아니라 새롭게 전개되는 21세기에도 있을 것이다.

그 까닭은 인간의 삶이 그러하기 때문이다. 사회에는 언제나 보수(保守)와 혁신(革新)이 있게 마련이고, 그 중도를 간다 해도 거기마저도 중도좌파(中道左派)와 중도우파(中道右派)라는 것까지가 대를 이루면서 다양하게 혼재한다. 사회만이 그러한가? 우리도 또한 아침에는 선인(善人)이다가 저녁에는 악인(惡人)이다가 혹은 그 역(逆)이다가 하면서 살아가지 않는가? 판소리는 그래서 이중성을 본질로 하고 있음은 앞에서 살핀 바와 같다.

그러기에 진지한 판소리가 오늘날의 것이므로 창극이 그 쪽으로 나아가야 한다든가, 보존이냐 개혁이냐를 분명하게 설정해야 한다든가 하는 논의들은 무의미할 수 있다. 판소리 자체가 이중적 구조의 결정체인 데서 인간적이라는 논의에 주목하면 추론의 단서는 찾아진다.

그래도 아직 창극의 조건에 대하여 할 말이 있을 수 있다. 판소리를 하는 창자가 창극을 하면 연극소리라고 해서 소리를 버리게 된다는 악조건은 연기자의 부담이고, 서양 음악의 도입이 음악적 개화로 인식되었던 근대사 때문에 알아들을 귀가 점차 사라지고 있다는 악조건은 관객의 몫이다. 이런 문제도 해결의 길을 찾아야 한다.

　그러나 악조건은 악조건일 뿐 불가능의 충분조건은 아닐 것이다. 악조건이 오히려 거듭나는 예술적 조건으로 승화될 수도 있을 것이다. 이것을 확신하기 위해서는 1990년대 후반에 사회적 선풍을 일으킨 영화 「서편제」의 성공이 주는 의미를 반추할 필요가 있을 것이다.

V

21세기의 판소리문화를 위하여

- 창과 방패 시대의 민속예술
  −보편과 특수의 모순을 아우르기

- 만인을 위한 판소리 사설
  −판소리문화를 위한 사설 창작론

- 판소리문화가 가야 할 길
  −21세기 사회 변화와 판소리의 사명

창과 방패 시대의 민속예술
-보편과 특수의 모순을 아우르기

1. 이 시대 삶의 이중성

서구중심적 사고에서 자유롭기

삶은 언제나 다양하게 마련이고 그러기에 그 표방하는 가치 또한 다중적(多重的)일 수밖에 없다. 이 시대의 모습도 예외가 아니어서 오늘날의 삶이 내세우는 핵심어도 '세계화(世界化)'와 '지방화(地方化)'라는 이중적 성격으로 집약된다.

세계화가 세계적 보편성과 공동성을 추구하는 것이라면 지방화는 국지적 특수성과 개별성을 지향한다. 어찌 보면 창[矛]과 방패[盾]의 관계가 분명한 이러한 추구와 지향이 동시대에 공존할 수 있음은 우리 삶이 그만큼 복합적임을 말해 줌과 동시에 이 둘이 궁극적으로는 한 뿌리에서 자란 두 가지일 수도 있음을 암시해 준다고 할 수 있다.

정부에 의해서 '세계화'라는 용어가 제시되고 그것이 이 시대의 지표라고 했을 때 설왕설래가 있었던 것으로 기억된다. 압축적으로 거론된 말은 적절한 번역어가 없다는 것이었다. 그러한 논의가 일었던 까닭은 용어의 개념이 복합적이기 때문이었을 것으로 짐작된다.

우리가 '세계화'를 말할 때 그것은 대체로 두 가지 뜻으로 사용되는 것임이 이 말이 사용되는 문맥에서 확인된다. 하나는 우리의 시야와 무대를 세계로 옮겨 그 경쟁의 대열에서 앞서 가자는 뜻이고, 다른 하나는 궁벽한 고립에서 벗어나 세계적 보편성 속에 동참하면서 발전해 나가자는 뜻이다. 전자가 세계를 향한 우리의 '수월성(秀越性)'을 함축한다면, 후자는 보편적 '세계주의(世界主義)'를 함축한다고 할 수 있다.

후자의 개념은 일찍부터 우리의 의식을 지배해 온 것이 사실이다. 특히 19세기말에서 20세기에 이르는 동안 예술문화와 과학문명의 분야에서 이러한 욕구와 경향이 강렬하였고 시대적 흐름의 주류를 이루어 온 것도 우리가 이미 알고 있는 바와 같다.

그러나 세계주의로 나아가는 경향이 열강의 개항(開港) 압력에 의해서 조성되었고, 거기서 촉발된 욕구와 의지가 '서구화(西歐化)'의 방향으로 나아간 것은 20세기의 세계화가 지닌 의미가 무엇인가를 음미하게 한다. 19세기 말 이후를 개화기(開化期)로 부르는 것부터가 이러한 의식의 서구편향성을 반영한다고 할 수 있다. '개화'라는 말의 상대 개념은 '야만'이거나 '미개'라는 점을 생각하면 이 점이 분명하다.

예술을 대상으로 놓고 말할 때 세계적 보편주의라는 용어 자체는 지극히 당연한 것이라 할 수 있다. 예술은 예술로서의 보편성을 지니고 있는 것이고, 또 실제로 세계의 예술은 세계 여러 지역의 민족과 국가가 이룩하고 또 이룩할 예술의 총체이므로 그 총화로서 세계의 예술이 논의되어야 한다는 것은 당위이기도 하다. 여기에 이론(異論)이 있을 수는 없다.

그러나 우리가 세계적 보편주의를 말할 때 그 개념의 내부에는 서구가 그 표본이라고 하는 문화적 식민주의(植民主義)가 깊게 자리잡고 있다는 점에 대한 반성이 필요하다. 그것은 어느 개인 혹은 어떤 집단의 잘잘못으로 논의될 문제가 아니라 역사의 흐름이 낳은 필연적 귀결이었다.

그러한 역사의 흐름에 대한 가치를 오늘날 우리가 평가하는 것과 그 실상이 그러하다는 것과는 별개의 문제라고도 할 수 있다. 예술을 중심으로 '세계화'를 생각할 때는 이러한 과거 역사의 궤적에서 눈을 떼지 않으면서 현재와 미래를 생각하는 것이 요청된다 하겠다.

'세계화'의 또 다른 개념인 경쟁 대상으로서의 세계와 거기서의 수월성 표방에는 민족주의 또는 국가주의라고나 할 의식이 기저를 이루고 있다. 이것은 산업기술과 경제의 측면에서 이룬 성과에 대한 자신감을 바탕으로 다른 모든 분야에서도 수월성을 통한 경쟁의 승리를 강조하고 있는 지표이기도 하다.

이러한 개념과 지표가 담고 있는 생각의 바탕은 우리 민족과 국가가 지닌 고유성 또는 특별성에 대한 믿음과 격려라고 할 수 있다. 산업 부문에서의 경쟁이 자원과 기술에 의해서 결판이 나듯이 다른 모든 분야에서도 경쟁에 이기기 위해서는 남다른 우위성을 지니고 있어야 함이 당연하다. 이 문화 예술 분야에서의 우위성은 필연적으로 특색을 바탕으로 하게 되는 것이 자연스럽고, 그러기에 이러한 지표는 민족적 특질과 전통을 강조하게 마련이다.

세계화 시대라는 명제 앞에서 민속예술을 생각하기 위해서는 이러한 세계적 보편주의와 민족적 개별주의가 동시에 고려되어야만 문제의 핵심에 이를 수 있다고 본다.

지방화는 다양화의 추구

이 시대를 '지방화(地方化)'의 시대로 규정하는 근거는 지방자치제의 실현일 것이다. 실제로 지난 1994년도에는 기초·광역 의회의원과 자치단체장의 선거가 실시되었다. 그리고 그것이 정착되었는지는 논외로 하더라도, 1998년에는 제2기에 들어섰으므로 제도상으로는 정치적으로 행정적으로 지방 분권화의 시대가 도래한 셈이다.

그 이후의 상황이 어떠한가, 또는 명목과 실상이 부합하는 지방화가 이루어지고 있는가 하는 등의 문제는 이 자리의 관심사도 아니고 능력에도 벗어난다. 따라서 이론적으로 혹은 이상적으로 표방되는 지방화와 그렇게 되었을 때의 미래상을 염두에 두고 논의하는 것이 바람직하다 할 것이다.

이런 전제 위에서라면 '지방화'란 말의 함의는 '다양화(多樣化)'로 해석하여 무리가 없을 것이다. 다양화가 내포하는 요소들은 개별성, 특질, 독자성, 분리 등이 될 것이다. 지방은 그 지방의 삶을 기반으로 하여 그 지방만이 지닌 개성과 특질을 독자적으로 그리고 다른 지역의 그것들과 무관하게 발전해 나가는 것이 당위이자 지표가 될 것이다.

그러나 다양화를 내포하는 요소들이 이러하다 하더라도 거기에는 한 가지 제한이 반드시 앞서게 된다. 지방이 제아무리 다양해도 우리 민족과 국가의 범위를 벗어날 수는 없게 된다는 점이 그것이다. 단일 민족이라는 우리의 민족적 특성도 그러하거니와 국토의 협소성도 이 점을 더욱 부추길 것이다. 더구나 통신·교통 수단의 눈부신 발달은 지방별로 다양화하는 추세를 억제하는 요소로까지 작용할 우려가 없지 않다고 하겠다.

형편이 이와 같더라도 지방의 다양화는 반드시 추구해야 할 지표라는 점에 착안할 필요가 있다. 특히 민속예술의 경우에는 각 지역이 지닌 특성들의 총체로서 민속예술이 있는 것이고, 거기서 민족적 동질성과 고유성을 말해야 하는 것이지 중앙 통제식의 획일성이란 오히려 퇴영적 전개를 부추기게 될 것이다.

이처럼 당연한 지표에도 불구하고 다양성 확보의 난점을 지적해 두는 것은 그것이 실로 어려울 수밖에 없는 여러 가지 요인이 작용하게 되리라는 점 때문이다. 통신·교통 수단의 발달로 인한 생활권의 개념 변화는 물론이거니와 생활 방식의 획일화라는 추세가 이러한 경향을 더욱 부채질하지 않을까 염려된다.

더구나 지방 자치의 정치·행정적 요인들이 자치로서의 실질을 갖추지 못한다면 이러한 경향은 더욱 강화될 것이다. 이런 점들은 판소리를 비롯하여 모든 민속예술이 생활에 근거하여 형성된다는 요인과도 깊은 연관을 가지게 될 것으로 보인다. 이런 점들을 이제 살피고자 한다.

2. 민속예술이 가야 할 길

삶의 변화와 민속예술의 선택

개인적인 생각을 먼저 앞세우고자 한다. 어느 시대의 예술을 두고 보더라도 예술이 학자의 입김에 의해서 좌지우지된 역사는 그리 흔하지 않다. 예술은 언제고 그 방면의 사람들이 일구고 가꾸고 발전시켜 왔고, 학자는 그것을 현상으로 바라보면서 설명해 왔을 따름이다. 따라서 학자의 관심은 예언적 기능을 가지기 어려우며, 실상에 대한 학문적 이해나 체계화에 그치고 마는 경우가 많은 것도 사실이다. 사정이 이러하므로 현실적 여건보다는 본질에 초점을 맞추는 것이 학자의 습관이자 한계이기도 하다.

민속예술의 본질로서 가장 핵심적인 것은 그것이 생활에 기반을 둔 예술이라는 점일 것이다. 생활의 어떤 요소가 습속으로 굳어지면서 거기에 예술적 요소가 작용하게 되었다는 점에 대한 이해는 민속예술의 여러 국면을 논의할 때 가장 핵심적인 중심축이 될 수밖에 없다.

이런 점에서 본다면 오늘날의 민속예술이 안고 있는 문제는 생활 양태의 변화와 깊은 관련을 가질 수밖에 없을 것이다. 산업사회로 들어서고 농업 경작의 형태가 바뀌면서 농요(農謠)와 농악(農樂)이 쇠퇴하거나 잔영만을 남긴다든지, 마을 단위의 공동체적 생활 습속이 가족 또는 개인 중심으로 변화하면서 제의·유흥적 과정의 여러 예술 형태가 소용없는 것이 되어 버린 것은 민속예술의 이러한 본질을 드러낸 것이라 할 수 있다. 이를 한 마디로 바꾸어 정리한다면 '놀거리'로서의 예술은 생활 양태의 변화와 함께 쇠퇴하게 된 것이라고 할 수 있다.

삶의 양식이 예전과 같은 모습으로 돌아가지 않을 뿐더러 문명의 전개는 개인 중심의 경향이 더욱 강화되는 방향으로 나아갈 것이라는 전망이 옳다면 민속예술의 오늘이 보여주는 이러한 경향은 앞으로도 커다란 변화 없이 지속될 것으로 보아야 한다. 따라서 민속예술은 '볼거리'로서는 혹 몰라도 '놀거리'로서의 존재 의의가 더욱 미미해지지 않을까 싶다.

사정이 이렇게 변화한 데는 실내 중심의 생활로 변화해 온 저간의 과정이 크게 작용했음도 물론이다. 민속예술이 대체로 옥외의 공간에서 성립되었음에 반하여 오늘날의 생활은 그 중심을 실내로 옮겨 옴과 동시에 개인 또는 가족 중심으로 변화한 것이다.

이 두 가지는 그 선후 관계를 말하기 어려울 정도로 깊은 상호 관련을 가진 것으로 이해할 수 있다. 여기에 결정적 요인으로 작용한 것이 과학 문명의 발달, 특히 전파 매체의 발달이라 할 수 있다. 이러한 생활의 변화가 민속예술을 '놀거리'가 아닌 '볼거리'로 나아가게 하는 데 기여를 했다고도 할 수 있다.

민속예술이 오늘의 이 지경에 이르게 된 데 크게 작용한 요소의 하나로 교육의 서구 편향을 들 수 있다. '세계화'의 문제와 관련해서 살핀 바 있지만 20세기의 사회 전반이 그러했듯이 특히 예술의 교육은 서구화를 지상 목표로 삼아 왔다. 판소리가 세계에서 유례를 찾기 어려울 정도의 수준 높은 성악(聲樂)이라고는 하지만 그 음악을 들을 귀가 길러지지 않은 것은 우리의 아픈 과거를 반추하게 한다.

과거와 현재의 과정과 현실이 이러한 상황에서 민속예술을 바라보는 눈은 현재와 미래를 아우르는 데 초점을 맞추는 것이 당연한 이치일 듯하다. 과거의 잘잘못을 따지는 것은 미래를 위한 설계의 단서로 삼기 위함이지 책임을 묻고자 함이 아니며, 오늘의 솔직한 진단이야말로 미래를 위한 전향적 자세의 기반일 것이기 때문이다.

보존과 개발의 두 방향

가장 먼저 생각할 수 있는 것은 민속예술의 보존과 개발의 양면적 노력의 필요성이다. 언제 어느 때에도 문화란 정지·고정되어 있는 것이 아니므로 앞으로도 무한한 변화가 올 것을 예상하고 그 변화를 긍정적인 것으로 받아들이면서 개발을 활성화함과 동시에 그 개발의 방향성을 분명히 인식하기 위해서도 과거의 보존에 힘을 기울여야 할 것이다.

변화의 당위성에만 초점을 맞추어 과거를 무시하거나 등한시하였을 때 어떤 결과가 왔는지는 과거 새마을운동의 뼈아픈 경험을 상기하는 것으로 족할 것이다. 반면에 변화에 둔감함으로써 과거만을 고집할 때 오는 결과가 무엇인가는 오늘날 민속예술의 처지가 입증해 준다.

이 부분에서 우리는 일본의 경우를 참고로 할 수도 있겠다. 외국어에 대해서는 무차별적 개방을 보여 주면서도 신사(神社)나 축제(祝祭)를 흔들림 없이 보존하는 양면성은 타산지석(他山之石)으로 삼을 만하다. 저들의 음악 전통에서 엥까[演歌]를 만들어 내는 전향적 변화를 보이면서 여전히 전통 예술을 보존하고 있는 측면도 주의해 볼 대목이라 하겠다.

다만 문제는 민속 예술의 보존이 개인의 노력만으로는 성취되기가 어렵다는 점이다. 또 개발도 이 점에서 마찬가지다. 따라서 이에 대한 집중적 지원이 정부 혹은 국가의 차원에서 이루어져야만 한다. 민족 문화의 중요성을 문화 예술인들만의 자기 옹호적 주장으로 여긴다든지, 경제만 잘 이루어지면 문화는 저절로 이룩된다는 식의 편견을 가진 결과가 어떤 것인지는 우리가 이미 체험한 바 있다. 이렇게 말할 수 있는 근거는 세계화의 시대가 민족적 고유성(固有性) 또는 수월성(秀越性)을 필요로 한다는 데 있다.

3. 교육의 역할과 문화의 역할

전문성과 대중성의 만남

다음으로 중요한 것은 민족 문화에 대한 이해의 확립이 교육을 통해서 이루어져야 한다는 점이다. 그 동안 우리가 자초해 온 중앙집중적이고 획일적인 경향은 교육의 획일화를 낳았고, 그 결과 민속예술의 기반이라 할 수 있는 지역 문화의 고유성 상실이라는 결과를 초래했다. 또 서구 편향의 예술 개념에 기울어진 나머지 민족적 고유성에 대한 긍지를 심어 주지도 못하였다.

다행한 것은 지금 초등학교에서 자기 고장에 대한 공부를 하는 과정이 있다는 점인데, 물론 아직은 시작 단계여서 미흡하다 할지라도 이러한 측면이 지방화 시대에 걸맞게 발전되어 간다면 기여하는 바가 클 것이다. 그러한 관점의 연장으로 민속 예술에 대한 교육이 반드시 설계되고 실천되고 또 확충되어야 할 것임은 자명하다.

예술에 대한 관점의 재검토도 필요한 시점에 와 있다고 할 수 있다. 그 동안 우리가 논의하는 '예술'의 개념은 서구 근대사회 이후에 성립된 직업으로서의 예술가를 먼저 떠올린 다음에 예술을 말하는 직업적 경향이 강하였다. 그리고 우리의 생활 또한 산업화 시대로 접어들면서 분화된 직업으로서의 예술을 그대로 수용하는 경향이 당연한 것처럼 취급되었다. 그러기에 민속예술을 논의할 때면 미학의 개념과 생활의 개념이 충돌을 일으켜 다소간의 혼란을 조성하기도 하였다.

그러나 예술은 그 발생부터가 삶을 기반으로 하였으며, 그것의 발전·전개 또한 그러하였다. 그러기에 사회의 계층 구조가 심화되고 삶이 다변화하면서 전문인의 개념이 생겨나고 경제적 지배력이 독점되면서 생활과는 별개의 예술이라는 개념이 자리잡게 되었음을 상기할 필요가 있다. 그래서 우리의 생활 또한 산업화 시대로 접어들면서 분화된 직업으로서의 예술을 그대로 수용하는 경향도 강하였다. 민속예술에 대한 편견이 없지 않았던 것도 여기에 기인한다 할 수 있다.

예술에서 계층성을 앞세우는 것은 계층적 이익의 보호나 권력 독점권의 보호라는 목적 아래 성립되었으며, 또 그러한 목적이 강렬할수록 더욱 강화되었던 것은 역사가 우리에게 일러 주는 교훈이기도 하다. 사회적으로 계층적 구분의 의미가 경제적 능력으로 귀결되는 경향에 비추어 보거나 인간론적으로 모든 인간이 스스로 예술의 향유에 대한 소질과 권능을 가지고 있다는 점에 비추어서도 예술은 전문성과 대중성을 아우르면서 발전하는 것이 온당하다 하겠다.

관점을 바꾸어 생각해도 그러하다. 민속예술의 존립 근거가 그러하였듯이 앞으로의 발전 근거도 그러할 것이다. 사회가 직업의 분화를 더욱 가속화할 것이며 개인 또는 핵가족 중심의 모습이 심화될 것이라는 진단이나 주거 공간과 문명의 변화가 실내 중심으로 계속된다고 하더라도 모든 생활인은 자기 삶의 예술적 요소를 '즐기며' 살아가리라는 전망을 놓치는 것은 바람직하지 않을 것이다. 이러한 추리는 KBS의 '전국 노래자랑'이라는 프로의 인기도나 '노래방'의 성업을 생각하면 그 타당성이 입증된다.

문제는 민속예술이 '볼거리'로만 머물러 있어서는 오히려 위축되리라는 점이다. 삶이 어떻게 변모해도 인간에게 깃들여 있는 즐거움과 미를 추구하는 본능은 그대로 남아 있을 것임이 분명하다. 그렇다면 민속예술이 '놀거리'로서의 지표를 추구하는 것이 필연적이고 그렇게 할 때 민속예술로서의 본질에 뿌리를 두어 발전할 것으로 본다.

그렇게 해야 세계화·지방화라는 시대적 성격을 충족시키면서 전향적인 발전을 할 수 있으리라는 것이 핵심이다. 제 나라 제 민족의 대중에게 뿌리를 내리지 못하고 참여를 얻지 못한 예술이 세계의 주목을 받는다는 것은 상상하기 어렵고, 저만의 과거에 대한 미련과 집착만으로 치달을 때에도 결과는 동일할 것이다.

민족적 본질을 찾아 나설 때

이러한 지향이 무조건적 변화 또는 봉합된 과거의 보존으로 오해되는 것은 옳지 않다. 변화는 '이질화(異質化)'를 뜻하는 측면도 있지만, 세계화와 지방화의 명제 앞에서 거듭 확인해야 할 것은 그것이 민족의 예술이라는 점이다. 따라서 그 발전의 방향이 민족의 본성에 기반을 두어야 한다는 점을 분명히 하고자 한다.

가령 판소리를 극화한 창극에서 웃음은 사라지고 무거운 권선징악(勸善懲惡)의 주제만이 관객을 짓누를 때 모처럼 관심을 보인 사람들조차 고개를 돌리는 것을 이해해야 한다. 비극적 이야기로 예를 들어 보더라도 우리는 소포클레스나 셰익스피어에게서 보는 것과 같은 비극보다는 '웃음으로 눈물 닦기'를 지향점으로 삼았다는 점에 대한 이해가 없이 형태만 유사한 것으로 민속예술의 계승을 겨냥한다면 성공하기 어려울 것이다.

세계화가 '지구촌'의 개념으로 해석되는 국면에서 또 하나 생각할 수 있는 것은 민속예술의 관광자원화라고 할 수 있다. 한 사람의 관광객 입국이 자동차 10여대의 수출과 맞먹는다는 셈속을 앞세우지 않더라도 우리의 문화를 찾아오도록 하는 일은 수월성의 과시를 위해서도 필요하다 하겠다.

그러나 이 부분에서도 외국인을 위한답시고 국적 불명의 것으로 변모시키는 우를 범하지는 말아야 한다. 똑같은 관광 기념품이 경주에도 제주에도 있는 것에서 우리가 그 폐를 이미 알고 있다.

또 민속예술이 본디 그러하였듯이 삶의 형태에 따라 변화해 가되 '볼거리'만이 아닌 '놀거리'적인 자질도 지향해야 한다는 말에서 밝혀졌듯이, 외국인 관광객에게 '놀거리'적인 장을 제공하는 방안도 민속예술의 발전은 물론 소중한 관광 자원의 개발이라는 측면에서 중요할 것이라고 본다. 우리가 그토록 강조해 온 '금수강산'이 저들의 눈에는 그저 그러하듯이, 그냥 막연히 보기만 하는 것보다는 체험하는 예술 세계는 소중한 관광 자원일 수 있을 것으로 본다.

모든 것이 이론적인 가정일 수 있다. 중요한 것은 능력 있는 인재의 양성이다. 전통 예술을 둘러싸고 인재의 부족을 호소하는 광경을 흔히 보는 것은 우리가 아직도 제한적 시각에서 벗어나지 못하고 있으며, 그러기에 미래에 대한 준비 또한 대단히 미흡하다는 사실을 확인하게 해 준다.

미래는 분명히 변화되는 모습으로 온다는 점에 대한 확인, 그리고 우리는 한민족이고 대한민국의 국민이라는 동질성을 민족의 역사와 전통에서 찾음이 지극히 당연하다는 인식이면, 그것이 곧 세계화와 지방화라는 창과 방패의 이중성을 달성하는 길이 되리라고 생각한다.

만인을 위한 판소리 사설
-판소리문화를 위한 사설 창작론

1. 사설 논의를 위한 몇 가지 전제

판소리를 문화로 보기

판소리 사설의 창작을 논의하려면 그에 앞서 여러 조건들이 고려되어야 한다. 판소리의 창작이 과연 필요한가에서 시작하여 판소리 창작의 이론적 논의가 무슨 의미를 가질 것인가에 이르기까지 여러 측면과 단계의 문제들이 해명을 필요로 할 것이다.

여기서는 그러한 문제에 관한 논의들을 일단 유보한다. 판소리도 애당초에는 새로운 발명품처럼 등장했던 시기가 있었을 것이다. 어느 시기엔가는 창작을 통해 새로운 문화 혹은 당대적 문화로서의 모습을 굳혔을 것임은 짐작하기 어렵지 않고, 오늘날에도 전승 5가가 판소리의 중심이 되어 있지만 창작 판소리도 적지는 않다. 안중근(安重根), 이준(李儁) 등의 「열사가(烈士歌)」를 비롯하여 상당수의 창작 판소리가 있는가 하면 지금도 꾸준히 창작이 이루어지고 있다. 여기에다 창극화되는 경우까지 합한다면 판소리적인 창작이 상당하다 할 수 있다.

판소리 창작을 현실 또는 당위로서 인정한다 하더라도 판소리 창작이 어떠해야 하는가는 여전히 문제가 된다. 창작되는 판소리는 전통의 답습이라야 하는가, 아니면 새로운 창조라야 하는가 하는 의문이 그것이다.

사실, 문화란 본질적으로 모순되는 두 방향의 운동을 보이게 마련이다. 하나의 방향은 옛것을 그대로 지님으로써 전통의 보존을 지향하는 폐쇄적이고 보수적인 경향이고, 다른 하나의 방향은 부단히 새로움을 추구함으로써 당대성을 확보하려는 개방적이고 혁신적인 경향이다.

문화의 두 가지 방향은 각기 당위성과 가치를 지닌다. 전통의 보존을 통하여 우리는 현재가 과거의 결과임을 확인할 수 있으며, 당대성의 추구를 통하여 미래의 출발로서 현재성을 확보할 수 있게 된다. 이것은 과거-현재-미래의 시간적 유기성에 기반을 둔 문화의 흐름으로서 마땅히 그러해야만 할 경향이기도 하다.

이제 판소리 사설을 엮는 문제를 살피려는 이 논의는 판소리라는 문화를 논의하는 데 후자의 측면에 중점을 두어 그 방향을 전망해 보려 한다. 판소리의 생성(生成)과 성행(盛行) 그리고 오늘에 이르는 역사가 그러하였듯이 앞으로의 판소리도 새로운 창조의 생성력을 바탕으로 당대의 문화로서 나아갈 힘을 지녀야 한다는 전제를 깔고 있기 때문이다.

오늘의 삶을 담는 판소리

문화란 곧 삶의 방식이자 그 결과로 생겨난 양식이다. 따라서 당대성과 무관한 채로 보존의 가치만을 지니는 것이라면 생명을 잃고 만다. 더구나 그것이 판소리처럼 눈에 보이지 않고 손에 만져지지 않는 것일 때 그런 문화는 결국 쇠퇴하고 마는 것이 자명한 이치다.

우리 주변의 어떤 문화 현상도 삶의 변화와 병행하지 못한 것은 문화로서의 자질을 잃고 말더라는 경험적 사실이 이를 입증한다. 또 변하지 않은 문화의 형식이 없었다는 역사적 경험을 통해서도 이런 전제는 뒷받침될 수 있으리라고 본다.

이런 전제 위에서 전망하는 판소리 사설 창작의 이론적 기반은 어디에 두어야 할 것인가. 여기에도 여러 가지 관점이 있겠지만 여기서는 판소리가 하나의 문화적 관습이라는 점을 출발점으로 접근하고자 한다. 무릇 하나의 문화 양식이 존재하는 것은 거기에 관습의 틀이 있기 때문이며 그 관습의 틀을 바탕으로 하여 그 양식의 특성이 구체화되기 때문이다.

어떤 양식에서 생기는 새로운 변화는 삶의 조건이 변화함에 따르는 것이겠지만 그것도 그 양식의 관습적(慣習的) 자질(資質)을 바탕으로 하여 이루어지게 마련이다. 심지어는 아주 돌연해 보이는 파격성(破格性)마저도 심층을 헤아려 보면 양식(樣式)의 관습(慣習)과 삶의 조건(條件)에 기대어 있는 경우가 대부분인 사실이 이를 입증한다.

판소리로서는 근원적 관습을 흔들었다고 할 수 있는 창극(唱劇)의 형성이 도시(都市)라는 생활조건의 대두와 맥을 같이했던 것은 그 예가 될 수 있다. 창극은 판소리 자체가 지닌 공연 관습의 파괴 위에 이루어진 새로운 형식이지만, 그 기반은 판소리가 지닌 공연물로서의 문법을 멀리 벗어나지 못하였다. 오늘날에도 창극의 성패나 진로를 놓고 이루어지는 논의의 핵은 판소리의 관습성이다.

이런 여러 사실들이 판소리 사설의 창작론에 필요성과 정당성을 부여해 준다. 이 자리에서는 그런 전제 위에서 판소리의 사설 창작이 겨냥해야 할 방향에 주목하자는 것이다.

이제 판소리 사설 창작의 방향을 모색하는 데 필요한 마지막 전제를 두고자 한다. 즉, 판소리의 성립 조건이라 할 수 있는 창과 아니리의 교체라든가 장단의 교체 등은 흔들릴 수 없는 것으로 설정하려는 것이다. 그것을 어떻게 설명하든지 간에 이 조건은 판소리라는 양식이 성립하기 위한 최소한의 관습이기 때문이다.

2. 화제 선택의 조건

공감성의 원칙

판소리가 '줄거리를 가진 이야기'로 되어 있다는 것은 주지의 사실이다. 따라서 어떤 일이 일어나 마무리에 이르는 경과를 이야기한다는 특성을 갖는다. 판소리의 성격을 가리키는 용어를 굳이 고른다면 이야기(narrative)라고 하는 것이 적당하다. 이 점에 대해서는 김병국의 '구비서사시로서 본 판소리 사설의 구성 방식'(『한국학보』, 일지사, 1982)에서도 비슷한 견해가 표명된 바 있다.

판소리가 이야기이기 위해서는 무엇을 화제로 삼을 것인가가 먼저 결정되어야 할 것이다. 실제로 판소리가 무엇에 대하여 이야기하여 왔는가를 판단할 수 있는 단서는 전승되어 온 다섯 작품을 살핌으로써 얻을 수 있을 것으로 본다.

판소리를 연구하는 여러 접근 방법 가운데 이른 시기에 매우 활발하게 전개되었던 연구가 근원설화(根源說話)의 탐색이라는 방향이었다. 이러한 연구가 가능했고 성과 또한 만만치 않았던 까닭은 무엇인가?

근원설화로 지칭할 수 있는 설화 자료가 도처에서 수집되고 또 그것들끼리의 연관성이 검증된다는 것은 전승 5가가 광범한 설화적 기반을 지니고 있음을 말해 준다. 설화의 전승 원리가 화제(話題)의 보편성(普遍性)과 일반적(一般的) 공감성(共感性)에 있다는 점을 감안하면 5가의 전승 기반 가운데 우선 지적할 수 있는 것은 보편성(普遍性)과 공감성(共感性)으로 요약된다.

이로 미루어 보건대 판소리 창작을 위해서는 무엇보다 먼저 보편성과 공감성을 지닌 화제를 이야기거리로 삼아야 한다는 당위를 생각할 수 있다. 이야기라면 보통 신기성(新奇性)이나 공포성(恐怖性) 등을 이야기의 자질로 삼을 수도 있다. 그러나 판소리의 경우는 그와 다르다는 것을 전승되어 온 다섯 노래가 보여 준다.

대중문화적 원칙

판소리가 그러한 까닭은 그 양식의 기반을 연행성(演行性)에 두고 있기 때문인 것으로 이해된다. 판소리는 다중(多衆) 앞에 연행(演行)됨으로써 그 존재가 구체화되므로 일단 공감성과 보편성이 부족한 판소리는 흥미 유발에 실패하리라는 예상을 할 수 있다. 이 점에서 대중문화적(大衆文化的) 속성을 지닌다는 점도 유의해야 할 것이다.

연행성이 판소리의 화제를 규정하는 특성은 「변강쇠가」의 전승이 중단된 데서도 찾아 볼 수 있다. 「변강쇠가」의 미적 특질을 괴기미(怪奇美)로 설명한 논문(김종철, 「변강쇠가」의 미적 특질, 『판소리연구』 제4집, 판소리학회, 1993)은 이러한 판단에 믿음을 갖게 한다. 혐오스러움과 해학이 공존하는 기이성(奇異性) 때문에 「변강쇠가」가 더 오래 전승되지 못하고 과거의 것으로 남고 말았던 것이라고 짐작하는 데 무리가 없다.

일상의 삶에서 보더라도 음담패설은 동질적(同質的)인 집단 안에서만 자유롭다는 것은 흔히 보는 바며, 영화나 연극에서 그것이 가능한 것은 암막(暗幕) 장치가 된 장소에서 제4의 벽을 통해 엿보는 행위를 전제로 하기 때문이라고 볼 수 있다. 공개된 장소에서 연행되는 판소리의 화제가 다중(多衆)의 공감성과 보편성을 바탕으로 해야 한다는 것은 텔레비전 드라마가 갖는 흥행적·공연윤리적 성향과 동일하다 할 수 있다.

공감성과 보편성을 겨냥하는 화제의 선택이라는 조건은 서구의 서사시적 지향과 일치할 수도 있다. 그러나 삶의 조건이 오늘처럼 개인적이 되어 버린 상황에서 민족의 영웅 이야기 같은 조건이 어느 만큼의 공감성과 보편성을 가질는지에 대해서 말하는 것은 능력 밖이다. 또한 서사시적 전통이 부족한 우리의 경우 사정이 또 어떠할는지에 대해서도 전망은 밝지 않다.

이런 조건은 공감성이나 보편성의 지향이 역사적 소재에서보다는 당대적(當代的)인 것에서 추구되어야 하리라는 전망을 갖게 한다. 생각해 보면 '춘향'이나 '심청'의 이야기가 형성되고 확대재생산된 것은 판소리 형성과 발전의 당대적 이야기라고 보는 것이 정당할 것이다. 그 이야기의 시대 배경이나 지리적 배경이 엉뚱하다 하더라도 당대적 삶의 반영이라고 볼 수 있음은 판소리 사설이 당대적인 것으로 변모해 갔던 사실과도 부합한다 하겠다.

3. 이야기 전개 방식의 조건

정보적 흥미와 해학적 흥미

판소리가 무엇에 대하여 이야기하는 것인 한, 그 이야기는 그에 적절한 전개의 방식을 갖추어야 한다. 이야기 전개의 방식이라면 플롯의 개념이 먼저 떠오르게 마련인데 그 동안의 연구사는 판소리를 플롯이라는 관점에서 접근할 때 왕왕 실망을 하고 만 경험을 가지고 있다.

판소리가 플롯의 관점에서 매우 허술해 보인다는 사실은 판소리의 연행 조건에서 비롯된 것이 아닌가 싶다. 판소리는 재능을 가진 창자(唱者)에 의해 연행(演行)될 때 흥미를 더하게 마련이다. 이런 조건을 더욱 강화하는 요인은 무엇보다도 판소리가 이야기하고자 하는 것이 이미 알려진 이야기라는 점이다. '춘향' 이야기는 언제 들어도 그렇게 시작해서 그렇게 끝이 난다. 말하자면 진부한 것이라는 표현도 가능하다.

그럼에도 언제나 새롭게 들을 수 있는 힘은 연창자(演唱者)의 능력에 달렸다고 할 수 있다. 이를 가리켜 음악 우선이라는 주장도 가능하지만 문제를 그렇게 단선화(單線化)하는 것은 판소리의 실상을 왜소하게 만들 우려가 있다. 음악 못지않게 흥미로운 것은 그 이야기를 전개하는 방식이기 때문이다.

이 점에서 판을 짜는 원리를 생각할 필요가 있다. 이 책 Ⅲ부의 '정보와 놀이를 섞어 엮는 판짜기'에서 전승 5가의 전반부와 후반부는 그 지향하는 바가 상이함을 지적한 바가 있다. 판소리의 전반부가 대체로 정보 지향 또는 사건 전개 중심인 경향을 보이면서 음악이나 사설이 고정적 성향을 보인다면, 후반부는 정보보다는 해학을 지향하며 사건 전개에는 별다른 관심을 보이지 않는가 하면 음악이나 사설이 가변적이고 다양해진다는 특성을 가진다는 점을 말한 것이다.

대부분의 해학적 사설이나 음악적 변주가 후반부에서 이루어지고, 사설의 변형 또한 후반부에서 많이 이루어진다는 사실은 전반부와 후반부를 서로 다른 원리에서 짜고 있다는 설명을 가능하게 해 준다.

이를 가리켜 전반부가 정보 지향이고 후반부가 놀이 지향인 이중적 이야기 전개라고 할 수 있다. 따라서 판소리의 후반부가 노리는 것은 사설의 해학성과 연창자(演唱者)의 변화 추구를 통한 재미라고 해도 좋을 것이다. 판소리의 후반부에서는 사건이 정지하고 연행적 변화가 강조되는 데서 이러한 판단은 입증된다.

판소리의 이야기 전개에서 무시할 수 없는 요소가 바로 이러한 이중성의 원리가 아닌가 한다. 판소리가 전하는 이야기의 화제가 공감성과 보편성에 기반을 둔 것이라면 이야기적 흥미는 반감되는 것이므로 그에 대한 장치로서 이야기 전개 방식의 변화 추구는 필연적이다.

장면극대화적 진술 방식

사설이 선택할 수 있는 진술의 방식은 여러 가지가 가능하다. 그렇기는 해도 판소리의 양식적 특성을 배반하지 않는다는 전제라면 전승 5가가 보여 주는 특성에 주목할 필요가 있을 것이다.

사설의 진술방식을 분석한 결과 장면극대화(場面極大化)라고 할 수 있는 특징을 거듭거듭 지적한 바가 있다(김대행, 판소리 사설의 구조적 특성, 『한국시가구조연구』, 삼영사, 1976. 참조). 판소리 사설은 전체의 맥락이나 일관성과 무관하게 장면마다 주어진 의미나 사건에 대한 인상을 극대화하기 위하여 가능한 방법을 모두 동원하여 사설을 엮는다는 특성을 보여 준다.

별주부에게 속는 토끼를 형상화하기 위하여서는 토끼의 우둔함과 별주부의 슬기로움이 극대화될 수밖에 없으며 용왕을 속이기 위해서는 토끼가 출중한 인물로 바뀌게 마련이다. 심봉사나 조조의 성격에 일관성이 부족한 것도 이러한 장면극대화의 원리가 빚어낸 결과인 셈이다.

이를 위해서 사설은 장면에 주어진 주지(主旨)를 구현하기 위한 모든 방법을 사용하는데 서사, 묘사, 설명, 논증 등의 방법은 말할 것도 없고 수사적인 온갖 장치를 동원하게 마련이다.

장면극대화적인 진술이 이러하므로 그 부분에서는 사건의 전개가 그다지 중요하지 않게 되는 반면 반복적이고 확장적인 진술이 이루어진다. 이를 역으로 설명한다면, 그러한 진술을 통해서 전달이 생생하게 이루어진다고도 할 수 있다.

새로이 창작되는 사설들에서 가장 두드러진 약점이 이 점과 관련된다. 대부분의 창작 사설은 무엇을 말하고 있는 것인지 듣는 사람이 그 정보 자체를 깨닫지 못한 채로 지나치는 경우가 상당하다. 전체의 이야기 줄거리를 알고 있는 경우에는 대략 그렇고 그런 애기겠거니 하고 지나칠 수밖에 없다.

판소리가 어차피 긴 이야기를 길게 말하는 것이라면 그것을 길게 말할 수 있도록 하는 힘의 원천을 분명히 인식할 때 판소리적 특성을 구현할 수 있지 않을까 한다. 오늘날 널리 알려진 부분창(部分唱)들을 자세히 살피면 대체로 장면극대화적 진술을 발견하게 되는 것은 우연한 일이 아니라고 본다.

당대적 문체의 채용

판소리의 문체적 특징이 한시문(漢詩文) 등의 과다한 도입이라는 점은 오늘날 새로운 창작이 어떻게 대응해야 할 것인가 하는 난제가 될 것이다. 그러한 문체의 출처가 판소리의 형성이나 발전과 관련한 연행의 사회적 조건 탓이라는 점은 널리 알려진 일이지만 이미 그러한 사회적 구조가 사라졌으며 또 더이상 오늘날의 문체로 선택되기 어려운 상황에서 이 문제를 어떻게 처리할 것인가?

그러나 한시문의 과다한 도입이 오로지 상층인(上層人)들의 기호에만 영합하기 위한 것이었던가는 한 번쯤 음미해 볼만한 문제가 아닐 수 없다. 판소리 창자 스스로는 이해하지 못하는 시구라고 할지라도 상층인들은 그것을 듣고 이해를 했다면 그것의 보편성은 상당 부분 입증된다고도 할 수 있다. 상층인들조차 그것을 듣고 이해할 수 없었다면 그것은 이미 표현으로서의 존재 의의를 갖기 어려웠을 것이기 때문이다.

이렇게 추리해 보면, 오늘날의 관점에서는 난해한 시구로 여겨질지라도 당대로서는 상당한 정도의 보편성을 지녔을 것이라는 가정이 가능해진다. 물론 이런 가정이 가능하다 해도 역시 그것은 계층적 제한성을 갖는 표현이라고 할 수는 있다. 판소리의 역사는 그런 제한성을 보여 주고 있기도 하다.

그러나 오늘날처럼 계층의 문화적 구분을 인정하지 않으려는 시대에 이러한 계층적 제한성은 어떤 의미를 가질 것인가. 그리고 앞으로 다가올 미래에도 계층적 제한성을 지닌 표현이라는 말이 가능할 것인가를 생각해 볼 필요가 있다.

오늘날의 문화를 가리켜 대중지향의 문화라고 하는 점을 감안하고, 또 전파매체를 비롯한 집단전달의 매체가 문화의 중심을 이루는 시대라는 점을 감안하면 언어의 계층적 제한성은 더이상 성립되기 어렵다고 해야 할 것이다.

판소리 사설 문체의 선택은 이러한 당대성(當代性)의 원칙 위에서 이루어져야 할 것이다. 오늘날 신문의 경제면에서 읽을 수 있는 외국어의 홍수가 모르는 사람에게는 괴롭지만 당대적 표현이라는 점에 의심의 여지가 없을 것이다.

4. 고급문화적 시각의 탈피

웃는 즐거움 중심의 미적 추구

판소리가 비장과 해학을 기반으로 하고 있다는 일반적 인식은 사설 창작의 방향을 구체적으로 암시하고 있다 하겠다. 특히 판소리적인 매듬은 웃음으로 이루어진다는 점에 대한 확연한 인식이 필요하다. 이 점은 창극(唱劇)을 공연하는 자리에서도 늘상 확인되는 사실인데 웃음이 결여된 창극은 그것이 제아무리 무대적 흥미를 고양한다고 하더라도 판소리와는 별개라는 인상을 주게 마련이다.

판소리에서 왜 비애(悲哀)와 해학(諧謔)이 동시에 추구되는가에 대해서는 우리의 삶이 그러하기 때문이라고 적절한 해석이 제시된 바 있다(정병헌, 판소리의 세계인식과 의미, 『판소리문학론』, 새문사, 1993). 한 인간이 오로지 부정적으로만 존재할 수도 없고 완전히 긍정적으로만 설명될 수도 없는 양면성을 지닌다는 것은 심층심리학적 분석에 기대지 않더라도 충분히 알 수 있다.

이 밖에도 우리의 민속에서 혹은 일상의 주변에서 비애와 웃음의 교차 혹은 웃음에 의한 비애의 극복은 생활화되어 있다고 할 수 있다. 장례(葬禮)에서의 웃음이 그러하며 굿판에서 구경하는 할머니들의 모습에서도 그러한 양면성은 얼마든지 확인할 수 있다.

이 점에서 판소리는 인간에 대한 우리 나름의 인식을 바탕으로 한 양식이라는 설명도 가능하다. 그리고 이 점이 인정되는 한 판소리 사설의 창작이 지향해야 할 미적 자질은 명확해진다.

오늘날 박동실의 것으로 전해지는 「열사가」의 전승을 살피건대 상대적으로 그 폭이 좁다는 사실에서 우리는 이러한 판단의 일단을 확인할 수 있다. 이미 증언한 대로 일제시대에 지어졌고 불렸던 것(유영대, 창작판소리 「열사가」에 대하여, 『판소리연구』제3집, 판소리학회, 1992)이라는 제한 때문에 그러했는지는 알 수 없으되 「열사가」는 비장 일변도로 치닫고 있음을 본다. 그러한 사설이 주는 인상은 판소리답지 못하다는 것이다.

이런 특성 때문인지 우리에게는 '비극다운 비극이 없다'는 식의 발언도 있었고, '비극적 인식의 결여'라는 말도 하지만 이는 세계를 양분하여 보는 세계관이 낳은 갈등과 대립의식의 소산이라 할 수 있다.

그런가 하면 오늘날의 코미디나 개그가 주는 인상은 역시 생활이나 인간이 빠져 있다는 느낌이다. 이는 웃음의 세계를 웃음으로 일관하는 별개의 세계로 설정한 데 기인하지 않는가 싶다. 이런 경향은 판소리의 웃음과는 분명 다르다는 점에서 서구적 발상에서 온 것으로 보인다.

그러한 세계관의 비교적 우열론과는 별개로 판소리의 전통이나 양식적 특성을 그렇지 않았다는 데 기반을 둘 때 사설이 판소리다워지지 않을까 한다.

누구나 즐거울 수 있는 개방성

판소리 사설의 창작을 판소리가 지닌 자질을 기반으로 살펴보았다. 판소리의 자질로서 중시한 것은 이야기적 성격과 미적 구조물로서의 성격이었다.

이러한 자질을 기반으로 하면서 판소리의 창작은 판소리의 문법에 근간을 두어야 한다는 입장을 견지하였다. 판소리의 문법은 다른 공연 문화 양식과 판소리를 구분해 주는 종차(種差)로서의 자질이라고 보는 태도의 표명이다.

우리가 어떤 대상을 사전적·논리적으로 정의하려 할 때 그 종차를 드러냄으로써 본질과 특성을 드러내는 것은 그러한 정의 방식이 대상의 설명에 적절한 형식이라고 보기 때문일 것이다. 이런 사실은 판소리가 지닌 판소리만의 문법이 지닌 가치를 옹호해 줄 수 있다.

이러한 정당화는 필연적으로 판소리의 문화적 속성에 대한 성찰을 요구한다. 판소리의 문법은 이론적 가상이 아니라 역사적 실체 안에 내재한 것이다. 그것이 그러함으로써 판소리는 판소리답게 인식된다. 그것을 인식하는 주체는 판소리의 창작자이자 연창자이며 또 판소리의 청중들이다. 판소리가 대중 공연물인 이상 판소리는 대중문화일 수밖에 없다는 사실이 여기서 재삼 확인된다.

「춘향가」를 대중 문화라고 말하는 것은 무방하게 생각하면서도 「춘향전」의 대중문화적 성격은 한사코 외면하는 태도가 소망스럽지 못하다는 주장이 여기서 나온다. 거듭 말하거니와 「춘향전」은 순수하게 증류된 정전주의적(正典主義的) 문학성으로만 논의될 대상은 아니다. 이 점은 나머지 판소리의 경우에도 예외가 아니다.

여기서 '정전주의(正典主義)'라고 말한 것은 고급문화 또는 소수문화의 특수성에 의해 구축된 정전에 대하여 과도한 가치를 부여하는 관점을 말한다. 이는 결국 고급문화·소수문화로 문화적 우월성을 확립하려는 태도로 나타나게 된다.

우리 사회도 오랜 동안 이런 관행에 젖어 왔다. 이스트홉(Antony Easthope)과 같은 문화이론가가 그의 저서 『문학에서 문화연구로』(Literary into Cultural Studies, 임상훈 역, 현대미학사, 1994)에서 말한 바 있듯이 고급문화 중심의 시각이나 그에 근거한 방법이 더 이상 문학 연구의 외길일 수는 없다.

판소리가 지닌 대중문화적 성격은 그 사설의 창작이 대중문화적 성격을 지향해야 한다는 점을 환기한다. 그 모습이 구체적으로 어떠할 것인가는 천재들인 예술가의 몫이다. 우리는 다만 그 길을 짐작할 수 있을 따름이다.

한 가지 고무적인 시사를 얻을 수 있다면, 채만식의 소설이 거둔 성공을 예로 들 수 있을 것이다. 소설 「태평천하(太平天下)」에 대하여 문학 연구자들이 한결같이 던지는 찬사 가운데 하나는 그것이 '판소리의 전통적 문체'를 지니고 있다는 것이다. 이 말을 뒤집으면 판소리적 문체를 사용하면 소설로서도 성공할 수 있다는 말이 될 것이다. 판소리의 대중문화적 성공 가능성은 이를 통해 짐작이 가능할 것이다.

판소리 사설 창작의 방법을 고구(考究)한 이 글이 맡은 임무가 판소리의 미래를 예언하는 일일 수는 없다. 그러나 「춘향가」를 배경 맥락으로 지니면서 임방울의 「쑥대머리」가 그만한 관심을 집중시킬 수 있었듯이, 맥락을 가진 이야기를 배경으로 하는 도막소리까지도 문화 목록으로 등재되는 창작으로 나아갈 수 있다는 희망적 전망이 가능하다. 그것이 역사적 체험이거나, 당대적 삶의 반영인 허구이거나 향수자(享受者)의 문화적 배경에만 부합한다면 상관이 없을 것이다.

중요한 것은 판소리가 지닌 문법에 얼마나 뿌리 깊은 나무로 서느냐일 따름이다.

판소리문화가 가야 할 길
-21세기 사회 변화와 판소리의 사명

1. 21세기를 말하는 까닭

삶의 변화는 곧 문화의 변화

예언은 황당한 노릇이요, 예측은 난감한 일이다. 이미 몸으로 겪은 바 있는 과거라는 것도 구체적 체험이므로 확실한 것 같지만 그것도 보는 데 따라 그 뜻이 달라질 정도로 다면적(多面的)이라는 것은 우리가 익히 안다. 그러니 지금 당장 우리가 꾸려 내는 오늘의 모습조차도 우리의 인지나 설명의 능력을 훨씬 넘어설만큼 거대하고 복합적이다.

과거와 오늘이 이러하거늘 내일을 말한다는 것은 범상한 사람에게 가당치도 않을 일이다. 그런데도 21세기를 내다보며 판소리의 내일을 짐작해 보는 이 일을 감히 시도하고자 한다. 한 시대를 살아가는 그 자체가 역사적 책임과 연결된다는 점에서 이런 전망과 논의가 꼭 필요하기 때문이다.

이런 일이 꼭 필요한 또 다른 까닭은 세상이 급격하게 변하고 있음을 몸으로 느끼기 때문이다. 변화의 속도가 워낙 빠른 나머지 머리가 어지러울 정도의 당혹감마저 지니고 살아야 하는 시점에서 내일에 대한 짐작이라도 있어야 우리의 오늘을 그나마 지탱할 수 있지 않을까 한다.

또 사람은 언제고 변화 속에서 살아가는 것이기에 미래에 대한 예견 (豫見)을 나름대로 하게 마련인 측면도 있다. 그것이 잘 맞아떨어지면 행복을 말할 수 있을 것이고, 그렇지 못하면 그 반대가 될 것이다.

21세기를 생각해야 하는 또 다른 이유는 우리가 나아가야 할 길에 대한 우리 사회의 총체적 대비가 미흡하다고 느끼기 때문이다. 우리의 새 천년에 대한 준비는 광화문 일대에서 벌어진 하루 밤의 깜짝 쇼 정도에 그쳤을 뿐이고 그 이상의 아무런 미래 지표도 실감하기 어렵다. 그보다는 "비가 올 때는 우산을 준비하라."는 세속적이고 술수적인 지혜에 냉소적으로 공감하는 정도가 미래에 대비하는 태세가 아닌가 생각될 정도이다.

판소리문화가 선인들로부터 끼쳐 받은 것이고, 오늘의 우리가 발전시켜야 할 대상이며, 그래서 내일의 우리 사회를 인간답게 살아갈 수 있는 터전으로 만들어 가기 위해서도 판소리의 미래를 생각하는 것은 중요하다. 과거와 미래에 대하여 동시에 책임을 지는 현재 속에 우리가 살고 있기 때문이다. 그러므로 피상적이고 들뜬 분위기 속에서 전개되는 문화론의 수준을 넘어서기 위하여 판소리문화의 미래가 어떠해야 할 것인가를 생각하는 것은 필요한 일이자 동시에 우리의 임무이기도 하다.

사회의 모든 것이 숨가쁘게 변해 가는 오늘날 학문의 세계에서도 그 의의에 대한 질문이 바뀌어 가고 있다. 그 질문은 '그것은 무엇인가'를 넘어서서 '그것이 우리에게 무엇인가'로 변화하고 있다고 할 수 있다.

"거기 산이 있으므로."라고 잘라 말할 수 있는 등산가의 대답과 같은 순수 이념보다는 '그것이 우리에게 왜 중요하며 어떤 가치가 있는가?'에 대답하는 의미의 추구가 요구되는 것이며, 이것은 천박한 실용주의(實用主義)를 넘어서서 근원적인 학문의 효용에 대한 요구이기도 하다.

사정이 이러하므로 '판소리란 무엇인가'라는 문제보다는 21세기의 사회에서는 '어떤 판소리가 요구되는가' 하는 문제에 관심을 집중하기로 한다. 판소리 자체는 이 부문에 참여하는 사람의 관점이나 모형에 따라 얼마든지 달라질 수 있다. 또 획일적으로 규정되고 강제되는 것은 문화의 본질에 어긋나는 것이어서 실패로 달려가기 십상이다. 이 점을 염두에 두면서 사회 변화가 판소리에 어떤 요구를 제기하고 있으며 그에 대응하는 길이 무엇인가를 생각해 보고자 한다.

판소리가 문화적 역할을 찾아야 한다는 전제를 앞세우고 있는 이러한 과제는 실상 판소리의 본질이 그러하다는 데서 정당성을 찾을 수 있다. 판소리는 우리 사회 구성원이 두루 즐겼던 공유(共有)의 문화이고, 함께 어우러져 발전시킨 동참(同參)의 문화이며, 우리의 삶과 얼을 한데 녹여 이룬 총화(總和)의 문화이다. 판소리의 이러한 본질이 바로 격변으로 인식될 21세기의 사회적 삶에 적극적이고 능동적으로 대처할 수 있는 우리의 자본이자 병기가 되리라는 점 때문이다.

세계화와 정보화의 두 물결

세상이 변한다는 일반적 전제를 앞세우고 보면 판소리문화의 전개 방향은 '판소리다운 본질의 견지'와 미래의 '사회 변화에 적절한 대응'이라는 두 가지 축에서 예견되고 추구되어 마땅할 것이다. 따라서 21세기의 판소리문화는 '과거의 보존'과 '미래의 창조'라는 이중적 지향이 필연적이다. 그리고 그것은 언제나 그러하였다. 다를 것이 있다면 21세기 사회의 성격이 과거의 그것과는 상이할 것이 분명하므로 그에 합당한 창조가 필요하다는 점일 따름이다.

세상이 어떻게 변하더라도 판소리는 판소리다움을 유지해야 한다. 그 첫 번째 방향이 보존이다. 새삼스러운 말이지만 보존이 필요한 까닭은 과거의 그것이 우리의 존재와 삶을 가능하게 하였던 문화적 정체성(正體性)의 그루터기이기 때문이다. 과거의 판소리를 대상으로 삼아 학문적 천착을 거듭하는 것도 그러한 이유 때문이며, 가변적인 구전(口傳) 예술인 판소리를 과거의 모습으로 재현하고 보존하려는 것도 바로 이 문화적 정체성으로서의 의의를 중시하기 때문이다.

외래 문화의 과감한 수용을 통하여 변모를 거듭하면서도 옛것을 온전히 지키고 줄기차게 이어 감으로써 저다운 정체성을 확보하는 경향을 보이는 이웃나라의 사례를 보더라도 이 점은 분명하다. 응당 정책적 배려가 있어야 그 일이 가능하다는 문제점이 없지는 않지만 문화적 정체성의 확보를 위해서도 판소리의 보존은 필연적인 일이다. 또 어떤 환경에서도 옛것의 애호가는 있게 마련이므로 보존의 어려움에 대하여 꼭 비관만 할 일도 아니라고 본다.

그러나 삶의 본질이 그러하듯이 판소리도 옛것으로 머물러 있기만 할 수는 없다. 구전 예술로서의 본질에 비추어서도 그러하거니와 새로운 삶은 새로운 문화를 요구하고 또 생성해 내기 때문에 변화를 필연으로 하게 된다. 판소리의 역사 속에서 그런 증거를 찾는다면 20세기에 들어오면서 공연 환경의 변화가 창극(唱劇)이라는 새로운 양식을 태동시킨 것은 창조적 변화의 훌륭한 사례가 된다. 그러니 판소리다움을 유지하면서 새로운 시대의 삶에 맞도록 변화할 것을 숙명으로 한다.

그렇다면 다가올 사회는 어떻게 변모할 것인가? 1998년도에 활동한 대통령 자문 정책기획위원회는 새 천년의 종합적인 국가 비전으로 '세계 일류의 한국'을 내걸고 우리 조국이 물질적으로만이 아니라 정신적으로도 세계 일류의 반열에 올라설 것을 목표로 하여 논의를 벌였다는 보고서를 내놓았다. 그리고 이 목표를 위한 부문별 비전으로 다원적 민주주의, 역동적 시장 경제, 창조적 지식 정보 국가, 협력적 공동체 사회, 아시아 중추 국가 등의 다섯 항목을 제시한 바 있다(도정일·성경륭 외, 『새천년의 한국인, 한국사회』, 나남출판, 2000).

이 밖에도 미래에 대한 예측과 전망은 관점과 관심에 따라 매우 다양하지만 그것들을 포괄하는 대표적인 핵심어는 대체로 '세계화(世界化)'와 '정보화(情報化)'로 요약되고 여기에 대부분의 화제가 집중됨을 보게 된다. 그 밖에도 다양한 양상을 미래 사회의 예측으로 지적할 수 있겠지만 그 많은 항목들도 이 두 가지 방향에 수렴되거나 연관되는 성격의 것들로 짐작된다.

'세계화'는 국경을 넘는 지구촌 공동체적 삶이 필연적임을 예고한다. 세계가 삶의 무대요 시장이 될 것이다. 그것은 얼핏 국가도 정부도 역할과 의미를 상실하는 무한정의 개방 속에 놓이게 될 것 같은 생각을 갖게 한다.

그러나 아무리 세계가 하나의 공동체가 된다 해도 인간의 사회적 삶은 국가 또는 지역 등 국지적 공동체에 소속될 것을 필연적으로 요구하게 된다. 인간은 가족공동체의 일원이면서 이웃공동체, 직장공동체 등 다양한 소속을 지니게 마련이다. 이렇게 되면 세계적 보편성과 국지적 정체성은 갈등적 이중성을 띠게 될 것임이 분명하다.

'정보화'는 과학의 발전에 힘입은 정보 기술의 발전에 따른 생활 방식의 변화를 예고함과 동시에 그러한 생활 방식의 변화 결과 개인화된 행동 양식을 극대화하는 쪽으로 전개될 것임을 짐작하게 해 준다. 무제한으로 접하게 되는 정보의 폭포 속에서 사람들은 정보만 확보된다면 저 혼자서도 얼마든지 살아 갈 수 있을 것이라는 생각을 갖게 되고 또 그것을 추구하게 될 것이다.

그러고 보면 판소리가 개척해야 할 새로운 시대의 장은 세계시장(世界市場), 공동체(共同體), 정보화(情報化), 개인 중심(個人中心)－이 네 가지 특징으로 요약될 수 있고 판소리는 이러한 시대적 특성과 관련하여 변화를 추구해야 할 것으로 보인다. 그리고 그 변화의 방향은 '창조(創造)'가 될 것으로 잠정적으로 진단해 둔다.

창조로 대응해야 할 21세기

미래의 사회 변화에 대응하는 판소리문화의 길이 창조라야 하는 주된 이유는 21세기 사회가 모순(矛盾)의 모습을 할 것이기 때문이다. 세계시장 지향과 국지적 공동체의 결속이 창과 방패의 관계이며, 정보화가 지향하는 바가 공유의 세계임에 반하여 생활은 그 반대로 개인화(個人化)하게 된다는 것은 앞뒤가 어긋나는 지향이 될 수밖에 없다. 이러한 모순의 관계는 일찍이 체험해 보지 못한 혼란을 우리 정신 세계에 야기할 것이 분명하다.

그리고 그 혼란은 기존의 모든 가치가 거의 무의미한 것으로 인식되는 붕괴되는 현상을 동반할 것이다. 특히 세계적 공동성에만 초점을 맞추어 세계화를 생각하는 사람이라면 경제적으로 우월한 집단의 문화에 압도되는 결과를 초래할 것이고, 그래서 삶의 기본 단위가 되는 국지적 공동성(共同性)을 상실해버리게 될 것이 예상된다. 음악 한 가지를 보더라도 이미 우리는 그러한 경험을 충분히 지니고 있다.

정보화의 공동성과 생활의 개인성이 서로 부딪히는 삶도 필연적으로 강한 자의 정보에 압도되어 그 쪽으로 획일화하는 경향으로 달려갈 것이다. 모든 컴퓨터의 프로그램이 우수한 그것에 의하여 통일되는 하나의 현상만으로도 이른바 개인화라는 것이 찻잔 속에 녹아든 설탕 알갱이의 상황일 것임을 충분히 짐작하게 해 준다.

세계시장은 끝없는 공동성을 강조하지만 그러면 그럴수록 기본적이고 국지적인 공동체의 공동성을 확보하지 못하는 소수들은 도태되게 마련이다. 정보화는 저마다 저답게 살 수 있을 것 같은 무지개빛 꿈을 꾸게 해 주지만 그 무지개는 모두가 함께 바라보는 규격품일 따름이다.

이러한 모순이 분명한 상황에서 개인을 인간답게 하고 그런 사람들이 모인 국지적 공동성을 확보하는 단서로서 판소리의 사명이 중요해진다. 판소리는 하나의 예술양식이기를 넘어서서 우리 공동체의 공동성을 확인하게 해 주는 문화이기 때문이다. 따라서 판소리의 본질이 그러하고 그 역사적 전개가 그러했듯이 판소리문화는 모순의 파도가 넘실거리는 21세기의 사회 변화에 대처하는 우리 공동체의 확실한 기둥이 될 수 있기 때문이다.

이처럼 판소리는 변화하는 시대에 우리를 지켜 줄 수 있지만 그것도 다만 옛것의 보존에만 몰두하고 만다면 그러한 사명을 수행하기 어려울 것이다. 그 까닭은 새로운 시대는 새로운 틀을 요구하기 때문이다. 판소리가 17세기에 생겼으리라는 우리의 가설이 타당하다면 그것은 그 시대가 그것을 요구했기 때문이다. 그리고 삶의 조건이 변할 때마다 판소리는 창조적으로 그 길을 개척해 왔다. 따라서 미래 사회의 판소리도 판소리문화의 틀을 골격으로 하되 그 안에 담긴 것들은 창조되어야 그 소임을 다할 수 있게 된다.

여기서 중요한 것은 창조의 본질을 확연히 인식하는 일이다. 흔히 창조라 하면 무(無)에서 유(有)를 생산하는 것을 떠올리는 경향이 있는데 이는 어떤 분야에서도 불가능한 일이다. 고로 창조란 변형(變形)의 동의어로 이해하는 것이 정당하다. 우리가 17세기 발생설에 동의하는 판소리의 생성만 하더라도 무(無)에서 유(有)를 창조한 것이라고 하기는 어렵다.

판소리의 연원을 찾고, 음악 문법을 탐구하고 또 근원설화를 논하는 것은 창조가 곧 변형임을 확인하게 해 준다. 창조를 이렇게 이해하고 보면 새로운 시대에 전개될 판소리의 변화가 지향할 방향은 분명해진다. 그것은 판소리의 본질에 기반한 새로운 변형을 추구하는 일이다.

그러기에 판소리의 본질은 무엇이며, 판소리는 우리에게 어떤 의미를 지닌 것인가가 매우 중요해진다. 이 점에 대한 확인이 없는 미래의 예측은 사회에 대한 예측이 정확하더라도 판소리와는 무관한 논의로 번져가기 쉽게 된다.

2. 세계시장과 인류적 표상 창조

국가주의 혹은 민족주의와 세계화

'세계화'를 '서양 따라잡기'로 오해했던 것은 한국의 19세기적 또는 20세기적 현상이었다. 진화론적 문화관에 세뇌된 식민지적 낙후성을 면치 못한 관점 때문에 오랜 동안 그 진정한 의미를 파악하는 데 혼란이 있었음이 사실이다.

'세계화'의 진정한 의미가 국경을 넘나드는 세계시장(世界市場)의 형성이라는 점을 우리가 비로소 이해하게 된 것은 외환 위기로 인한 경제의 파탄이라는 곤욕의 경험을 통해서였다. 그것은 값을 많이 치러야 하는 경험이었지만 그만큼 절실하게 체감하게 되었다는 점에서 다행한 측면도 없지는 않다고 하겠다. 그러기에 21세기는 세계시장에서의 각축을 필연적인 생존 조건으로 한다는 점에 이의를 달 사람이 이제 더는 없을 듯하다.

그러면서도 미래에 대한 우리 사회 전반의 대응에서 아직껏 문제가 되는 것은 세계시장을 국가주의(國家主義) 또는 민족주의적(民族主義的) 경쟁의 장으로만 생각하려는 경향이다. 뉴스 시간마다 등장하는 박찬호 열풍이나 박세리 신드롬이 이런 경향을 말해 준다. 그들은 태극 마크를 가슴에 단 한국의 대표로서가 아니라 능력 있는 개인으로서 세계를 무대로 시장에 뛰어들고 있을 따름이라는 이해가 21세기에는 필요해진다.

　판소리의 문화 상품적 측면을 생각할 때에도 "한국 차의 자존심!"이라는 광고 문구와 같은 국가주의 혹은 민족주의적 관점을 넘어서는 것이 필요하다. 문화 시장은 태극기를 휘날리는 올림픽 경기장이 아니라 사람들의 삶의 방식에 영향을 미치는 과정이기 때문이다. 판소리가 세계의 문화시장에 선다면 그것은 한국 문화의 세계 제패가 아니라 판소리의 부가가치 증대로 해석되어야 하고, 그 길을 추구해야 한다.

　그러기 위해서는 판소리의 세계적 보편화를 일차적으로 추구하는 일이 중요하다. 서양 음악이 이른바 무력적 식민주의와 연합한 문화 지배의 성격을 띠고 세계를 제압한 것은 분명하지만 앞으로도 그런 국면이 재현되기는 어려울 것이다. 청바지와 맥도날드 햄버거 또는 아파트의 보편화는 문화식민주의라기보다 경제성(經濟性)과 효율성(效率性)의 성과라고 보는 것이 정확하기 때문이다.

　그러나 의식주에 관련되는 상품은 경제성과 효율성이 우선적으로 중시되지만 문화 상품은 세계적 보편성(普遍性)을 지닐 때 비로소 상품으로서의 가치를 지니게 된다. 판소리는 이야기로서, 음악으로서, 그리고 공연물로서의 세계적 보편성을 갖추고 있음에 틀림없다. 더구나 판소리는 그것이 인간에 대한 이야기이며 인간다움의 추구라는 점에서 미래 지향적인 가치를 지니고 있음이 분명하다. 언제 어느 곳에서도 인간과 인간다움의 추구는 가장 중핵적인 문화 요소이고 앞으로 전개될 문화의 시대에는 그 의의가 더욱 증대될 것이기 때문이다.

판소리의 세계시장 진출은 이러한 보편성에 일차적 근거를 두어야할 것이므로 우리만의 인물, 우리만의 세계관을 고집하는 것은 세계시장 진출에 장애가 될 수밖에 없다. 「돈키호테」나 「햄릿」을 주목하는 것이 단순히 제국주의나 식민주의만의 산물이라고 할 수 있을는지는 의문이고, 중국의 민담 '목란(木蘭)이야기'를 각색한 월트 디즈니의 만화영화 「뮬란」의 흥행 성공이 단순히 제작기술만의 문제일 것인지는 생각해 볼 문제가 된다.

그 무대와 의상이 어떠하건 간에 그러한 인물상의 창조는 인간적 보편성에 뿌리를 박고 있어서 그러한 세계성을 획득했다고 할 수 있다. 영화 「서편제」에 쏟아졌던 국내의 찬사에도 불구하고 '예술을 위해 눈까지 멀게 하는 행위는 엽기적'이라는 평을 들어야 했던 세계시장의 반응은 음미할 만한 대목이다.

고로 판소리의 세계시장 진출을 위해서는 일차적으로 범세계적 보편성 또는 시대를 초월하는 본질성에 근거한 인간상의 창조가 일차적이라 할 수 있다. 춘향의 열(烈)이나 심청의 효(孝) 또는 별주부의 충(忠)이 세계시장에서 어떻게 받아들여질 것인지를 냉정하고 객관적인 안목으로 헤아릴 필요가 있다.

여기서 새 시대의 판소리 창작이 필요하다는 주장이 성립된다. 그것도 민족주의 또는 국가주의적 깃발을 거두고 인류 보편의 가치를 추구하는 방향으로 창작이 이루어져야 함이 필수 조건이다. 그것은 전인류적 표상(表象)의 창조라고 요약할 수 있을 것이다.

문화공동체 형성을 위한 노력

세계화 시대는 '문명의 충돌'로 나아갈 것이라고도 하고 '문명의 공존'으로 나아갈 것이라고도 한다. 문명의 충돌이라고 해서 십자군 전쟁과 같은 혼란이나 일방적인 억압을 뜻하는 것도 아니고 문명의 공존이라 해서 이질적 문화의 고립적인 담쌓기를 뜻하는 것은 아니다. 그러나 미래의 세계가 과연 그 어느 쪽에 서게 될 것인가는 쉽사리 단정할 수 없다.

이런 틈새에서 '영어 공용화론' 같은 것이 불거져 나오는 것이 우리 주변의 형편이다. 세계화가 곧 서구화라는 등식을 설정한 것처럼 보이는 이런 주장은 일찍이 조선 후기에 중국어를 공용어로 하자는 선비가 있었음을 회상하게 한다. 그만큼 불안정한 추수주의가 우리를 짓누르고 있다는 뜻도 될 것이다.

그러나 세계화 시대라 해서 개인의 이익만을 추구하는 것으로 족한 삶의 양태는 전개되지 않으리라는 전망이 유력하다. 인간이 사회적 존재인 한은 어떤 경우에도 국지적인 공동체에 속해서 그 구성원으로 살아갈 수밖에 없다는 생활의 조건이 이러한 판단의 근거가 된다. 또 지금도 이합집산과 분쟁을 거듭하고 있는 아프리카나 동구의 여러 국가들이 국지적 공동체의 필연성을 입증하기도 한다.

이런 전제에서 바라보더라도 우리의 공동체적 의식에는 문제가 많음이 지적된다. 우리의 현대사가 식민지 생활, 전쟁, 군사 독재로 얼룩지고 왜곡되는 동안에 오로지 가족 중심 또는 개인 중심의 가치만이 횡행하였고 공동체적 가치의 추구는 등한시되었다는 것이다. 그 결과 사회 규범은 실종되고 불건전한 경쟁과 정경 유착과 부정부패가 판을 치는 사회가 되었다는 것이다. 그래서 사회 통합의 필요성이 주장되기도 한다.

사회 통합을 위하여 정치학자는 정치적 처방으로 다원화(多元化)된 민주사회의 형성을 외치고, 사회학자는 신뢰 사회와 시민 사회의 전개를 말하는가 하면 경제학자는 계층간의 갈등을 해소하는 처방이 필요하다고 한다. 이익공동체(利益共同體), 이념공동체(理念共同體), 정치공동체(政治共同體) 등의 말이 있는 것으로 보아 이 모두는 필요한 일일 것이다.

　우리의 관심은 문화공동체(文化共同體)의 형성에 있다. 우리의 현대사가 지닌 정치, 사회, 경제적 특징은 문화적 정체성의 상실로 집약된다. 그런데 문화란 밥 먹고 난 뒤의 일이 아니라 삶의 방식 그 자체이므로 문화적 정체성은 삶의 모든 국면을 지배하는 영향력을 발휘하게 된다.

　이런 점에서 세대간의 갈등이나 계층간의 갈등은 그 주된 요인이 문화적 정체성의 혼란에서 비롯되는 것으로 볼 수 있다. 문화를 인지체계(認知體系), 적응체계(適應體系), 구조체계(構造體系), 상징체계(象徵體系) 그 어느 것으로 보건 간에 문화는 삶의 방식이므로 문화적 정체성은 곧 가치의 합의(合意)를 뜻하게 된다. 한 공동체가 지닌 문화적 정체성은 공동의 가치로부터 도출된 것이기 때문이다.

　판소리는 이런 점에서 우리 공동의 가치를 표상화한 상징으로서의 문화로 이해된다. 판소리 전승 5가가 우리의 집단표상이라는 점은 「변강쇠가」의 전승이 멈추어 버린 데서도 확인할 수 있다. 「변강쇠가」는 '세서' 여성 창자들이 부르기를 꺼린다고도 하는데 세다는 것은 외설적 표현을 두고 한 말로 볼 수도 있다. 그러나 만약 심한 외설 때문에만 여성 창자가 부르기를 꺼렸다면 남성 창자에 의해서라도 전승은 되었을 법한데 그렇지도 못하다.

　그렇다면 그 까닭은 딴 데 있다고 보아야 한다. 「변강쇠가」가 비록 본능적 흥미는 자극할 수 있을지라도 공동의 가치라고 할 집단 표상으로서는 부적절하기 때문이라는 데서 그 까닭을 찾을 수 있다. 특히 이 작품의 미적 특질이 기괴미(奇怪美)로 규정된다는 점에서 이 점은 확인된다. 「적벽가」의 주제가 시대에 따라 변모했다는 해석도 상징으로서의 문화라는 성격과 관련이 깊다.

이처럼 전승 5가는 공동체적 가치관의 표상이지만 그것이 지난날 창작된 것이라는 점에 유의할 필요가 있다. 인간의 가치 척도가 쉽사리 변하는 것도 아니고 인간의 본질이 크게 달라지는 것은 아니라 할지라도 무엇이 보다 중요한 가치라야 하는가는 시대에 따라서 달라질 수도 있다. 판소리가 표상했던 충(忠)이나 효(孝) 또는 열(烈)을 중요한 가치로 인정하되 새로운 사회의 공동체적 정체성 확보를 위해 또다른 가치는 없는 것인지를 탐구해야 한다.

이런 점에서도 판소리는 문화로서 우리 사회가 지녀야 할 공동체적 가치를 새로이 형상화할 필요가 있다. 그것은 21세기가 개인화(個人化)의 시대로 나아가리라는 전망과도 관계가 깊으며, 판소리가 공동체적 정체성의 중심에서 제 구실을 하기 위해서도 반드시 수행해야 할 책무라고 할 수 있다. 문화적 정체성을 상실한 공동체가 국제 사회에서 어떤 처지에 놓이는가 하는 것은 유럽의 저 끝도 없고 처절하기 극에 달했던 전쟁사가 말해 준다.

또 가족 공동체의 파괴, 인간다움의 중심으로서의 문화, 정신의 아노미 상태에 이른 사회 현실, 반성을 전제로 하는 자서전 문화가 없는 사회 전통, 재벌들의 무용담이나 세속적 출세자들의 자화자찬이 활개를 치는 세상 — 이러한 현실에서 새로운 영웅상의 창조는 공동체적 표상으로서 중요해진다.

춘향을 능가하는 아름다운 여인상이, 심청을 넘어서는 따뜻한 가족상이, 별주부와는 성격이 다른 새로운 국민상이 창조되어야 한다. 오늘날 우리가 그 빈곤과 그에 따른 폐해를 절감하고 있는 '더불어 살기'

같은 것도 그 한 예가 될 것인데, 이런 인간상의 창조는 천재적 작가의 소관이라고 치부해 버릴 수도 있지만 판소리의 적층예술적 본질은 그런 개인성에만 기댈 수 없다고 본다.

판소리는 본디 모든 사람들이 지니고 있던 설화를 바탕으로 형성되고 전개되었던 것이다. 기록문학이 개별성과 차별성을 전제로 한다면 구비문학이 보편성과 일반성을 기반으로 하는 본질이 그러한 지향을 가능하게 하였다. 따라서 판소리는 이 시대의 구비문학이 될 필요가 있다.

「무궁화꽃이 피었습니다」나 「아버지」라는 소설이 판매 부수를 늘릴 수 있었던 배경이 이 시대의 관심과 고뇌를 다룬 공감성에 있었다는 점에 착안한다면 이 문제에 대한 해결의 실마리가 찾아질 것이다. 물론 이것은 두 소설이 형상화한 가치에 동의한다는 것과는 별개의 뜻이다.

3. 정보화시대의 판소리 문법

스트레스의 시대를 위한 판소리의 역할

정보화시대는 생활 방식의 변화를 몰고 오는데 디지털 기술의 발달이 재택(在宅) 근무를 보편화하리라는 전망이 보편적이다. 멀티미디어 기술의 발달이 원거리에서도 면대(面對)하여 대화하듯 하는 환경을 조성할 것이므로 인간관계를 회복하는 국면으로 나아갈 것이라는 전망도 있기는 하지만 정보의 홍수 속에 휩쓸리게 될 것만은 분명하다.

정보의 홍수는 사람들을 편리하게 해 주는 측면이 있지만 그러한 정보의 풍부화가 오히려 긴장의 증대를 초래하는 측면도 있다. 긴장이 가속화하면 할수록 사람들은 긴장 해소의 방법을 모색하는 데 적극적이 될 것임은 분명하다. 오늘날 방송의 개그화나 「딴지일보」의 성공에서 이 점을 확인할 수 있다. 이러한 사회 변화에 판소리가 대응할 수 있고 또 중요한 몫을 할 수 있는 자질로 판소리의 웃음을 거론할 수 있다.

판소리가 비애를 웃음으로 해소하는 이야기 문법을 지니고 있다는 것은 매체가 무엇이든지 간에 긴장 속에서 살아가는 시대의 총아가 될 수 있는 자질을 갖췄다는 뜻도 된다. 그 동안 많은 창극 공연이 판소리의 이러한 해학성(諧謔性)에 투철하지 못했던 것은 창극으로 하여금 고민에 빠지게 했던 중요한 원인이라고 본다. 따라서 새로운 판소리의 창작은 판소리가 지닌 웃음 유발의 기제를 더욱 활성화하는 문법을 개발할 필요가 있다.

나아가 정보의 홍수 가운데 판소리가 당대의 문화로서 중요성을 가지려면 노래말의 현대화가 필연일 것이다. 우리가 보존하고 있는 판소리의 사설이 한문 표현을 가득히 지니고 있는 까닭에 대해서는 많은 관심이 주어졌지만 그 문체의 이중성에만 초점을 맞춘 나머지 그 한문 표현이 당대의 언어였다는 점에 대해서는 별로 주목하지 않은 감이 있다. 판소리만은 못하지만 탈춤이나 꼭두각시놀음 또는 광대 재담(才談)에서조차 한문 표현을 흔히 접하게 된다는 점을 근거로 이런 짐작이 가능해진다.

그렇다면 전승 판소리가 그 시대의 언어이듯 새로운 시대의 판소리는 새로운 시대의 언어로 사설을 짜야 할 것이 필연적으로 요구된다. '안짝+밧짝'이라든가, 반복 또는 병렬과 같은 판소리 사설의 문법에 기반을 두되, 동원되는 어휘와 조어법(措語法)은 당대의 언어 또는 그것을 앞서 가는 것으로 표현하는 사설 창작이 중요한 의미를 가질 것이다.

음악도 변화할 것이 요구되고 그 방향은 대중화를 가능케 하는 용이성(容易性)에 유념하는 것이 중요해질 것이다. 이런 전망이 가능한 것은 북한이 인민성(人民性)의 기준을 앞세워 판소리를 없앤 데서 근거를 찾을 수 있기 때문이다. 북한의 인민성을 우리의 대중성에 해당하는 것으로 바꾸어 생각해 보면 습득 자체가 난감한 판소리는 대중의 것이 되기 어렵다는 판단도 이해가 간다. 오늘날 젊은 층의 대중음악이 구어형의 일상어 문체를 채용하고 있는 것도 이런 판단에 도움이 된다.

이러한 전망은 일본의 엥까[演歌]가 저들의 전통음악을 변형한 것이라는 분석 결과를 근거로 정당화될 수 있다. 과거의 것을 묵수(墨守)하는 것이 아름다운 일일 수는 있지만 그와 별개로 새로운 창조 또한 그 못지않게 중요한 일이다.

언어가 문화적 표상이라는 점은 유행어가 바뀌고 현대판 구전문학, 특히 소화(笑話)가 거듭거듭 새로운 변모를 거듭하는 것을 참고하면 상징 또는 적응 체계로서의 문화라는 성격을 판소리가 확보하는 일이 필요해진다.

개인화 경향의 사회와 단가 개발

지나간 산업사회에서는 합리성(合理性), 효율성(效率性), 기계화(機械化), 조직화(組織化)가 중시되지만 다원사회에서는 상황성(狀況性), 만족성(滿足性), 인간화(人間化), 자율화(自律化)가 중시된다고 전망한다. 이러한 전망은 개인적 만족이 자율적으로 추구되는 것을 중요한 가치로 삼게 될 것임을 짐작하게 해 준다. 21세기를 문화의 시대라고 진단하는 것도 이런 변화와 밀접한 관계가 있다.

이런 현상을 단서로 생각할 수 있는 판소리의 또 다른 전망은 판소리를 '보고 듣는' 음악에서 '부르는' 음악으로 나아갈 필요성이다. 다시 말하면 개인의 자율적인 향유가 가능할 수 있도록 '부르는' 노래가 되는 것이 매우 효율적인 전략이 될 것이며, 이를 위해서는 아리아 수준의 단가를 개발하는 것이 필연적일 수밖에 없게 된다.

세계 어느 도시를 가거나 중국 요리집은 흔하지만 일본의 생선초밥이나 회를 파는 집은 중국집만큼 널리 발견되지는 않는다. 중국의 인구가 워낙 많고 세계 진출의 기회가 다양했던 역사 때문에 그렇다고 할 수도 있다. 그러나 중국 요리는 익혀 먹는 세계적 보편성에 부합했던 반면에 일본의 회나 생선초밥은 그 반대였던 특이성 때문에 그러했다는 해석도 성립한다면 보편성을 기반으로 한 문화시장의 고려로서 누구나 부를 수 있는 단가(短歌)의 개발은 매우 필요한 일이 된다.

의식주 상품처럼 편의성(便宜性)이 중시되는 분야에서 발견되는 논리를 문화에 그대로 적용하는 것은 무리일는지도 모른다. 그러나 최근 서양의 호사가 가운데는 일본의 회나 생선초밥을 즐겨 찾는 사람도 있고 그 수효가 점차 늘어가고 있다는 경향은 음미할 만하다. 이를 일본 문화에 대한 호기심으로 본다면 문화는 오로지 보편성(普遍性)만이 아니라 독창성(獨創性)까지를 겸할 때 세계적 상품으로서의 가치를 가질 수 있다는 측면을 생각하게 된다. '가장 한국적인 것이 가장 세계적인 것'이라는 명제를 떠올리게 하는 대목이다.

판소리의 음악이 독특한 선율과 박자를 지니고 있다는 것, 그리고 공연의 구조가 매우 상징적인 소도구와 동작으로 구성되어 있다는 것은 독창적 자질이라 할 수 있다. 중국과 일본의 공연물이 세계로부터 학문적 관심과 문화적 호기심을 불러일으키는 것을 보더라도 판소리가 그럴 수 있는 여건은 이로써 충분하다 할 수 있다.

판소리의 특징 가운데 가장 두드러진 것으로 이야기 방식을 들 수 있는데, 이것이 세계시장에서 외국인에게 공유되지 못하는 요인이 되었던 것은 매우 안타까운 일이었다. '터무니 없음'에 근거한 해학, '장면극대화'를 통한 인물의 상황적 전형화, 전반부의 정보 지향과 후반부의 놀이 지향이라는 '판짜기의 이원성' 등의 이야기 방식이 수용될 기회를 얻지 못한 채로 성악적 우수성이나 공연의 상징성에만 기대어 세계시장을 기웃거렸던 것이다.

디지털 문화의 발달 전망은 이 부분에 한 가닥의 희망을 갖게 한다. 이미 실용화 단계를 예고하고 있는 자동 번역기의 출현 등은 머지않은 장래에 세계인의 폭넓은 판소리 이해를 가능하게 해 줄 것이라는 전망을 제공한다.

그렇기는 해도 판소리 한 작품 전편이 지금과 같은 크기로 세계인들의 기호를 만족시키리라는 전망은, 그것이 아무리 독창성이라고 하더라도 기대하기 쉽지 않을 것이다. 이 점을 고려한다면 서양의 노래들이 그러했듯이 아리아와 같은 모습이거나 단가 또는 그보다 단형인 창곡의 창작이 필연적으로 요구된다 하겠다. 또 아리아와의 친화가 오페라에 대한 관심을 불러일으키듯이 판소리 음악의 문법을 바탕으로 창작된 단가가 판소리에 대한 애정을 불러일으킬 수도 있을 것이다.

단가의 창작이 가능하고 또 효율적일 수 있다는 진단은 판소리가 지닌 기본적인 자질에서도 입증될 수 있을 것이다. 모든 짧은 노래, 즉 사람들 입에 오르내리는 가곡의 노랫말은 '장면극대화'적 성향을 보인다는 점에서 쉽게 친화력을 발휘하여 보편성을 획득할 수 있으리라는 판단도 선다. "진주라 천리길을 내 어이 왔던가"가 앞뒤 상황의 고려보다는 집약적 상황 극대화에 치중한 노랫말이고, "기억해 줘 널 위해 준비한 오늘 이별이 힘들었단 걸 잊지 마" 역시 그러하다.

판소리의 문법으로 창작된 짧은 노래들이 독창으로 혹은 합창으로 회자되기 시작한다면 그 과정을 넘어서서 「오솔레미오」를 이태리어로 부르고 「보리수」를 독일어로 부르듯이 우리말로 그것을 노래 부르는 세계시장을 예상해도 좋을 것이다. 「사물놀이」의 세계화를 단서로 삼아 자신 있게 이런 예견을 해도 좋을 듯하다.

4. 판소리문화의 변화와 연구자의 몫

판소리가 새롭게 창조되어야 한다는 관점을 견지하고 있는 이런 전망은 그 나름의 문제 또한 만만치 않게 지니고 있다. 남도(南道) 음악에서 판소리가 나왔다고 하지만 「육자배기」는 「육자배기」이고 판소리는 판소리이듯이 새롭게 변형되고 창조되는 판소리를 판소리라 할 수 있겠는가 하는 문제가 필연적으로 제기될 것이다.

그 점에 대해서는 보존과 변화의 두 갈래라고 앞세웠던 전제를 들어 합리화하고자 한다. 옛것을 보존하는 일은 매우 중요한 문화적 전통의 확보이지만 새로운 것을 만들어 내는 일 또한 문화적 자산의 창출이라는 점에서 중요하다. 선인들이 당대의 문화를 바탕으로 판소리를 만들어 냈듯이 우리 또한 새 시대의 문화로서 새로운 것을 만들어 내야 할 책무가 있다.

다만 새로운 창조이되 그것이 판소리다움을 유지하기 위해서는 인지, 적응, 상징, 구조 체계로서의 판소리가 지닌 문화적 본질을 바탕에 깔고 있어야 할 것이다. 그러기 위해 판소리 연구자가 담당해야 할 일은 판소리의 문법을 지금보다 훨씬 더 정교하게 체계화하는 일이다. 다 같이 판소리를 연구하더라도 과거의 것을 과거의 것으로 놓고 연구하는 일과 미래의 근원으로 보면서 연구하는 일은 그 결과가 함축하는 의미에서 차이가 있다.

오늘날 우리 주변에서 소리 높은 부가가치라는 용어를 다만 천박한 시장주의만으로 외면만 하는 일이 능사일 수는 없다. 이제 필요한 것은 판소리를 예술로만 바라보는 시각을 확대하여 우리 삶을 지탱하는 문화로 보는 일이다. '판소리는 무엇인가'라는 질문을 '판소리는 우리에게 무엇이며 무엇이라야 하는가'로 바꾸어 놓으면 미래로 가는 길이 보일 것이다.

찾아보기
-용어

· ㅇ ·

찾아보기
-인명

저자 김대행(金大幸)

서울대학교 사범대학 국어과를 졸업한 뒤 대학원에서 국문학으로 문학석사, 문학박사. 숭전대학교와 이화여자대학교 국문과 교수를 거쳐 서울대학교 사범대학 국어교육과 교수로 정년 퇴임한 뒤 현재 서울대학교 명예교수. 판소리학회의 회장을 두 차례(1996~2000) 지냈으며, 국어국문학회 및 한국고전문학회와 한국구비문학회 등의 회장을 맡기도 하였음.

저서

『한국시가구조연구』, 『한국시의 전통연구』, 『고려시가의 정서』(공저), 『시조유형론』, 『운율』(편저), 『우리 시의 틀』, 『북한의 시가문학』, 『시가시학연구』, 『문학이란 무엇인가』, 『춘향전 어떻게 읽을 것인가』(편저), 『시조』(역주), 『한국문학강의』(공저), 『국어교과학의 지평』, 『노래와 시의 세계』, 『시와 문학의 탐구』, 『문학교육원론』(공저), 『문학교육 틀짜기』, 『웃음으로 눈물 닦기』, 『통일 이후의 문학교육』, 『한국의 고전시가』 등.

우리 시대의 판소리문화

초판발행 2001년 7월 26일
재판 1쇄 2011년 4월 8일
지은이 김대행
펴낸이 이대현
편 집 박선주
디자인 이홍주
펴낸곳 도서출판 역락
　　　　서울 서초구 반포4동 577-25 문창빌딩 2층
　　　　전화 02-3409-2058(영업부), 2060(편집부) | FAX 3409-2059
　　　　이메일 youkrack@hanmail.net
　　　　등록 1999년 4월 19일 제303-2002-000014호
ISBN 978-89-5556-907-0 93810

정 가 16,000원
* 잘못된 책은 교환해 드립니다.